A DOG AT HIS HEEL
义犬乔克

〔美〕查尔斯·芬格 / 著
何利锋 / 译

重庆出版集团 重庆出版社

图书在版编目（CIP）数据

义犬乔克 /（美）查尔斯·芬格著；何利锋译. —
重庆：重庆出版社，2022.12
（传世动物文学书系 / 刘丙海主编）
ISBN 978-7-229-17384-5

Ⅰ.①义… Ⅱ.①查…②何… Ⅲ.①长篇小说－美
国－现代 Ⅳ.①I712.45

中国版本图书馆CIP数据核字（2023）第002435号

义犬乔克
YIQUAN QIAOKE

[美] 查尔斯·芬格 著　何利锋 译

责任编辑：周北川
责任校对：朱彦谚
封面设计：璞茜设计

重庆出版集团
重庆出版社　出版

重庆市南岸区南滨路162号1幢　邮政编码：400061　http://www.cqph.com
三河市金泰源印务有限公司
重庆出版集团图书发行有限公司发行
E-MAIL：fxchu@cqph.com　邮购电话：023-61520646
全国新华书店经销

开本：787mm×1092mm　1/16　印张：15　字数：195千
2023年3月第1版　2023年3月第1次印刷
ISBN 978-7-229-17384-5
定价：30.00元

如有印装质量问题，请向本集团图书发行公司调换：023-61520678

版权所有　侵权必究

"传世动物文学"书系（100卷本）简介

动物文学资源丰富多彩，被介绍到中国来的外国作品只是其中很小的一部分。到目前为止，图书市场上没有一套成系统、有规模地囊括世界各国动物文学的书系，"传世动物文学"书系就是要把世界各国优秀的动物文学作品，分批次、成系统地介绍给中国的少年儿童读者，让他们对动物文学的多样化有一个全方位、新鲜的了解。本书系计划出版100本。

动物不只是冷漠无情、凶猛好斗，它们也有天真单纯、优雅有趣的一面；我们也能发现它们的灵性与智慧，还可感受到它们友爱的家庭氛围，甚至被它们的自我牺牲精神所震撼。动物的世界是人类世界的缩影，动物的生活和人的现实生活一样，有着悲欢离合的故事，也闪烁着打动人的美德。读每一本书就是在森林里上一堂课，从这些森林课堂里孩子们会懂得许多有关人与自然的道理，明白人和动物不是仇敌，而是平等的灵魂。只有理解、尊重并爱护它们，才不会招致它们的误解，才会得到它们善意的回报。

让我们走向大自然，走进神秘的动物世界，近距离了解与我们同一片蓝天、同一个家园的朋友——动物。

译者序

在盛产绵羊的澳大利亚，一只小狗闯进杨古里牧场，引发了一系列的多米诺事件。本书的故事由此展开。

牧场工人比尔·邦德偶遇小狗与羊群的对峙，他淡定地观察着小狗的一举一动，断定这是一只具有潜力的小狗，最后决定收养它。小狗乔克来到牧场，给工人们带来了新的话题和欢乐，并在主人的悉心照料下一天天茁壮成长。主人剪羊毛时，它静静地候着；主人放牧时，它开心地跟着，不断锻炼放牧的本领。它善于理解主人的心思，主人也与它建立起深厚的感情。一次偶然的失踪，让主人对它牵挂万分，直到最后发现它为保护羊群而遇袭受伤。尔后，主人与其他同事远赴阿根廷开辟新牧场时，它也本能地随之而去。在历时七个月、行程一千多英里的路程上，乔克将牧羊的本领发挥得淋漓尽致；到了新的国家，它是否又能取得新的突破？

书中的小狗乔克可能是英国艾尔谷犬和爱尔兰梗犬的混血品种，艾尔谷犬主要被驯作农场犬，也被驯作导盲犬、军犬、警犬、猎犬。遗憾的是，在日益城市化的今天，这种土狗不再受到青睐，人们倒是更钟情娇小可爱的宠物犬。土狗的命运将何去何从？

　　对于当前大多是农村出身的国人而言，谁不曾养狗？又有谁不曾喜欢狗？人与狗的感情足以让人铭记一辈子矣。趁我们还年轻，让我们拾起这本书，重温一下儿时以狗为伴的经历，感受狗为我们童年带来的种种欢乐吧！

目录
CONTENTS

译者序	001
第一章	001
第二章	014
第三章	037
第四章	050
第五章	067
第六章	089
第七章	100
第八章	114
第九章	128
第十章	147
第十一章	171
第十二章	185
第十三章	195

第一章

　　一个夏天的早上,太阳还没有升起,一只小狗爬进西澳大利亚杨古里牧场的羊圈,引发了一系列的多米诺事件。羊圈里有五百只母羊,等着当天剪羊毛呢。哪怕是好日子,绵羊也很敏感,现在它们焦躁不安,因为激动的事儿正打搅着它们。

　　前一天,一群人骑着马,带着狗,出现在杨古里牧场上,世界顿时变得喧嚣起来。旷野的绵羊从山谷中、山坡上跑向其他绵羊密集的地方,稀稀拉拉地聚在一起。困倦的母羊焦急地寻找自己的小羊羔,惊惶地冲出齐肩高的草丛。有的绵羊三五成群,被逐出安静的平原和山谷。它们似乎受到了惊吓,十只或者二十只成群地冲向鸸鹋谷的中央,成百上千的绵羊迅速紧随其后。小羊羔悲哀地呼唤母亲,母羊咩咩地呼叫走失的小羊羔。一个多小时

过去了,羊群还在聚集,最后形成了一支强大的队伍。

嘈杂的叫喊声和犬吠声逐渐平息后,整支羊群又继续前行。由于路途迢远,这次赶路非常辛苦,在途中产生了磕磕碰碰的延误,后来又恢复了活力。一小撮叛逆的阉羊冲进了洋槐灌丛,其他绵羊接踵而至——绝不能让这种事情发生,因为澳大利亚牧羊人必须让绵羊远离刺槐,否则羊毛就失去了价值。

在炽热的太阳下,疲惫的赶路仍在继续。到了傍晚,羊群来到了一个乱哄哄的地方——这里的羊圈密密麻麻,人声鼎沸,犬吠不止,狭窄的木门一次只能通过一只绵羊。这里水泄不通,令人窒息,尘土飞扬,闷热难当。夜幕降临的时候,母羊、羊羔和阉羊都分开了。小羊羔关在较远的羊圈里,大声地咩咩叫唤,公羊紧紧地挤在一起。夜晚的安宁给受惊的母羊带来了些许安慰,尽管它们在这个陌生而拥挤的地方彻夜难眠。黎明时分,远处又传来各种各样的骚动和喧闹,虽然相隔遥远,但却声声刺耳,非常糟糕。母羊抬起焦虑的头,竖起敏锐的耳朵。就在这时,一只小狗爬进了羊圈。

一些小狗闻风而来,也许在度过孤单的夜晚后,看到这些活生生的绵羊非常开心。它们东奔西跑,高声吠叫,弄得焦虑的羊群心神不定。在逐羊的犬群中,有这么一只不同凡响的小狗。它扒开木栏下的泥土钻进羊圈,惊讶地发现母羊流露出不安的神色。它就站在那里,稍稍偏着头,竖起一只耳朵,另一只耳朵耷拉着,明亮的眼睛炯炯有神。

就在这时,比尔·邦德从剪羊毛的小屋侧门走了出来。他停下脚步,在口袋里摸索着火柴点火。然后,双手罩住火苗,他点燃了烟斗里的烟丝,思考着当前的情况。他知道绵羊挤在一起,知道绵羊与小狗之间的狭窄空间，饶有兴趣地观察小狗的一举一动。只见那只黝黑的小家伙缩在角落，身体紧靠着木栏。他听到小狗发出一声轻哼，不是鬼哭狼嚎的狂吠，而是从胸膛发出的短促而粗哑的声音，仿佛是在提示，如果它想吓唬谁，就能吓唬谁。比尔很了解小狗，也很爱它们，他知道这只小狗想交朋友了。一只深谙世故的老母羊，也许有些好奇，向小狗走了几步，然后停下来，跺着蹄子。觉察没有危险，它又走了一两步，再次跺着蹄子，小狗依然纹丝不动；它又大胆地往前走了一码，小狗还是没有做出威胁的举动，只是轻轻地摇着尾巴。就这样，胆怯的母羊又勇敢地往前走去，直到碰上小狗的鼻子。看到这里，比尔·邦德的喉咙发出了满意的咕噜声。

从外表上看，比尔是一条硬汉。你一眼就能看出，他是一个思想坚定的人。不管你是否认同，你不会同他争论，就像犯不着跟交通灯争论一样。他二十岁刚出头，血气方刚，皮肤棕黄，头发微卷。破烂的帽子，陈旧的皮夹克，浓密的眉毛，锐利的眼睛，还有削瘦而结实的身躯给了他一种强硬的外表。然而，第一眼看到小狗与母羊的时候，他的脸庞在摇曳的火光照射下，似乎流露出愉悦的神色。这是强烈兴趣引发的愉悦，因为他一辈子都在与绵羊和狗打交道，从澳大利亚的北方到南方，在新西兰也是如此。

他能毫不费力地辨别柯利牧羊犬、短尾牧羊犬、爱尔兰班尼犬、猎兔犬，还有指示犬、雪达犬、艾尔谷犬、大驯犬、纽芬兰犬以及许多其他品种的狗。他知道颜色很重要。从狗的头形和脸庞，他能看出是什么品种；从波浪形的狗毛，他能辨出狗的价值。他曾说过，稻草能显示风向，衣着能看出南蛮子[①]，狗的举动也能

[①] 指南方的破坏者。

体现它的价值。因此,看到这只小狗的时候,他停下脚步,看看会发生什么。对比尔而言,这更是一个重大的场合,可以观察小狗在不熟悉的环境下会怎么行动。他弹了弹食指与大拇指,火柴呼呼地飞了出去。他拿起烟斗,抽了两口烟,然后放下来,用左手拿着,用手掌罩着,以免烟火飞溅。

许多人正在往小屋里走,比尔希望没有人会打扰现场,但他的希望落空了。只听见一声尖锐的口哨声,从侧门走出一个活泼的城里小子,他就是锡德,脸上还带着城里人的神气。他的眼睛小而不对称,似乎有些机警,但与内陆地区人们的机警不同。因为看到了小狗,比尔先于锡德从小屋走出来。如果有意料之外的事情发生,谁也无法准确预测后续结果,但有一点可以肯定,这个城里伢子不会花时间去观察。他也一眼看到了小狗,接着来到比尔身边,高高地举起了手指,指着小狗。"想要我赶它走吗?"他问,"扔一块石子啊?小狗不应该与绵羊待在一起。"

锡德期待着比尔的认可,但等他意识到自己说错话时,已经为时已晚。比尔静静地站在那里,他只是挥一挥手,好像在说:"不要大惊小怪。"接着继续观察小狗与母羊。他看到母羊用鼻子亲着小狗,似乎孤苦地希望这个小家伙就是它走失的小羊羔。它失望地后退了,然后停下来,又跺了跺蹄子,跑回拥挤不堪的羊群中。

对比尔来说,这是一场考验小狗价值的测试。十只未经训练的小狗中,九只大抵如此,他心想,也许百分之九十九的小狗都会把亲鼻子视为亲昵行为吧。母羊失望的后退被他视为游戏的一部分,接下来就有好戏看了,应该会转变成一场追逐吧。追逐会引起麻烦,小狗汪汪大叫,羊圈里一片恐慌,越来越多的麻烦。

但那只选中的狗的举止正如比尔观察的小狗一样,它抬起头,偏向一旁,似乎有些焦虑。它好像在思考,好像在作决定,唯恐一着不慎,满盘皆输。"它是在说,"比尔自言自语,"这里有点古怪,但还不至于引起骚乱吧。"他又点起烟斗,仔细地思考:"艾尔谷犬是思想家,其他品种都是忠犬,但是艾尔谷犬最优秀……可能继承了母亲的血统吧,好样的,值得观察,孤单的小乞丐。"

比尔嘴里叼着烟斗,哼着不成调子的小曲。他只会哼这支小曲,听起来更像是打呼噜,而不是一支乐曲。歌词是这样的:

农家子弟,快乐的乔克,
去耕自家的田地。
他对马儿大呼"咳"
马儿听令,刷刷起身
乔克坐在犁上
开始哼着歌儿
乔克——

他突然停止了哼唱。"乔克就是个很好的名字,小子,"他说着又补充,"我倒想看看,你是什么做的。"

"它有点儿怕绵羊,是不是?孬种,"锡德留心地说,"你能看出狗和人的举止,有种的会直奔目标而去。"

比尔什么也没说,只是古怪地瞥了这个城里伢子一眼。然后,他径直走向小狗,把手伸进羊圈,一把抓起了小狗。他右手把小狗高高地举到头顶,笑眯眯地盯着它的眼睛,用烟管挠着它的耳后根。小狗低头看着举起他的大手,友好地舔着手指,然后盯着

比尔的脸庞。"看得出来,你是只好狗崽。以后你就叫乔克吧,我们要做一段时间的搭档。"比尔说。

他把小狗夹在右腋下,然后走向小屋的门口,人们仍在三三两两地出入。锡德急于弥补自己的过失,紧跟在比尔身后。

"它没做错事,对吧?"他问。一开口,他就感觉自己说错话了,于是嚼了一大口烟草,时不时地吐出来,试图掩饰内心的感受。他希望很快能学会嚼烟草。

"不知道它有多能干,比尔,"他说,"昨天晚上,我把它一直赶到海滩,因为我觉得狗不应该待在绵羊牧场,它真是只怪狗。我扔了块石子,没有打中它,但是差不远,吓得它仓皇而逃。"

比尔既没有表现出兴趣,也没有发火。"你这种人,"他如是说,"还有很多东西要学,很多。厚颜无耻是由于愚昧无知,双重无知是由于你还没有意识到自己无知。"

锡德感到很沮丧。"我以为……"他说。比尔看着腋下的小狗说:"你觉得呢,小狗?他说他以为,以为!我们更清楚。有的狗会思考,有的人却不会,他们只会自以为是。"

锡德刚想顶嘴,但转念一想还是算了。在小屋的门边,他们就各奔东西了。锡德去了卷羊毛桌,比尔去剪羊毛的小屋。由于沾了羊油,经过鞋子和膝盖的摩擦,小屋的地板被打磨得漆黑发亮。

在小屋里剪羊毛总能让比尔感到欣喜万分,每个早上都是美好一天的开始。看到这里的一切是一种享受——强健而积极的剪毛工人在磨石上磨着剪刀;一排排的羊圈里关着约五十只母羊,耐心地等待着未知的事情。这里有轰隆隆的羊毛压缩机,六个操作员以前都是水手,他们经常听着内德·威廉姆斯领唱的海员号

A Dog At His Heel
义犬乔克

子,生龙活虎地拉着绳索。男孩们跑上跑下,将金属盘放到每个剪毛工门口的锡杯中。每当剪毛工把羊毛掷到柜台上时,记账的男孩就会大喊:"羊毛!"

剪过毛的绵羊受惊不小,一路狂奔到栅栏内的空地。牧羊人放牧归来,一边吹着口哨,一边重重地摔门而出,来到剪羊毛的小屋。训练有素的牧羊犬跟在牧羊人身后,它们不仅忠于自己的职责,而且努力工作,从张开的嘴巴和闪亮的眼睛就可以看出它们的热情。每次看到这些情景,比尔总是感到满心欢喜。当然,还有其他令人开心的情况和声音——羊群咩咩的叫声,远处飘来的杂音,咔嚓咔嚓的剪刀声(因为机械剪刀还没有发明),快活的剪毛工偶尔哼唱的歌声,不过通常没有唱完。

柔和的海风飒飒地吹来,从打开的门外看,海边的波浪闪闪发光,抛锚的帆船正等待装货,驳船上人来人往,一朵朵浪花拍打着海岸,海鸥在空中展翅翱翔。剪羊毛的工作还在继续进行,剪毛工无所顾忌地谈天说地,大多谈的是狗和马的长处,或者挣到钱后有什么宏伟的计划,想参观什么地方,期望享受什么乐趣。比尔总梦想能有一条快艇,雪白的船帆,黄铜的配件,身为舵手的他一边掌舵,一边抽烟。一两条狗坐在甲板上,艇上的人们带着羡慕的眼神看着他。他的梦想中总离不开一只狗。

"吉米,"他对右边的剪毛工说,"这只小狗看起来很不错。我第一眼看到它时,就知道它的价值。"

"你是对的。"吉米·奥尼尔说,他抬起头,看了一眼小狗,点着头,仿佛在听比尔的介绍,接着又专心剪羊毛了,"尽管如此,我不明白剪毛工需要小狗做什么。还有,如果现在你是牧羊人,你打算怎么称呼它?"

第一章

"我已经给它取名'乔克'。"比尔一边回答,一边把小狗放到柜台上,命令它站起来。

"狗的名字应该要贴切,要贴切,"吉米·奥尼尔说,"我想知道,叫它王子或阁下有什么用?在苏格兰,我知道一个人——"

他开始高谈阔论地讲起一个著名的驯狗师。比尔只听进了一半,他脱下外套,整齐地折叠起来,放在小屋门口边的地面上。当有人走过或者记账员跑过时,就不会挡住他们的路了。接下来,他让小狗舒舒服服地趴着睡觉,就插入吉米·奥尼尔的故事。

"趴好了,乔克。"他命令道,说完就去磨剪刀了。当吉米·奥尼尔的故事讲到沃尔特·斯科特先生发现他的狗吃羊时,比尔说这让他想起了一些事情。"一只小狗,"他说,"必须一开始就要养成好习惯。狗是这样的,人也如此。有的人写诗,有的人作曲,有的人剪羊毛。看看你们的鲍比·彭斯,无论从哪个角度看,他都不像士兵或律师。不是天生的,吉米,不是天生的。狗是这样的,有的爱吃鸡,有的爱捕猎,有的喜欢跟车跑。这些狗是普通的品种,还有西班牙猎犬,如国王查尔斯猎犬,不过这是虚构的。我说的是品种,孬种生不出好崽。"

"猫一生下来就会抓老鼠,小鸡一孵出来就必须自食其力。"吉米·奥尼尔说。

"这是品种问题,"比尔继续说,"后天培养可以学会一些东西,否则就是浪费时间。你总是看不出来。狗生来就会的东西,不需要你培养,就像不用培养牡蛎飞翔一样。它们为什么有天赋,这是一个谜,我也说不出如何会的,为什么会。现在看看乔克吧,它趴在那里,蜷缩在角落里,不用去吓唬绵羊,它知道的,生来就知道。那只老母羊走过去嗅它的时候,它丝毫没有退缩。

我看得很清楚,纹丝不动,一声不吭,也许吓到母羊了,看不出来吗?"

"看得出来。"吉米认同地说。

"看得出来,当然了,"比尔补充说,"别告诉我,狗不会思考。

有的狗会的,有的不会,有的一直在思考,有的偶尔思考一下。"

比尔一边说,一边磨剪刀,现在停下来,打了一个响指,想试探乔克会不会警觉地竖起耳朵。但他连打了四次响指,也不见小狗反应,于是打发一个记账的男孩去厨房弄一盘牛奶来。

"看好了,"他下令,"如果你和这只小狗一样很久没吃东西了,你会吼叫的,你的肚子会以为你的喉咙被割了。"他又对吉米·奥尼尔说,"无论是狗还是人,如果你让它学习,一定先要喂食。"

"这是真的吗?"吉米说,"不会学习的狗什么也吃不到,只能吃跳蚤。"

朗·查理凑上来时,乔克正舔着牛奶,他仔细地观察小狗后问道:"你是怎么得到我的小狗的,比尔?我很想知道。"

"什么意思,你的小狗?"比尔问。

朗·查理身高六点二英尺,蓄着胡子,像山核桃树一样结实,是西澳大利亚的剪羊毛快手之一。他背靠在羊毛柜台,左肘放在柜台上,右手深深地插在裤袋里,双腿自然交叉。他回想了一会儿说:"我一看到它,就知道是只好狗,以前在珀斯的码头见过它。"

"它有艾尔谷犬的血统,可能还有爱尔兰梗犬的血统,"比尔偏着脑袋,盯着小狗说,"优良的混血品种。"

"是呀,"吉米·奥尼尔赞同说,"这就是最好的多能混血狗,就像我知道山羊的肉一样。可以把它们培养成指示犬、牧羊犬、看门犬、战斗犬和伙伴,为人类服务。"

"你说到点子上了,"朗·查理说,"我在珀斯海边捡到这只小狗时,也正是这么想的,就在我把衣服放回帆船上来这里之前。我也想培养它,比尔。我说:'有人丢了只小狗。'然后又对自己说,'最好还是先搞清楚它是不是被抛弃的,但转念又想,如果我任由小乞丐待在那里,一定会后悔的。'于是,我抓起它,把它带到船上。给它喂食之后,它像老鼠一样在我的床铺上安静地睡了一宿。我说,'小狗表现不错,稍微有点眼光的人都看得出来,它是棵好苗。'真有趣。你可能会说,小乞丐看起来像苏格兰的品种,我就想,给它取名乔克吧,我就这样叫它了。"

比尔咧着嘴,和善地笑起来,他用烟斗挠着右耳,然后把烟斗插入皮带说:"这个名字挺合适,不到一个半钟头前,我也是这么叫它的。小狗挺有洞察力,查理。"

"对呀,有洞察力,比尔。"

比尔简单地讲述了他发现小狗的过程,最后表示自己也搞不明白,小狗是怎么跑到羊圈的。

"我也不明白,"朗·查理说,"我把它留在海滩上看货垫,指望它待在那里;我把剩下的寝具搬去了宿舍,等我回来时,它就不见了。看到它在船上表现很乖巧,我以为它不会走。"

"如果你抛下它独自留在那里,它当然会走,"比尔说,"要是你不信任它,你就错了。它是被赶走的,被悉尼来的那个混蛋赶走的。你知道城里人的德性吧?看到一只狗,就向它扔东西;

看到一只鸟,就想杀了它。他们就是这样的人。给他们一匹马,他们就想把它跑得累死,尽管他们不在乎会不会骑马。如果乔克单独留下,它也会乖乖的……看看那个小乞丐,正在望着我们呢!它知道我们在谈论它,看,它的耳朵竖起来了。它知道自己需要保持安静,就像我一样。"

"它是被赶走的,对吗?"朗·查理说,"我可能就知道这么多。对于狗,我没有犯过错误……粗糙的皮毛,对我来说意味着什么,颜色也能给我正确的指示……你看得出来。可以肯定,它知道我们在谈论它。"

"它很专心。"比尔说。

"我刚对自己说的话,"朗·查理说,"这是为什么我一定要对它发表看法,我喜欢谈论狗。"

"我也是,"比尔说,"但是现在,谁将成为它真正的主人呢?"

查理陷入了深思。"我很想知道。"他说。

"我们总有办法确定主人。"比尔说。

"你有办法,我也有办法,"查理认可地说,"我们的办法也许不一样,但不应该争论不休。"

"这就像跳进河里避雨,查理。"

"让其他人来评判怎么样,比尔?"

"麻烦是,评判人不会考虑这些问题,"比尔回答,"如果两个人达不成一致,第三方不能强人所难。"

"今晚你们两人掷骰子决定。"吉米·奥尼尔提议。

"是一个办法,但这是傻子办法,"朗·查理深思着说,"通过掷骰子赢的人是得不到尊重的。"

"我也这么认为。"比尔同意了。

第一章

"如果玩克里比奇牌的三人中有两人获胜呢？"吉米问，他对这件事表现出极大的兴趣。

"每种纸牌游戏都有这可能，"朗·查理反对说，"然而，这似乎对小狗不恰当，用纸牌押它的命运。"

"以剪羊毛最高得分来定夺怎么样？"吉米·奥尼尔建议，"这没有风险。"

"我没意见，查理。"比尔说。

"我也同意，"查理附和，"这个办法更可靠。"

"可靠，当然更可靠，"吉米说，"同意吗？"

"同意！"比尔回答。

朗·查理弯下腰，调皮地拉着小狗的耳朵说："你没事了，乔克，你安全了。无论谁赢，你都会得到一个好老板，这不是挺有趣吗？"

第二章

　　口哨响起来了。人们打开小屋的门，抓住一只羊，一招把它按坐在地，唰地关上滑动门。每个人手持一把剪刀，这一天剪羊毛的工作便开始了。他们从绵羊右耳后根的厚毛开剪，往前移动到脖子下，又娴熟地回到肩膀和背脊上，接着往前腿和腹部移动。绵羊感到不适时，偶尔会踢一下蹄子，用后腿蹬一下地，但是人们熟练地按住绵羊，稳当而敏捷地操着剪刀，十分之九的绵羊像死了一样，温驯地接受剪毛。剪落的羊毛完好无损，绵羊身上露出光滑的黄白色新毛和粉红色的皮肤。大剪刀移到绵羊屁股时，羊毛像一件衣服一样掉下来。此时的绵羊躺在地上，剪毛工用拱形的右腿压住它的脖子，他右膝跪地，左腿蹲下，将绵羊的后腿与腹部撑开一定的角度。

第二章

这种姿势可让绵羊无法动弹，但也不用承受压力。只见他飞速一跃，立马站起身来，左手握着剪刀。绵羊也再次坐起来，他迅速地轻拍几下，工作就完成了。只见剪刀掠过，羊毛便铺在柜台上。这一拍，惊得剪过毛的绵羊冲过小门，钻到柜台下，稍微停留之后，便痴痴地站在那里。不过，其他剪过毛的绵羊很快就跑开了，看到它们，它的疑虑顿时烟消云散。它们冲出屋子，在太阳下眨着眼睛，有时候纵身一跃，仿佛穿过小溪，来到屋墙边遮荫。然后，母羊咩咩地叫着，悲伤地呼唤小羊羔回到等待的羊群中。

"羊毛！"比尔大叫。"羊毛！"朗·查理也几乎同时大叫。"羊毛！"其他剪毛工喊道。接着，许多叫声同时响起。两个记账的男孩往返奔跑，往挂在每个剪毛工门口的锡杯中扔金属盘。剪毛工收起各自的羊毛，每张都是一个整体，如果失手剪破会被视为技能不精。不一会儿，柜台上便堆满了羊毛，白白的，软软的，非常漂亮。它们仿佛均匀的白浪，瞬间要吞没卷羊毛桌旁的男孩。那一整天，剪毛工剪羊毛，男孩卷羊毛，堆积的羊毛时高时低。卷好后的羊毛捆得紧紧的，再扔给压毛工。他们继而打包，两个人在压毛机里踩踏羊毛，不断地压缩它的体积，将成卷的羊毛压成小包。正如一位领班所言，这些人是从压箱跳出来的。然后，十六只强健的手臂拉着绳索，将螺旋塞往下拉；随后又把它拉上去，以便往压箱装入新的羊毛；再用力往下拉，不一会儿，压箱两边撑开，从里出来一个大包；用铁丝将包箍牢后，大包可达一吨重。羊毛箍得如此紧密，其硬度堪比鳄鱼皮。

一个又一个小时过去了，剪毛工剪着羊毛，男孩卷着羊毛，就这样时复一时，日复一日，周复一周。套上轭的公牛拉着吱吱

第二章

嘎嘎的大车,车上装着来自上千绵羊牧场的一捆捆羊毛,有的地方不用公牛,而是用骆驼拉车。有的羊毛来自西澳大利亚的遥远牧场、库尔加迪的草原和澳大利亚阿尔卑斯山的绿色山谷,有的来自新南威尔士的湿润平原,有的来自维多利亚的穷乡僻壤,有的来自昆士兰的众多牧场。蒸汽船、纵帆船和三桅帆船在海边等待,装满货后即扬帆离去。河里也尽是装羊毛的船,有的来自塔斯马尼亚,有的来自阿根廷、蒙大拿、德克萨斯、加拿大和墨西哥。在那个绵羊与羊毛的世界,生动而活跃的世界,精心组织的世界,乔克的命运早已注定。

"第一张羊毛八分钟。"霍巴特·乔对正在卷羊毛桌旁的同伴说。

"他们上手后会减少时间的,"鲍勃说,"对我们来说,是汗流浃背的一天。"

"我是说朗·查理会赢。"霍巴特·乔说。

"我押比尔赢。"他的同伴说。

"什么?"乔问。

"十包烟怎么样?"

"成交。"

"一言为定。"鲍勃同意了。

"我们要流汗的。"乔一边说,一边将一张羊毛扔给压毛机旁的内德·威廉姆斯,他敏捷地接住了。

"一切尽在游戏中。"鲍勃开心地说。

"我很纳闷,为什么为一只小狗争得不可开交?"霍巴特·乔揣摩着说,他喜欢的宠物是鹦鹉,"我看不出来,那只小狗比其他的小狗强在哪里。"

"哦,他们知道,"卷毛工信任地说,"他们看得出那只小狗的价值和品质。可以参加赛狗会,赢个大奖。"

在压毛机旁,内德·威廉姆斯告诉吉米·班尼特正好有一个赛事,他说:"两个人比赛的时候,所有人都跟着加快了速度。还记得吧,那天沃特金斯用一个月剪羊毛的薪水与斯塔德打赌,谁在三天内剪羊毛最多?"

吉米记得很清楚,也把那天打完包的数量列了出来。然后,压羊毛的凯利在工作的时候,想起了其他的赌注。关于英国议会是否悬赏三千英镑,寻找克里比奇牌戏中的第十九只手,凯尔纳和彭斯打过赌,但赌注从没定下来。他记得,内德和伯克赌过马,也就绵羊的脊柱有多少块骨头赌过一个星期的薪水。

"比尔和查理赌的是什么?"吉米·班尼特问。

"小狗,一天的薪水,我听说那只小狗是优良品种,也许是那种血统的最后一只,"凯利回答,接着转身面向内德和伯克,"到那天,所有的剪毛工都要比赛。累吧,我想说我累。"

"你不知道爱狗者的心思,"内德·威廉姆斯说,"他们喜欢狗的味道,才会那么做。"

"闭嘴!告诉我,你打算赌什么?"班尼特问,"我在比尔身上押了一天的薪水。"

"我会收下的。"凯利说。

"我也会。"内德·威廉姆斯在压毛机里叫道,他的声音有点低沉。

"我养过一只狗——"凯利刚开口,他的故事就被领班斯图尔特无情地打断了。斯图尔特在压毛机前停下脚步,告诉班尼特动作要快点,因为他们要在周末前清理小屋。

第二章

斯图尔特接着疾步往前走，这里瞅瞅，那里瞧瞧，停下脚步，告诫锡德要把桌子清理得比前一天更干净。在一位抱怨扫把的清洁工面前，他停下来，以指示的口吻回答他的话。接着，他又观察了一位新来的剪毛工，评估他的工作。最后，他迅速地看了一眼乔克，小家伙正趴在比尔门口的床上呢。领班对剪羊毛的快手总是彬彬有礼。

"小狗有艾尔谷犬的血统，比尔。"斯图尔特留心地说。

比尔跪在地上，正在剪第二只绵羊的毛，他昂起头，点了点头。

"也许受过训练，可以培养成一条好牧羊犬。"斯图尔特补充。

"如果真是那样，"比尔承认说，他弯下腰去抓绵羊尾巴，"培养和教导未必是好事，除非它想接受培养。比如，野狗就无法培养。"

"你说得对，比尔。嗯，祝你好运，希望你能赢。"斯图尔特说着离开了。但是刚跟比尔说了几句，怎么也得与朗·查理搭一下话。

"那只小狗看起来可能是艾尔谷犬啊，查理。"斯图尔特开口说。

"只有一部分艾尔谷犬血统。"朗·查理说。

"有狗的人运气一般比较好，"斯图尔特说，"好了，希望你能赢。卡梅伦不喜欢剪毛工搞什么比赛，你和比尔这样的熟手就不同。但是有的人笨手笨脚，有时会剪伤绵羊，你知道是怎么回事。"感到自己既打开了话题，一切又在控制之中，正如优秀的管理人员所做的一样，斯图尔特满意地走开了。

在小屋的门口，他碰到了卡梅伦骑着心爱的栗色马。他身穿

漂亮的骑马服,对自己华丽的外表以及宽边帽、考究的马刺和完整的马具扬扬得意。

"一切都好吧?"卡梅伦问。

"只是工作量很大。"斯图尔特回答。

"容易剪吗?光着肚子的母羊?"卡梅伦一边问,一边靠在马鞍上,梳理着马的鬃毛。

"工作量就一般,"斯图尔特说,"但是有两个人,比尔和朗·查理正在打赌。"

卡梅伦思考了一下,点燃了雪茄。"我不喜欢剪毛工比赛,"他说,"还是那句话,工作越早做完越好。你知道他们在比赛,最好不要让他们开始。我们也不想失去任何剪毛工。我听说西北来了个新的掘金手,咱们都知道这意味着什么吧!让他们先去,其他人会蜂拥尾随的。但是,把工作盯紧了,记住,你是握枪的人,别忘了这一点。"

随后,老板用膝盖轻轻推了一下马,慢慢地走向海边。在这里,他见到了纵帆船①的船长。

"今天最好计划多装一驳船的羊毛,船长,"寒暄过后,他说,"我想尽快清理剪羊毛的小屋。"

船长似乎有些疑虑。"我们还是像往常一样装货,"他说,"我不想把他们逼得太紧。有消息说发现了黄金,你知道这些淘金热的,想留住年轻的水手很难,他们心浮气躁。"

卡梅伦抽着雪茄,吐着烟雾。"你的事情,船长,"他说,"总之,他们现在赶制羊毛,还在进行剪羊毛比赛,奖品是他们捡到

---

① 即北美纵帆船,缘于16世纪荷兰人采用上缘斜桁帆,即将主帆装备悬挂在当时一般的二桅船上。

的一只小狗。"

船长滑稽地哼了一声。"难道为了一只小狗,我就去冒失去工人的风险,是吗?提醒你一下,给他们施压等于让他们走人。"

"我最快的两个剪毛工速度都差不多,朗·查理和比尔·邦德,他们比赛就是为了小狗。"

"很难为情,很难为情,给他们加点工作量。"船长迅速地瞥了一眼四十码开外的长船,水手正在那里和气地谈天说地,他突然想到了什么,"你说是朗·查理?"

卡梅伦点了点头。

"六英尺高?"

"穿上鞋子六点二英尺。"卡梅伦纠正。

"黝黑的皮肤?"

"瘦削的年轻人。"卡梅伦补充道。

"我们从珀斯带他过来的,"船长说,接着又补充说,"还有你说的那只小狗。"

卡梅伦来了兴趣。他心想,在要谈的话题面前,这只是闲聊,但是在空旷而人少的地方闲聊是值得的。

"我们从珀斯带他和小狗过来,"船长重复说,"哎,正如我告诉过海员,对待他们就像一个母亲带着初生的宝贝。"

"绵羊牧场的人喜欢这样的故事。"卡梅伦说,他似乎想起了一些事情,和这个故事差不多,但是纵帆船的船长打断了他。

"为什么,那时他就要牛奶。牛奶,想想吧,在海岸边的纵帆船上要牛奶。到了这里,兴许还想要大象呢。不管怎么说,除了从厨子那里要我的罐装炼乳,他做了什么?我还让厨子给他加热炼乳,要不是我担心失去他。这年头,厨子不好招啰……这就

是朗·查理，对吧？跟你说吧，卡梅伦，如果他赌的是小狗，我赌的就是他……你我要不要试一下？就当是娱乐。赌钱也行，我就是冲着朗·查理来的，行吗？"

"我不喜欢赌博，"卡梅伦说，"但我不介意赌一回。好了，十先令怎么样？"

"加一盒雪茄。"船长提议。

"再加一瓶葡萄酒，"卡梅伦说，"从中找点乐趣啊！在绵羊牧场，没有什么开心的事情。"

"我得赌一下那个海员，能不能打破他的装货纪录。"船长说，"这会促使他完成任务，他会向海员兑现一瓶朗姆酒，从而促使海员都完成任务。等我把一切打理妥当后，我就去逛逛剪羊毛的小屋，看看里面的场景。"

卡梅伦说完就沿着海边走开了，但是他没有忽略礼节，不时地停下步子，与海边船上的海员和正往驳船上装货的工人交谈。他言语亲切，但总以某种算计的表情打量着海员与工人。"装完货物后，今晚买瓶朗姆酒喝怎么样？"他问工人，工人说，再好不过了。最后，他快活地说："再见，兄弟们！"随即亲切地挥一挥手，就骑马离开了，给人们留下了深刻印象。

到了十点钟，船长才有空想起要去看看剪羊毛的小屋。这时候，剪毛工正忙得热火朝天，手持朗姆酒瓶的男孩已经喝完了第一轮。看到剪毛工举瓶豪饮，船长惊讶不已。尽管他开了五年纵帆船，但这还是他第一次参观剪羊毛的场所。好一阵子，他痴痴地看着卷羊毛，压羊毛，大概过了半个钟头，他才想起自己是来看剪羊毛的。剪毛工的效率、记账员的活儿、压毛工的合作、卷起的羊毛毫发无损，这一切都令他惊异。当他转悠到朗·查理身边时，看到记数本上他与对手旗鼓相当，参加比赛的还有其他不太熟练的剪毛工。随后，他回到纵帆船上，度过了剩下的一天。当满载货物的驳船靠过来时，他跑到栏杆边，淡定地打听剪羊毛比赛进展得如何了。当他得知朗·查理在两点钟前领先时，他心里暗自高兴。但两点钟以后，他们又打成平手了。

船长还在小屋时，两三个补充赛就产生了。午休过后，又出现了许多其他比赛。在去厨房的途中，忙得不亦乐乎的人们七嘴八舌地谈论着当天的赛事。当比尔把小狗夹在腋下走过来时，许多人看到小狗后，表现出极大的兴趣，有的人用烟斗轻抚它的下巴，有的人拉拉它的耳朵，有的人叫它"有趣的小坏蛋"，有的人握握它的爪子，还有的人开玩笑地喂它一口烟草。巴特·路易斯称它为"海厨之子"，轻轻地捏了它一把。厨师帮手说，这只小狗让他想起在墨尔本养的一只狗。布莱克·麦卡斯基尔弯下腰，双手搭在膝盖上，戏谑地冲它汪汪大叫。红头发的厨师乔治·迈尔斯将其插入故事，告诉围在桌子边的人他曾经养过的和知道的高智商狗。虽然他讲得津津有味，但听故事的人寥寥无几，因为大伙儿把吃午饭视为非同小可的事情。这时，他的手臂伸过朗·查理的肩膀，从满满的盘子里随意叉起一块羊排，然后带着故事与小狗去了远处的角落。

"你们看好了，一只好狗应该吃什么，"他大声说，"我，我宁愿一个星期不吃，也不让小狗挨饿，但是它吃的是嫩羊肉。"他不顾厨师的反对，坚持给乔克喂食。当比尔抓起它时，它身下出现一个好大的桶形凹陷。再次被放回小屋门口的破床上后，小狗沉沉地睡了两个钟头。

三点钟的时候，羊毛堆积得最高，卷毛工似乎被埋没了，尽

A Dog At His Heel
义犬乔克

管他们忙得上气不接下气。此起彼伏的叫声"羊毛！"给比赛增加了更紧张的气氛，两位老手除外，记账的和提水的男孩被叫得跑个不停。偶尔听到一个剪毛工放声高歌，但不是比赛的工人。由于剪落的羊毛些许妨碍了他们，他们高歌几句，清洁工便会过来打扫地面。

锡德坐在卷羊毛桌旁，停下活儿检查着手指，想把一根刺取出来。这时，领班斯图尔特刚好经过。

"干活！"领班以命令的口吻说，"没有时间给你修指甲。"

"多管闲事！"望着领班远去的身影，锡德不屑地说，"我手指里有一根刺。"他对同伴霍巴特·乔解释。

"什么来着？"乔问，"今晚下班后，有大把的时间取刺呢。现在没有时间去想你的外表。"

就在这时，压羊毛的吉米·班尼特沙哑地大喊："嘿！锡德！你别站在那里闲聊啊！"

"羊毛！"两个人同时大叫，柜台上白色的羊毛堆得更高了。水花，对锡德来说，这就像波浪拍打岩石激起的水花。羊毛静静地停留了一会儿，突然倒塌了，一张羊毛掉到地上，其余的像瀑布一样，暂时悬在空中。就在漫不经心的锡德看来，这也漂亮极了，他又情不自禁地多瞄了一眼。

"地上的羊毛就像斯图尔特的狗屎，"冷酷而麻利的乔说，"干活去，小子，干活去！"

有那么一小会儿，锡德在考虑公开抗议，做出一些戏剧性的姿态，或者至少有效地宣布独立。这不公平，他思忖，比赛的剪毛工干了更多的活，应该得到更多的酬劳，然而他的日薪还是老样子。他宣布自己选择的时候到了。

第二章

"我是人,我叫锡德,我不是奴隶,看看这里——"他刚开口,一个雄浑的声音威严地从他身后传来:"捡起那张羊毛!"他扭过头,看到卡梅伦走过来,语气十分严肃。柜台上堆起的羊毛立刻分开了,露出朗·查理大汗淋漓的脸。

"你!"卡梅伦说,"如果不能保持柜台整洁,最好就去厨房干活!"过了片刻,又一张羊毛扔到了柜台上,这是一个素未谋面的剪毛工扔的。

之后的二十分钟,锡德非常卖力地工作,因为锡德有时候笨手笨脚是出了名的。在他干活的时候,他想到了一些理由,应该讲给朗·查理、卡梅伦和斯图尔特听听,这些反应敏捷的聪明人可能会给他的工作带来麻烦。一旦他心里的怨苦找到了发泄的途径,他就对搭档霍巴特·乔说:"如果他们认为,我还会继续忍受这种奴役——"后半句话,他没有说出口。

"请不要辞工,"霍巴特·乔咧着嘴说,"股市有动荡……劳工条件没解决……老板很担心……就是这样。"他的话上气不接下气,卷羊毛和捆羊毛把他累得气喘吁吁。

"这种肮脏、油腻、流汗、奴役、荒唐的工作不是白人干的,我会——"他的长篇大论又被打断了,三张羊毛陆续扔过来,摇摇欲坠地悬在柜台上。

锡德双手交叉地站了一会儿,露出绝望的态度,由于愤世嫉俗,他已经失去理智。一个念头从他的脑海里迅速闪过,他仿佛圆孔里的方钉,无法适应。他讨厌绵羊,讨厌羊毛,讨厌小狗,尤其是乔克,是他引起了这一切的问题。然而,在他厌世的春秋大梦中,也不乏钦佩的思潮,因为霍巴特·乔正在麻利地努力工作。

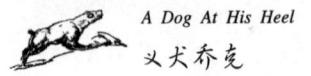
义犬乔克

"世界历史上最忙碌的一天。"乔咧着嘴说,示意柜台上堆积的羊毛。锡德又开始思索一些严厉的措词,一些伤人的怨言。对他来说,不满必须以特殊的形式表达出来,那就是强烈的欲望,他要使自己看起来无比沮丧,从而结识那些有此同感的朋友。在他把自己变成了人类的乌帕斯树[①],成为制造道德"疟疾"的可怜人,毒害他周围的环境。但是,也有一些时候,他会展现出阳光的一面,尽管这样的日子不多。对他而言,今天的世界是反常的,出了问题,而不是他本人。人性是错误的,在杨古里尤其如此。他必须抗议,起来反抗或者打破常理。

"加油啊!"他说,"呸!应该用机器,我快虚脱了,但我有精神动力,我有!"

他对霍巴特·乔发出的抗议受到了嗤之以鼻的冷落,这人是压羊毛的内德·威廉姆斯。在杨古里,他是出了名的业余拳击手。他额头上流着大滴的汗水,头发和胡子拉碴的下巴粘满了毛尘。他的工作服被羊油染得乌黑,手和手臂也黑乎乎的。面对叛逆的锡德,内德展示一堆乱蓬蓬的羊毛,卷得不堪入目。他的气愤显而易见。

"看看这里,锡德小子!看到了吗?我们在工作,不是玩耍,这是卷好的羊毛吗,啊?"他手臂一甩,将羊毛扔向锡德,从他的头上覆盖到脚上,"你很有趣,我不这么想。"他说完继续埋头工作。

锡德扒开身上的羊毛,寻思着讽刺、尖酸、刻薄的言语,但却什么也想不起来。内德倒是一边狂压羊毛,一边指桑骂槐地说了他几句。是领班斯图尔特让他们安静了下来——斯图尔特似乎

---

① 即见血封喉树,又名箭毒木,其分泌的白色汁液有剧毒。

第二章

无处不在，他看得透每件事与每个人，总是能在正确的关头做出正确的决定。

"我都看到了，内德，"他说，"我分配三个清洁工给你们做帮手，所以你不用脱掉衣服压羊毛了。"

两分钟后，一个清洁工来到霍巴特与锡德的桌子旁，另两人放下扫把去帮忙压羊毛。从繁重的工作中解脱出来，所有人都很高兴，尽管他们知道，当有剪毛工离职时，调人帮忙需要额外工作半个小时。他们都是上了年纪的人，从来没有在羊毛世界或其他行业精通过什么；他们是黄昏的落日；他们是勉强维持生计的淘金人；在一份工作结束后，他们也是带着卷毯、蒸煮罐和皮盖水瓶走南闯北的流浪汉。他们之中有个人叫突斯里斯·丹，在当地有点名气，正向霍巴特和乔的桌子走来。丹犹豫地徘徊了一阵子，见到乔跟他打招呼，也点头回应。他东张西望后找到了场地，擅自将羊颈毛编成了一条扭绳，熟练地卷起来，然后将扎得紧紧的羊毛球扔向压毛的工人。"这是我自愿接受的工作，"他如是说，"将羊毛从柜台提到桌子上。"这倒是减轻了锡德的部分负担。

面对新的情况，锡德的叛逆行为消退了一会儿，但当他意识到手指里的刺带来的剧痛时，他又恢复了原形。

"腐败的管理层。"他向突斯里斯·丹倾诉。

"是这样吗？"丹问，他很少会有悲观的念头。

"如果我是这里的领班，"锡德继续说，"我会每天都给所有的桌子派帮工，而不是等到每个人都累得不行了才派，应该这么做。"

"啊！我相信你一定会成为好经理，"丹说，"事情没有安排到位是因为你不在其位，好好想想吧！但是，也许你是那种晋升慢的人，谁也说不准。如果有人留意你了，有一天，你可能会成为这里的一位牧场主呢。"

锡德犀利地瞥了丹一眼，想知道他是否话里有话。但是丹神色从容，至少面向锡德的一面如此，另一面对着霍巴特·乔使眼色呢。

"至于我，从来没指望要掌管什么，"丹继续说，"我就像歌里的那个人。"

"开始唱吧，"乔催促说，"小屋里一整天还没人唱歌呢。"

于是，丹放开嗓门，这是一首节奏欢快的歌，尽管他唱得残缺不全：

当我想起麻烦的时候，
我是普通人，苦工之子，身上的麻烦一茬又一茬。
当我想起麻烦的时候，
他们告诉我，如果我努力挣钱，一定会得偿所愿。
当我想起麻烦的时候，
他们告诉我，如果我为老板赚金，一定有自己的一份。
当我想起麻烦的时候，
嗯，我工作了一辈子，现在就是最好的证明。

唱到这里，歌曲就结束了，丹没有唱"继续加油，丹""往前冲"和"我们从头再来"。

"没有时间唱歌了，"丹向霍巴特·乔解释，"剪羊毛的速度越来越快了，另外，剪毛工也不跟我们合唱。"

"他们在重新下赌注。"乔说。

第二章

正如斯图尔特发现的一样，新的赌注，新的竞赛，这一切都拜史无前例地派清洁工帮忙压羊毛所赐。麦克林押了一顶帽子，彭斯接受了这个赌注。那一天，两个剪羊毛比较慢的工人破天荒地押了钱，这是他们第一次打赌。马多克斯和奥尼尔努力比拼一小时剪羊毛的数量，分别以班卓琴和手枪作为赌注。这样一来，剪羊毛的速度更快了，新的绵羊不断地赶进小屋。咔嚓咔嚓的剪刀声比以往更响亮，压毛声如雷贯耳，压毛工随着组长的口号齐心协力，将羊毛精准地压到位。剪完毛的绵羊列队经过柜台下的通道，地上的羊毛和被焦油粘在一起的散毛迅速堆积起来，渐渐地妨碍了剪毛工的工作。

比尔停下来磨剪刀的时候，听到吉米·奥尼尔抱怨一个清洁工没有及时清扫，他的角落里已堆积如山，发出一股异味。于是，比尔张开嗓门大喊："扫把呢？"听到喊声，小屋里远处的两个剪毛工也跟着同样叫起来。在催促活动达到高潮时，附加的压力最后落在最底层的清洁工身上。

"最好赶紧去拿扫把，丹。"霍巴特·乔以发号施令的口气说，但是，突然意识到丹已成为比锡德更重要的角色，他改变了对象说，"你们当中最好有个人去拿扫把。"

"好吧！"突斯里斯·丹快活地说，他赶紧加快了速度剪完手中的羊毛。

但是，锡德感觉扫地比卷羊毛付出的体力更少，便自告奋勇地站出来。"我来扫地。"他说着走开了，嘴里还嚼着烟草，用来保持精力。

"他会降职的，"突斯里斯·丹咧着嘴说，"说了一些将来做经理的话。"

"也许他应该从最基层学起。"乔说。

比尔粗犷的声音又响了起来:"扫把呢?"

比尔最后磨了一下剪刀,挺直了后背,低头看着小狗,只见它站在地上,仿佛想知道这种奇怪的值班还要坚持多久。然后,比尔有了主意。"这只小狗,"他心想,"和乔布一样有耐心,吃完饭后还没走动过。没有什么能让他忙得不可开交,他脑袋装的只有同伴,没有别的东西了,就像一个没有乞讨经验的乞丐。"他俯身拍拍小狗,然后对吉米·奥尼尔说:"狗比人更聪明,我敢说它看着我,是希望我带它出去活动一下身子。也许它期待了一整天,可怜又孤单的小乞丐。仔细想一想,它的忠诚有点像是惩罚。我从没这样想过,看,它坐在那里等候着,观察着。我好奇它想知道什么,狗的世界一定很奇怪,仔细想一想。好不公平,是吗,乔克?"

就在这时候,锡德拿着扫把走过来,满脸怨气地开始扫地。

"慢点来,慢点来,小伙子,"比尔说,"别扫得灰尘飞扬,弄脏了我的小狗。"

"希望我不要扫起一点灰尘吗?"锡德问。

"嗯,我真想亲手扁你一顿,你这个人精!"吉米·奥尼尔说。

锡德怒气冲冲地嘀咕了几句,就像挨批时的无奈之举。如果比尔听到的话,他也许就了解这些闲言碎语,说乔克无休止地制造麻烦,让所有人都做双倍的工作。

但比尔·邦德偏偏什么也没听到。他不停地工作,结果取得当季最佳成绩,比朗·查理高出三分,查理本人也证实了。他没有觉得疲劳,也没有觉得压抑,尽管呼吸点新鲜空气可能对他和小狗有益,对小狗尤其如此。"三只绵羊意味着大约二十分钟。"

第二章

他对自己说。他深思了二十多秒钟，挺直后背，往烟斗里装完烟丝，就举起小狗，走过列成一条长队的剪毛工。他的脸色不好看，当然，他刻意避免踩到羊毛，或撞到剪毛工，或碰到剪毛工按住的绵羊。乔克被比尔夹在腋下，低头看着这片陌生的世界，有时候用好奇的眼睛打量着比尔的手，它紧挨着他敏感的鼻子。它似乎知道，它和主人以及绵羊的命运都因共同利益而连接在一起。

对乔克来说，外面的世界令人神往。它可以闻闻标牌，看看绵羊的头，在小屋的一个角落下还有一个神秘的黑洞可以探索。比尔一边观察，一边抽烟，他喜欢这两件事。他应该使用从朗·查理那里赚来的钱，这似乎挺好的。看到两个剪毛工倚靠在栅栏上抽着烟，比尔愉快地与他们交谈了五分钟，他们抽完烟匆匆地离开了。比尔敲着烟斗里的灰烬，打一下响指，低声吹一下口哨喊道："乔克！"小狗机敏地抬起头，寻望声音的方向，甚至机警地站了一下子。比尔暂时打消了指望小狗记住自己名字的念头，因为乔克又发现了绵羊的头骨。就在这时，比尔抓起小狗说，该回去工作了，纵帆船的大副打着招呼走过来，拿着烟斗，问他是否有烟丝。他谈起一个有趣而冗长的故事，他以前养过一只鹦鹉，能懂西班牙语，却不懂英语。

在听故事的过程中，比尔发现大副对特色宠物有着明显的爱好，从他讲聪明的金丝雀和猫头鹰的故事就能感觉出来。结果，不知哪里来了一个人，要么是马戏团的，要么是动物园的（不清楚有什么关联），愿意高价购买猫头鹰。"但是，那个人买的是一只不会说话的动物，嗯，得到了，钱却不能让他说话。"大副说。

"是啊！"比尔说。当大副再次要求一烟斗烟丝时，比尔告诉他是时候回去了。

"把这一袋都拿去吧,"比尔说,"我屋里还有。"

"好吧!"大副说,他的感激之意油然而生。比尔明白他的心思。"好吧!"

"我得回去了,"比尔说,他心里寻思,"一个人不能说走就走啊,不能这么做。"

"我也是,"大副说,但他没有动身,"但是我应该给他们抽口烟的时间。如果把他们逼急了,他们有可能大发脾气。他们今天忙坏了,所以我才来这里,消失一阵子。你知道怎么回事,他们一整天都在不停地小跑。我想说的是,我柜子里有一个烟袋,钉了珠子的烟袋,很好看,但是很少用。太花哨了,以后送给你,在加尔各答买的。礼尚往来嘛,我是这么想的,就像有一次我在仰光,碰到一个落魄的樵夫,是个好人,他向我走过来——"

大副娓娓动听地讲起了他的经历,故事很长,他讲得很详细,从仰光开始,到弗林德斯河结束。他的寓意是说,没有比感恩更开心的经历,在感恩的人看来,一切善行都真实存在。

比尔看着远处的地平线,似乎在倾听,却什么也没有听进去,他脑子里还在想着剪羊毛以及剪多快。他动过离开的念头,但那时候大副说,能找到一个人,愿意抽点空好好聊聊天,也是一件开心的事。

当比尔回到剪羊毛的小屋时,他之前的成绩都泡汤了,朗·查理已领先他两分。就算他再努力,一个小时内减少一分之差,但是一只像是在沙地上打滚的绵羊又拖慢了他。他看到吉米·奥尼尔正在盯着他,两人顿时沉默了一会儿。

"看来小狗是查理的了。"他终于开口。

"如果需要帮忙,你可以从我这里取一分,"吉米·奥尼尔说,他半认真半开玩笑,稍后又感到不安,"这只是开玩笑呢!"他匆匆补充道。

"你有多少分,查理?"比尔大声问,就在下班的口哨吹响前几分钟。

"一百八十四分。"查理回答,"我还可以得一分。你呢,比尔?"

"一百八十五分。"比尔回答。

口哨响起两分钟后,比尔叫声"羊毛",这是他当天第一百八十六张①。然后,他抓起乔克,走到朗·查理工作的地方。

"是你的了。"他说。查理迅速地瞄了小狗一眼,然后继续给他的绵羊做最后的修剪。他把母羊推过柜台下的门,将羊毛扔在柜台上,接着挺直后背,活动一下肩膀,就去摸索他的烟斗和烟丝。

"唷!"他大声说,"我们今晚睡觉不用摇床了,是吗,比尔?"

"有史以来最高分。"比尔说。

"我也是。"对方说。

他们又沉默了一阵子。"你赢了,小狗是你的了。"比尔说。

朗·查理抓起小狗,放在柜台上,用食指托起它的下巴,咧着嘴笑了,"有趣的小乞丐,"他说,"你这只有趣的小乞丐。比尔,有句俗话说星星之火,可以燎原,记得吗?"

比尔点了点头。

"这只有趣的小乞丐成就了你我一天最大的工作量,你知道吗?"

"事情的结果有点奇怪。"比尔说。

"在这个牧场一天最大的工作量,"吉米·奥尼尔披上外套说,

---

① 一张羊毛计一分。

"将近五千张羊毛,斯图尔特说的。"

"要不是我们比赛,也许只剪四千张,"朗·查理说,"每个人都自然而然地加快了速度。"

"不管怎么说,小狗是你的了。"比尔说。

"不要这么说,比尔,你带小乞丐出去兜兜风,才输掉了这场比赛。这让我多剪了两张羊毛,否则,你回来看记分牌时,我还落在后面。你说呢,吉米?"

"比赛风格好,胜过珠宝。"这个苏格兰人不偏不倚地回答。

"依我看,"朗·查理说,"乔克属于我们两人,这样很好。按理说,我们都必须照顾这只小狗,很好的。你赢了,为我们而赢的,对吧?我只是为我自己。不用理会我的分数高过你的分数,甩开你剪半张羊毛的时间,是不是?所以,是你赢了,朋友。我说清楚了吗?你赢了。"

"你听我说……"比尔开始反对。

朗·查理装作没听见,继续说:"无论如何,我的分数归你。"

"等一下……"比尔说,但是他的朋友插话了。

"听好了,比尔,你显得不够大方,对接受我的礼物犹犹豫豫,这很不友好。"

"不是那样的,"比尔难为情地说,"公平是公平,查理,你这个傻蛋,但是——"

"那就这么说定了,"朗·查理说,"我们去厨房弄点吃的,这件事以后就别提了。我现在就是乔克的教父了,正如书上所说,要确保它服从它的主人和牧师,并放弃了这个邪恶世界的所有浮华与虚荣。也许这是教义书上的问答,我记得我还是吮手指的时候学的。"

第二章

"我就以这种方式看待它——"比尔刚开口,又被他对手的大嗓门压下去了。

"确实如此,"朗·查理回应,"我是个守信的人。给我一点烟丝,这件事情就这么定了。"

比尔拍着口袋,然后想起来了。"找不到了!我把烟袋给了纵帆船的大副。"

"那么,我们被人嘲笑的时候就没烟抽了,这怪难受的,"朗·查理说,"这笔账又得记到小狗头上。"

"乔克这么小,就已经轰动世界啦!"比尔开怀大笑。

"确实是的,"查理附和说,"我是不是说过,它挺有潜力?如果没有轰动,它能制造轰动吗?想想今天剪的羊毛吧……整件事情挺有趣的。"

"想想那些赌注,查理。"

"想想那个锡德,已被提拔为扫地工啦!"突斯里斯·丹插上一句。他刚好拖着脚步路过,听到后半场的谈话,便友好地加入:"革命精神,我是这么说的。"

他们一边深思,一边走了一百码之远,丹突然半认真地说:"仔细想一想,应该要写一本书。"大家都没吭声,然后丹又说了一遍,似乎在试探他的说话分量。丹读书甚广,对厨房的人而言,他说的关于书籍和阅读之类的话都很有分量。"仔细想想吧,应该写一本书讲述这里的点点滴滴。如果今天养了一只叫乔克的小狗,一切事情都有可能在它身上发生。"

"确有可能。"比尔附和。

"啊!"朗·查理突然说,"写书开头难,中间的部分可以从其他书上摘录,但是开头无从摘起。"

义犬乔克

比尔什么也没说,但是写书的念头慢慢地在他的脑海里发芽。后半个晚上,他一直在思考这件事,最后带着写书的念头和乔克躺到床上。当所有人都酣然入梦时,突斯里斯·丹正趴在床头板上,手持蜡烛,借着微弱的烛光,读着一本《七海豪侠》(出海前两年)的旧书。上铺的比尔仔细地凝视着这位读者。

"那是什么书,丹?"他轻声地问,唯恐惊醒了其他人,等待着下铺的回答。当丹吹熄烛火后,比尔毫不含糊地说:"'牧羊后两年'也许是以狗为题材的好书名。"

"不好,比尔,"突斯里斯·丹说,"不是原创,这就是他们作者所说的剽窃,就是抄袭的东西。'小狗日志'更好,更有诗意。"

"'小狗日志'!好吧,"比尔高兴地说,"'小狗日志',为什么,这个名字好记。如果我不尝试一下,我真不甘心。"

第三章

比尔的小狗日志注定了难以成为白纸黑字的辉煌。一方面，牧场没有笔墨；另一方面，比尔发现写书不是件容易的事。还有一点，每天剪完羊毛后，没有方便的场所可以写作。六个人或八个人围在一起打牌，出小丑时把桌子拍得摇摇欲坠。此外，带了手风琴的人时不时地弹奏一曲，玩多米诺骨牌的人占领了宿舍的另一端。有些人总是讲述他们远在异乡的历险，驯马师小比利和吉姆常常戴上手套打拳击。黑人牙加买·乔爱弹吉他，人们总是借火柴或烟丝。当所有这些活动都在一间长长的屋子里进行时，比尔喜欢一边抽烟，一边看着同伴，或者坐在门口看星星，以放松自己，乐在其中。

大家在剪羊毛的时候，乔克只能待在厨房，工作场所对小狗

A Dog At His Heel
义犬乔克

来说太不安全了。大多数人并非爱狗者，他们拒绝过度宠爱小狗，唯恐它变得骄惯。在闲暇的时候，他们愿意与乔克悄悄玩耍，但当比尔离开时，他们也会检查小狗是否犯过一丁点错误。他们发现，乔克很有原则，这是它正常生活的基础。

在杨古里的工作结束了，比尔收拾行囊，准备前往下一站芜乐维。他的人生总在不停地漂泊，变换工作已是家常便饭。

"安下心来再做一段时间，怎么样？"掌管后勤的斯图尔特问比尔，他正坐在厨房门口。

"理由呢？"比尔简单地问。

"摩尔河那个地方，很安静，不会吵得你心烦意乱，是思考的好地方，也是休息的好地方，"斯图尔特说，"我们要一个人。"

比尔远眺海面，楔子岛像一片浮云落在海里；看看拴在柱上的两匹马；检查他的烟斗，仿佛有什么异样；最后好像经过深思熟虑后说话了。"任何地方，我都可以考虑。噪声不会打扰我，休息才麻烦。我从没想过安定下来，也从没尝试过。还不知道放羊的活儿是否适合我呢！在摩尔河那里做什么工作，我熟悉那个地方吗？"

"比尔，小子，"斯图尔特说，"事情是这样的，有个英国人带着钱来到了珀斯，他在联系业务，他的桑德斯·汉密尔顿公司——"

"谁在乎他的名字呢，不是吗？"比尔说。

"他是代理或者代表之类的职务，"斯图尔特继续说，"他想要肉羊，科茨沃尔德品种，或者是他的公司想要吧。不管怎么说，现在正在谈，卡梅伦已经卖给他一批，他公司做的是大买卖。他们在摩尔河上游买了地，巴克夏谷的地，曼各尼温泉就在那个牧场。他们在买母羊，我们刚好有最好的母羊，他们在芜乐维买的公羊。你想不想接受这份工作，可以考虑一下。"

"以为和以前一样，到芜乐维剪羊毛，"比尔说，"如你所说，我喜欢安静带来的喜悦，但这种孤独的安静令我发毛。"

"可以在那个乡下打打猎，"斯图尔特说，"我上星期还在那里打了一只大鹳，有五英尺一英寸高。那里也有袋熊，烤起来比猪肉还香。"

"这些我都知道。"比尔说，"另外，"当乔克跑过来嗅着他的腿时，他补充道，"乔克也需要见见世面。"

"乔克很有潜力，"斯图尔特说，他俯下身子，轻轻地拉着小狗毛茸茸的软耳朵，"这对乔克是机遇，它应在六个月内成为你的好帮手。如果一只狗在六个月内训练不好，那它就不值得再训练了，人人都知道这个。"

"我想过了，"比尔说，"这是私人问题，我给你讲个它的故事。"他谈起乔克照看过两只失去母亲的小羊羔，它们被关在羊圈里，任何人只要靠近它们，它都会露出一口虎牙，它守护了它们好几个小时。

"这种事情很常见。"斯图尔特说。

"这是优良品种的表现，可以确定，但是它还需要人照料，激发它的潜能。"比尔附和。

"那么，如果你去曼各尼——"斯图尔特刚开口，比尔就打断他了。

"我不需要劝导，"比尔说，"人都需要当机立断。如果我很久以前就在考虑这些事情，很容易说同意或不同意。事实是，乔克让我安定了一阵子，就像那天在羊圈看到它。我想看看把它培

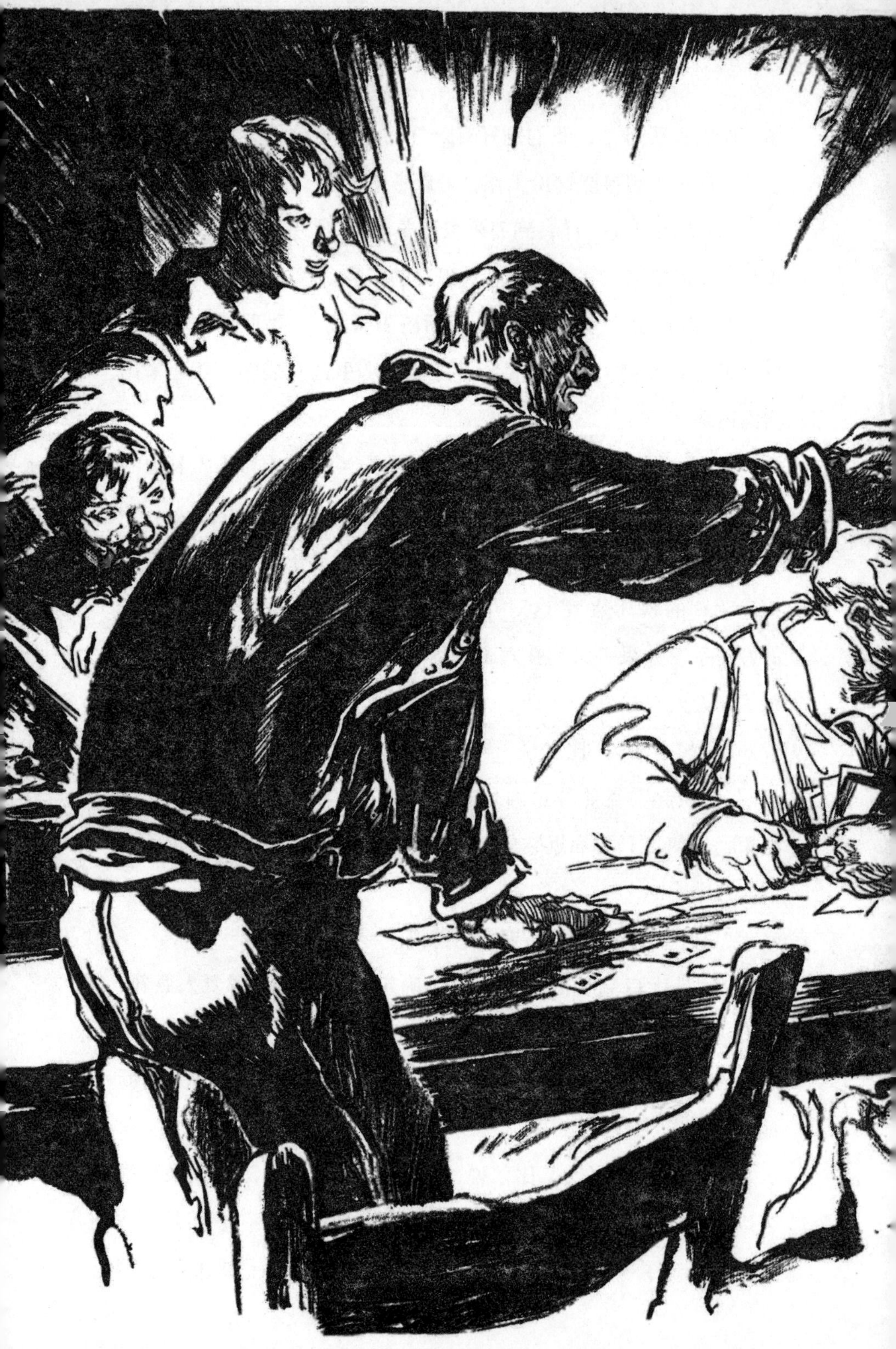

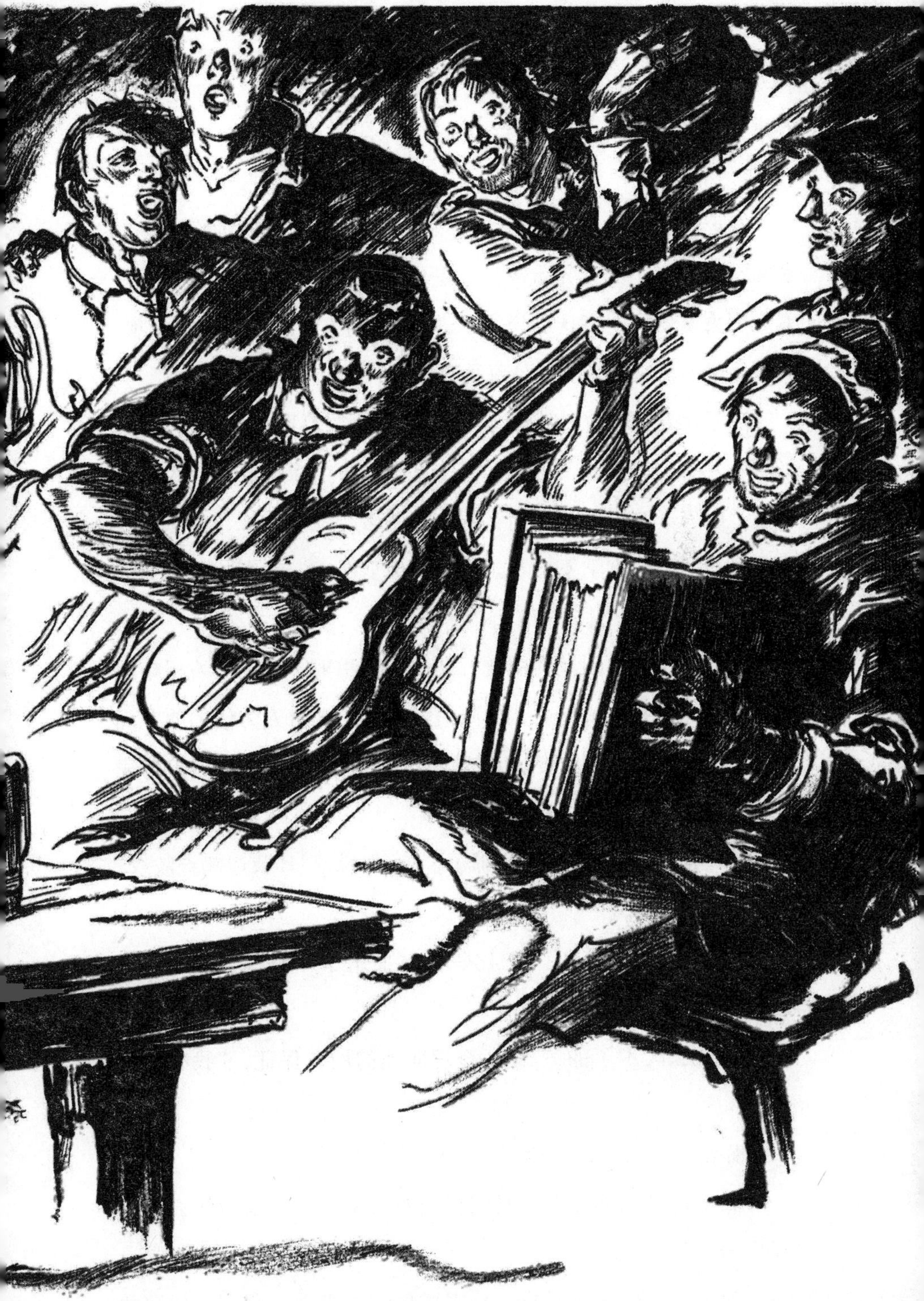

养成牧羊犬的样子，还想写一本《小狗日志》……算了，暂时叫'摩尔河'吧！"

"别老想着写书，"斯图尔特说，"事实上，我对他们这些作家真不看好，一群穷光蛋嘛！要是你能把狗训练好，这倒是件好事……去摩尔河，就这么说定了。"揣摩别人的想法是他的长项，他抛下这个话题，轻快地骑着马离开了。

比尔足足深思了三分钟，同时轻轻地拉着乔克柔软的耳朵。"你是一只超能小狗，"他说，"改变了人的生活轨迹，让我安定下来了一阵子……无论如何，现在煞费苦心地培养你，如果你现在学不会，以后就学不会了。我也得剪剪头发，剃剃胡子了，如果我去蛮野之地，是时候告诉朗·查理了。"

于是，比尔找到他的朋友，朗·查理用剪羊毛的剪刀粗略地为他修理了头发。剪完后，按照惯例，比尔操剪刀为他的朋友理发。"这里剪得参差不齐呢，查理，不过无所谓啦！"他看着剪完的发型说。

"你们也别把头发剪得太帅了，"查理说，"耳朵边起点波纹，这样也挺好看的。"

"你剪伤我的耳朵了。"比尔说着伸出手，摸到了耳朵上的血迹。

"没什么大不了的，"朗·查理向他的朋友保证，"我有点神经质。"

"你是怎么剪的，查理？"

"想知道你怎样才能变得时尚吗？剪头发呀！以为你去芜乐维剪羊毛了。"

"我会去，但还有乔克，它需要训练，我会去那个摩尔河的乡下，桑德斯·汉密尔顿的土地。"

朗·查理发出不满的吭声："你不会喜欢那里的，比尔，你一点也不会喜欢那里的，野狗之地，洋槐灌丛，豪猪草。内德会成为你的老大，你不会喜欢他的。"

"是了解乔克的机会啊，看看它有什么能耐，从杨古里跑到芜乐维，从芜乐维跑到邦各洛达，你还是不了解它。羊圈里训练不出好狗，查理。"

"未经训练的狗就像是人把钱放在其他裤袋里了，因为他没有带上应该带上的东西。"查理说。

"把所有的精力浪费在无所事事上，这太糟糕了。"

"你说得再正确不过了，比尔。人可以从狗那里学到很多，狗也会向人学习。你懂的东西很多，狗懂的东西也很多。"查理开心地说，因为这是他最喜欢的话题。

"从狗的鼻子可以看出它的心思。"比尔说。

"是它的鼻孔。"朗·查理纠正。

"我是这个意思，如果它感觉到了什么，你会看到它们抖抖身子。"比尔补充。

两个酷爱狗的人感觉聊得都挺投机的。这就好像交换心得，就真心喜欢的事情展开友好讨论，而不是炫耀学识。

"人们常常忽略的是，不同的狗会有不同的行为方式，"朗·查理深思着说，"侦探猎犬靠气味跟踪猎物，它们比你我厉害多了。"

"那确实，"比尔附和，"它们不会撕咬逮捕到的猎物，只是站在那里狂吠。"

"黄毛猎犬刚好相反，它们追捕猎物时从不出声，我曾养过一只。"朗·查理说。

"有的狗靠眼力，优良的短尾牧羊犬眼睛犀利得很。"比尔说。

"有一样东西，人们没有留意，但是你知道。狗看到的世界是很小的，当你趴下的时候，眼睛与狗保持在同一水平线上，你能看到什么？与狗相比，人高多了。当狗进入高高的草丛时，你会看到，狗要跳起来才能看到猎物，这就是差别。如果你趴在与狗同一水平线上，你只能看到大约五十英尺宽的世界。这是每个人在训练狗的时候，都需要记住的一点。狗看不到远处，它只能依赖人的视野，听从人的号令。它以多种方式来观察人的指示。如果是脾气暴躁的人，或是不了解狗的视野的人，他永远也不能把狗训练好。你说这是为什么呢？因为他从没停下思考，狗的认知与我们的认知不同。"

"你说得对，查理，"比尔不停地点头认可，"你说得对，应该要有一本书把它写下来。现在看看乔克。"两人用老练的眼睛审视着小狗。"看看，小乞丐晃着耳朵呢，为什么？嗯，它在倾听。它想知道，我们在谈什么。它能领悟这里一个、那里一个的单词。不过，它一直在闻气味，就像我们一直在听声音一样。人与狗的觉察能力不在一个层次。事实上，狗知道它应该做什么，就会准备去做，人不是这样，大多数人不想做事。狗就不同，它想尽其所能。"

"纽芬兰狗都很擅长游泳。"查理举例说。

"小灵狗善于奔跑。"比尔补充。

"寻回犬善于找东西。"查理说。

"它们天生擅长什么，就会尽其所能地做什么。"比尔继续说。

"还有，如果责骂它们，它们会感到痛苦。"比尔说。

第三章

"但是不会怨恨。"查理说。

"我养过一只叫塔米的母狗,"比尔回想着说,"哪怕我没说严厉的话,只是'嗯'一声,它也会伤心半天,它以为是在骂它。它稍微叉开前腿站着,耷拉着脑袋,夹着尾巴,然后转移视线,去找一个角落。它没有恼怒,只是单纯的、从头到尾的伤心。"

"我也见过这样的狗,"查理说,"见过很多次。你得对它们温柔点,否则就会挫伤它们的意志。"

"就拿这里的乔克来说,"比尔说,"想想吧,它只相信自己,也许你会这么说。如果你把它扔在海边的货垫旁,它只相信它自己,直到某个傻瓜拿石子赶它走。即便那样,它还相信自己,因为它觉得你抛下它,它一定做错了事。它相信它听到的,看到的,还有闻到的。如果没有人玩弄它,它会相信我,也会相信你。人会这么信任吗?早上带它去跑步,它跑得像一匹精神抖擞的马,对这个世界满怀喜悦。人在早晨醒来时,会对世界充满惊喜吗?狗不会伪装,也不会撒谎。人会这么做吗?当然不会。人几乎一直在伪装,主要是为了获得别人的认可。狗不会争宠,它只想以正确的方式做事,如此而已。如果你开心,它就会开心,只因为你开心。我说的就是这些,狗能做什么,就会想做什么。"

"你说得对,"朗·查理说,"狗很热心,它会尽力奔跑,尽力游泳,尽力倾听,尽力觉察,忠心耿耿。乔克也会这么做吧?如果你给它一个机会,每只好狗都会这么做吧?"

"它当然会,"比尔无比诚挚地说,"这就是我为什么说,人有很多东西要向狗学习。"

"你忘记了一样东西。"朗·查理停顿了一下说。两个人都点燃了烟斗里的烟丝。

比尔思考着他的问题。

"是这样的,你没有说错,只要没有摔倒,狗就会勇往直前。它们会永不停止地前进。它们会把工作做完后才玩耍,或者说,它们会撇下玩耍,专心工作。它们工作是因为它们喜欢工作。对很多人而言,你要说的就不止这些了。确实如此,人有很多东西要向狗学习。"

"为什么我愿意去摩尔河的乡下,而不是在芜乐维再剪一段时间的羊毛,一方面就是这个原因,"比尔说,"我去向狗学习。另一方面,狗也可以向我学习。我打算写一本书,《小狗日志》。"

于是,乔克就这样去了穷乡僻壤。在那里,它待了差不多半年,身子长大了,力量增加了,对世界的认知更多了,尤其是对绵羊的世界。每天早上日出前,它走出宅窝,蹲在门口,当比尔出现时,它会高兴地问候比尔,它眨着眼睛,露出牙齿,发出短促而快乐的叫声。在它没长大的时候,它会跳起来抓着比尔,但它很快就明白,比尔是个内敛的人,不会拍拍它或者抚摸一下它。这种温馨的感觉始终存在,但出于天性,他总是有意或无意地收敛了许多。

人与狗之间慢慢地产生了一种依赖,彼此都理所当然地喜欢对方。这种相互之间存在的忠诚似乎可以理解。

比尔备马时,乔克会乖乖地趴下,把下巴放在伸出的前爪上,望着比尔的每一个动作,它的眼珠子忽地左转,忽地右转,但总是一声不吭。它了解那匹马,在备马鞍时,它有时候会紧张。但当比尔跨上马,马儿稳当地奔跑在柔软的土地上时,事情就不一样了;尤其是当马儿低下头,一边小跑,一边喷着鼻息,仿佛想与狗赛跑时,乔克就会兴高采烈地轻跑,左蹦右跳,开心地吠叫,

第三章

这是它最自由自在的时候。只有两件事情是禁止做的,乔克很快就明白了——绵羊靠近时,不可以吠叫;它可以向左或向右离开远行,但不可以擅自前行。这一天,乔克静静地站在微风拂过的小山顶,望着山谷里的绵羊,它的右爪稍稍抬起,挺直的尾巴微微晃动,它的视线从比尔转向绵羊,又从绵羊转向比尔,它竖起耳朵,等候号令。但是,既没有听到比尔发出号令,也没有听到他吹响口哨时,小狗慢慢地跑回骑手身边,耷拉着耳朵,然后连蹦带跳地跑到前面,与马儿保持几码的距离。

他们沿着边界线一直走到中午。乔克在主人口哨的引导下,蹦蹦跳跳,来回跑动,将快要离群的绵羊赶回羊群中。乔克非常喜欢这种工作——到处奔跑,尽管与最远处的绵羊保持着一定的距离。对于不明白初步警告的一二十只分散各处的绵羊,它将它们往同一个方向赶回去;它一边赶着第一群羊,一边又赶着第二群、第三群,甚至第四群。随着它比尔一声尖锐的口哨声,它对走出视野范围的绵羊迅速作出反应;接着它连蹦带跳地东张西望,跑上一座小山以得到更开阔的视野。最后,在发现并赶回离群的绵羊后,它尽情地享受着成功的喜悦。它从来不会跑到离群的羊只和边界线中间,这是它在接受训练时早就领会的一点。

有时候,接近中午时分,比尔会跑到一片桉树林的边缘,这里的树木没有树枝,直冲云霄。春天的时候,这里附近的金合欢树开出黄色的花朵,发出浓郁的芬芳。乔克有一点厌倦晨跑、日光和尘土时,它喜欢去池塘里游游泳,这里的水和去杨古里途中其他地方的水一样清澈。走上岸后,它甩一甩湿漉漉的身子,甩出一阵光闪闪的水滴,面对比尔短促的低笑,它露出一口微笑的牙齿。有时候,它晒着从屋顶草缝射下的阳光,美美地享受脆脆的羊骨。马儿拖着缰绳吃草时,它也会悄悄地来到马儿身边,友好地闻一闻它那软绵绵、毛茸茸的鼻子,听一听从它肚子发出的低沉声音。两个小时的休息过后,比尔起身收紧马儿的肚带说:"出发!"他们行走了数英里,直到太阳快要落山时,他们才差不多回到棚屋。

　　回家后,乔克感到无比的兴奋,尽管这一天下来非常辛苦。比尔一共有七匹公马,其中有一匹系着铃铛的母马,他每个星期轮流骑这七匹马。他把它们关在一起,以便选择第二天要骑出去的马。一看到这些马,比尔会说:"去那边,乔克!"狗就像离弦的箭,忘了自己的脚有多累。比尔时常停下马,看着他的伙伴在斜斜的夕阳下狂奔,穿过阴凉的小岛,惊起一只只小鸟;它们拍打着翅膀飞入空中,当狗从金黄的草地腾入一片苍翠中时,小鸟们飞落下来。比尔赶绵羊时,乔克就去赶马,这让比尔非常高兴。马似乎也明白,它们纷纷跑向母马,深谙世故的母马立刻掉头,迈着稳重的步子往棚屋小跑。有时候,一只小马戏谑地跑向乔克,张着嘴好像要咬它一样,但一声挑战的吠叫很快就终止了这种妄为。乔克总是跟在奔腾的马群后,但会与它们保持一定的距离,因为有一次马群冲出来时,它吃过马蹄的亏。

　　在棚屋,乔克又可以尽情地观察与享受了。人的行为总能激发它的兴趣——比尔打水,搬木柴,拍打马鞍褥,在黑暗的小屋里点上灯火,把小屋变成了黑暗中的安全庇护所。在地上伸伸懒腰,闻闻煮肉的香味也挺不错的,它目不转睛地看着主人,偶尔会有一块碎骨扔到地上来。当比尔坐下来吃着炸羊肉、羊排,喝着无奶红茶时,乔克满怀期待地站在凳子旁;要是比尔向它扔来一块羊排或者羊肉,它会腾空而起,一口咬住。比尔洗碗,将洗

第三章

碗水倒出门外，点烟，用脱靴器①，都被这只狗看在眼里，比尔对它这种好奇似乎饶有兴趣。

所有的事情做完后，比尔有时会掏出他的锡哨子，勉强吹上几首调子，他从没真正学会这种技能。乔克坐在地上舔着腿，时而竖起耳朵，时而耷拉着耳朵，一会儿又蜷缩身子，把它的下巴托在右爪上。忧郁的哨声还在继续，乔克已然昏昏欲睡，它躺在地上，伸直了身子。才刚入睡，又惊醒过来，再次睡到一半时，又一次醒过来，最后它放弃了。看到这里，比尔总会放下口哨，点起他的烟斗，因为他喜欢回想乔克进入美梦的样子。在一些幽灵世界，乔克总能闻到异常，它的鼻孔就会发抖。梦中的有些东西令乔克很兴奋，它的尾巴就会开始摇动，起初轻轻的，继而变得猛烈，在地上发出呼呼的声音。然后，它举得最高的爪子开始抖动，继而变成奔跑，从两只前爪开始，两只后爪也随之抖动，四条腿在空中抓个不停。梦中最兴奋的阶段是乔克快追到猎物的时候，它发出几声怪叫，腿在空中奔腾更快了，直到它惊醒自己。然后，它坐起来，惊奇地想着消失的世界，迷惑地挠着身子。"该睡觉了。"比尔说着打开门。借着朦胧的月光，乔克飞奔着跑向它的宅窝。

---

① 一种能固定靴子后跟，辅助脱靴的工具。

第四章

一天早上，比尔打开门，发现乔克没在门口问候他。口哨声和呼唤声也没有把它召回来，于是，比尔独自骑着马出去了，如同往常带着乔克出去一样。那天早上，他越过许多小山，看过许多深谷，但都白忙一场。附近没有养狗的邻居，最近的人家在四十英里以外。幸好那天绵羊都很安静，比尔没有麻烦，但是他发现时间过得很空虚，早上格外沉闷。他是一个务实的人，但并不影响他有着丰富的想象力。他揣摩着乔克离开的可能原因，也许追随野生动物的足迹了吧，接着他来到一块空地，看到了几只正在嬉戏的袋鼠。在他的脑海中，他似乎看到乔克正在追逐其中的一只，袋鼠猛地一跃，跳出十二英尺开外，乔克紧追不舍，但是不可避免地绕道。袋鼠跃过灌木如同猫跳过圆木一样容易，狗需要绕半个圈，才能穿过障碍。他想象着乔克克服种种困难，眼看就要追上袋鼠了，怯弱的袋鼠突然因害怕而变得大胆，背靠一棵树，勇敢地面对比自己矮了五英尺的狗。在捕猎时，乔克从没见过这种阵势，从来没有，它吓了一跳。面对眼前的狗，袋鼠用前肢一把抓住乔克，把它拽得紧紧的。它抬起强壮的后腿，以巨大的指甲作为凶器，忽地划开狗脆弱的身子，将五脏六腑抛得远远的。比尔见过这样的场景，一想起来，他的喉咙就像堵塞了一样，难以吞咽。

"这太荒唐了，"中午的时候，他对马说，"荒唐，我真是个傻子。"

然后，他骑着马，心里充满了忧郁的期待。那天下午，在回棚屋的路上，他清清楚楚地告诉自己，乔克一定在等着他。他想象着乔克坐在门口，也许带着内疚的内心，低着头，轻轻地摇着尾巴，呜呜地问候他——"抱歉中途才来，想听听下面的故事。"朗·查理这样说过。也许它藏在附近，观察着马，准备加入晚上的游戏，将这群焦躁不安、慢条斯理、甩着鬃毛的家伙赶回家。比尔不停地安慰自己，没有什么可担心的。他告诉自己，他会责骂乔克（只是几句而已），他会让狗明白，虽然有点恼火，他还是放心了。到达小屋时，他满怀期待地吹响了口哨，一边左顾右盼，一边屏息倾听，却听不到狗回应的吠声。突然，他看到一只伸出脖子的乌龟，顿时想起了毒蛇，他疑惑为什么之前没有想到这一点。他想起了条纹虎蛇和黑蛇，下半身两侧有着红红的鳞片，这是危险的信号。一想到危险的爬行动物，他心情更加沮丧了，他记得有一次，乔克抓住并咬死了一只钻石蟒，它外形丑陋，身长八英尺，与蜥蜴一样无害。如果乔克凭经验判断所有的蛇都无毒呢？比尔感到背脊一阵发凉。

那天晚上，比尔胃口全无。他没有吃晚餐，也没有用锡口哨吹着忧郁的调子，而是去了艾德·迈尔家。到了那里，却发现无须花几分钟打探乔克的下落了，因为只有艾德的母狗塔米汪汪地迎接他，没有其他到访的狗与它助阵。后来艾德证实，那天他一直在外，骑着马从他家走到麦卡洛家，但也没发现狗的踪迹。

艾德有着棕色的皮肤，浓密的毛发，粗壮的手臂，方形的下巴，好似一位职业拳击手。他寡言少语，尽管他人际关系挺好。他和比尔是好朋友，虽然他们很少互访，但对彼此都非常尊重。他们默默地抽了一会儿烟，其后艾德拿出一副旧牌，一边洗牌，一边建议玩几把，他只说了一个词："尤克牌？"当然得玩尤克牌了，比尔连输十场，令艾德兴奋不已。当比尔起身要走时，艾德表示晚上玩得很开心，他说了一句话，令比尔终生难忘。

"内德那小子在到处晃悠，昨晚去了麦卡洛家，有四个人跟着他。我远远地看到了他们，不过他们没看到我。"他微微地点着头，挤出这几句话。

"什么意思？"比尔问。

"桑德斯·汉密尔顿公司，在检查东西，就那么回事。"

这一次，他挥舞着一只手，权且当作解释吧。

比尔咕哝，似乎明白了一些。

"他们带着各种各样的狗，"艾德停顿了一下，又告诉他，"猎狗，各种猎狗。有一个人好像是军人，骑的马不同。"

"很可能他们就要到我那里去检查了。"比尔说。

"也许他们会迷路，他们经常迷路的。张开你守护神的眼睛

第四章

盯紧他们，比尔……已经走了吗？……不再玩一把？……嗯，我们会找到乔克的，不用担心……再见！"

比尔回到家时，已是凌晨两点。但是三个小时后，他又开始他的每日例行。他打算走荒僻的山脊，这样既可以寻找乔克，又可以观察内德一伙人。十点钟时，他在小山顶上看到了检查的那一队人，知道自己还没有暴露，他从一个有利位置转移到另一个，紧紧地盯着他们。他看到他们随意地骑在马上，听到一两声枪响，听到随行的狗叫；当他们无意惊动绵羊时，他仿佛在自言自语："坦然面对。"那天早上，比尔随时可以下山，在二十分钟内赶到他们那里，但直到他们吃完午餐后，他才骑马下山。他们意外地发现了一个可以午休的地方，一群羊常在这里乘凉和反刍，偏偏那天羊群没去那里。

比尔走近他们的时候，看到了许多东西——残羹剩饭，空瓶子（一个瓶子被他们用来打靶，满地都是瓶子的碎片，或许会伤到动物）、空罐子、乱扔的报纸。他留意到了侍者的人品，这些不妥的事情都是他干的（"真是奴才！"比尔对自己说），这些狗也干尽了好狗不应该做的事情。接下来，他打量着詹姆士·内德，确定他就是这里的骨干，他记得朗·查理的观点："内德对绵羊的无知会毁掉他们谈论的牧场之一。"

牧场里的人常常私下谈起谁是谁的谁，据不同的说法，内德是桑德斯或汉密尔顿或公司老板的女婿，他上过大学，读过许多关于绵羊的书，但是"不知道羊肉来自山羊，或者他的耳朵来自地上的坑[①]"。他从不明白，管不住自己舌头的人会被舌头管住。他被英国人作为经理派遣过来，尽管在伦敦的羊毛经销

[①] 《伊索寓言》中的俗语，意思是只知纸上谈兵，无实践经验。

商看来,他的经验仅限于办公室的工作。最后一点,他看不起乡下人,视他们为无知之人,并喜欢按英国的处事方式对他们发号施令。但是,没有听说过队里的其他成员是谁的谁,比尔只好按自己的方式总结与区分他们。有个年轻人像是患了坏血病,面色阴郁,他的衣服很显然花了不少钱。对于在牧场如何着装,他可能看了杂志插图,才作出决定的。"理想主义者,期望过高,"比尔暗自给他贴上标签。另一个人又矮又胖,面色红润,呼吸短促,不停地说着"将就吧"。他费了九牛二虎之力才爬上小马,又踮着脚去踩马镫——比尔决定忽略他的存在。第三个人眼睛明亮,寡言少语,其他人都叫他"少校"——比尔估计他是个有分量的人。当比尔骑马下山,向他们走来时,他点了点头,像患坏血病的年轻人瞪着眼,红脸胖子点着烟。内德发话了。

"我们见面了。"他对比尔说。

"见面了。"比尔说。他心想:"但是你不知道你身处何地。"很明显,内德先生在摆架子。

"嗯,兄弟,一切都好吗?我们——嗯,到处打探你呢!"

"兄弟"这个词让比尔感到发毛,他似乎无言以对,于是他点起烟斗,挤出一个词:"打探?"

"呃!你知道我是谁,对吧?"内德先生问。

比尔觉察到少校稍稍给他使了一个眼色,也许是他的习惯,也许是在暗示:"别太把我们当一回事。"少校叼着的雪茄朝上翘起,似乎在支持眼色的暗示。

"负责人。"比尔说。

杂志着装的年轻人赶紧介入救场。"这位,"他说,"是詹姆士·希恩·内德先生，桑德斯·汉密尔顿公司的经理。他带我们来牧场转一转，看看情况，你知道。巡回检查等等。"他用左手在空中画了一个8字的图案，以阐明情况。

"嗯，"比尔说，"你应该看好这些狗。"他又适度地补充："我今天看到它们五次惊吓到了绵羊。"

"不不不不，"詹姆士·希恩·内德先生反对说，"你搞错了，兄弟，顺便问一下，你叫什么名字？"

"狗确实是失控了，不可否认。"少校说。

"也许你也没有留意，但是他们看到了，"比尔执着地说，"特别是在蓝湖。"

"一定是我们以为它们在跟踪袋熊的时候，"红脸人说，他基本上替公司说话，"我估计没有伤到绵羊。"

"带着未经训练的狗来，没办法谈生意。"比尔说。

"嗯嗯，我会处理的，"内德先生说，"是的，我有责任。现在——"他开始询问比尔，洽谈生意从什么话题入手，这让比尔感觉有些不自在。

"你现在，"内德问，这是他的第七个问题，"真的每天巡查牧场吗？"

比尔不喜欢他闪烁不定的眼睛，狡猾的人，他心想。

"没有。"比尔回答。

"哈！我们得改变一下，"内德先生一本正经地说，"你应该要彻底地搜查这个地方，每天都去。"

"搜查？"比尔问，"怎么搜查？"

"检查每英尺地，就像英国的牧羊人做的一样，"内德先生回答，"当我有很多事情需要处理的时候——当我们组织有序的时候——我都制定计划。"

比尔再次觉察到少校使了一个眼色，他的雪茄也向上倾斜了一下。

"有没有，"内德先生问，"什么充足的理由，你为什么不可以每天出去呢？"

"我没有说不出去，"比尔回答，"我们当然要巡查。"

"我的意思是，"内德先生继续说，"你应该每天出去，看完牧场的每个地方。"他举起手拨开头发，以强调他的观点。

"我的营地四五英里宽，大约六英里长，我骑马牧羊，防止绵羊走到灌木中或流沙中，工作就这么多。"比尔觉得自己的话言简意赅。

"这远远不够，"内德先生说，"你们必须扩大领地，去了解或学习，你们必须学习，弄清里面是什么情况。"

"我今天看了很多东西，比如，"比尔温和地说，"我看到你们的狗失控了，你们迷路了。还有哪个笨蛋在开枪，其他人喝彩，吓到母羊了。不过，我知道你刚来澳洲，习惯难改……管一管你们的狗，别让它们随意乱跑。记住了，绵羊胆子小。如果你们在这里设置一个地标，就可以骑着马少走很多路程。"看到内德先生面带愠色，比尔知道最好别再招惹发火的人，他一屁股跨上马鞍说，"好了，我还有事情要处理，再见！还有，看好你们的狗。"

"等一下，兄弟。"内德先生举起手喊道。

"我叫比尔，再说了，我也不是谁的兄弟，"比尔说，"现在又怎么了？"

"哦，有一点很重要。"内德先生说。

第四章

"什么意思？"比尔问。

"刚才我问你是否看完牧场的时候，想到了这一点，牧羊人应该要养只狗。"

"没有狗就不算牧羊人了。"比尔难过地说。

"你的狗在哪里？"

"我也很想知道。"

"如果我们知道呢？"

他的话点燃了比尔的期望。

"你不会碰巧见过我的乔克了吧？如果见过，告诉我。"

内德先生感觉自己的话说到点子上了，他决定好好利用这个机会说服比尔。他想以自主的方式，把事情做对。

"一只狗？对，我们是见过一只狗。"内德说。

"小狗？艾尔谷犬的样子？在哪里？"比尔问。

内德先生再次老练地举起手。

"都还来得及。"他说。"但是，我们没有时间可以浪费了。"比尔说。

"来得及，"内德先生重复说，"这就是我想做的事情。"

"好吧，那就抓紧时间，"比尔说，"你没有短舌，对吧？"

"内德先生是你的经理，你知道吗？"年轻人说。

"不管是经理还是其他，都无所谓，"比尔说，"我想了解你们看到的那只狗，可能是我的乔克。"

"讲你的故事吧，内德，"少校说，"有必要这样婆婆妈妈吗？"

那只手又老练地举了起来。

"抱歉，少校，"他说，"我有我做事的方式。"

他对比尔说话的时候很严肃，思路清晰。

"我想知道,你是否每天骑马巡视牧场,因为我见过一只狗。"

"你刚刚已经问过了。"比尔说,他觉得面对这种笨蛋,必须拿出自己的底气。

"如果我没搞错,那是一只咬死羊的狗。"内德先生说。

比尔舒了一口气。

"那就不是乔克,"他说,"问题解决了。"

"咬羊的狗是祸害。"

"当然是,"比尔附和说,"你怎么处理?开枪打它?应该的。"

"距离太远,"红脸人说,"我说过有多远?八百或九百码。我得估算一下,估算距离是我的特长。"

"那么远就说不准了。"比尔说。

少校接着插话了。

"比尔,"他说,"长话短说,我们看到一只狗躺在绵羊旁边,不过是用望远镜看到的,所以,我们也不是很清楚具体的情况。"

"哪里?"比尔问,"我一定要找到它。"

"事实上,比尔,我们根本不知道,"少校承认说,"我们迷路了,现在还在迷路中。今天早上离开大路,走了羊肠小道,然后就迷路了。"

"不足为怪,"比尔说,"谁搁在灌木丛中都会晕头转向……但是那只狗,我想看看,告诉我那个地方是什么样子,或者有什么特点。"

"坐落在两座低山之间的一个湖泊。"少校说。

"湖中还有一个小岛。"年轻人补充。

"我记得,"少校继续说,"那个湖显然很浅,在湖的北端,我们绕过了一些带刺的植物,然后向东边的小山出发了。内德先生通过他的望远镜看到了湖那边的狗和绵羊,我们站得太远,没有看清楚,你懂的。那个时候,我们谁也没在意过那只狗,直到你刚才提起他。"

比尔认真地点了点头。"那个地方是默里的蓝湖。如果你们不想去,就都待在这里,我骑马过去看看情况。"

"我觉得大家跟你一起去吧,"红脸人说,"实际上,内德,比尔可以带我们回到正确的路上。我们瞎走了一个上午,我可不想再走下去了。我在印度的时候——"

内德立刻打断了红脸人的故事,他说:"我想走遍这块地,给每个位置命名。英国的每个角落都有名字。"

内德挠着下巴,望着少校,等待着他的许可。

"可以考虑,"少校说,"这也不失为一件趣事。"

令队里的一些人吃惊的是,在比尔的带领下,他们在十五分钟内就到达了发现狗的低山。他们原来花了一个半小时东兜西绕,才从这里走到吃午餐的地方。比尔一眼就望到了一块白色的东西,他转身对内德说:"望远镜,快!"就在那一刹那,他认出了乔克。

"我的狗,没错!"他说,心里的石头总算落地。

"确定是咬死羊的狗。"内德先生说,他的声音里有一丝胜利的喜悦。

比尔向他的上司投去轻蔑的一瞥,但什么话也没说。他还回望远镜,甩一甩缰绳,让马慢慢地跑下山坡。他没有沿着湖岸线绕行,而是从最浅的湖水中蹚过,其他人跟在后面。距狗还有十码左右,他下了马,步行前进。

乔克呜呜地叫着,生硬地站起来,垂头丧气地走到比尔身边,

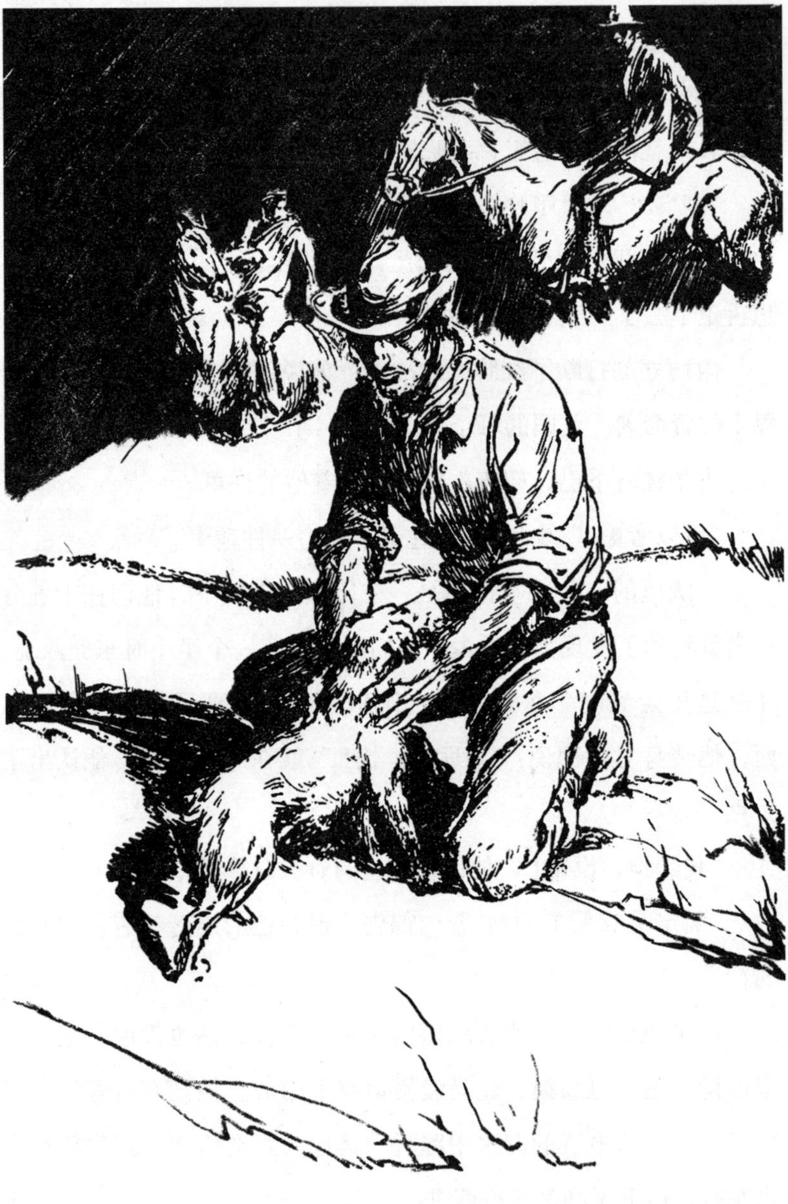

第四章

用干燥的鼻子轻碰着比尔的手。它的眼睛里充满了感激的神色，似乎在告诉比尔，一切都没事了。但是，比尔看到乔克的右耳划开了一道口子，已经不完整了。

凝结的血块挂在它右颊的毛上，它的左后腿轻轻地踩在地上。尽管受了伤，乔克仍能向后甩耳朵，轻轻地咬着牙齿微笑。那只绵羊的侧腹已被撕开，羊毛蓬松地挂在喉咙边下，其他地方也有伤痕，身躯严重浮肿，这一切似乎在诉说着一个未知的故事。它还活着，但是生不如死，比尔从靴子里拔出小刀，只见刀光一闪，便终结了这只饱受折磨的动物。

"这只狗呢？"内德问。

比尔抬起头看着内德，他还坐在马上，似乎在问他怎么处置乔克。

"咬死羊的狗。"经理补充道。

"你胡说什么？"比尔问。

"开枪把狗打死！"内德下令，说着去腰间拔枪。

"为什么，你这个笨蛋！"比尔大吃一惊，"你瞎了眼吗？你以为是乔克杀了它吗？"

"绵羊与狗俱在，证据充分，"内德顶回他，"我不可能让杀羊的狗留在牧场。"

比尔的惊愕让内德沉默了一阵子。比尔再开口时，稍微细心的人都留意到了，他在努力控制自己的情绪。

"看看这里，内德，"他说，"我来教你怎么破案。乔克在这里，绵羊在这里，乔克的耳朵在这里划破的，这是它脸上的血迹，看看它们……别说话，兄弟，听着……在这里搏斗过。好了，狗是与绵羊厮杀吗？绵羊能划破狗的耳朵吗？绵羊能把狗的后腿咬跛吗？你们回答这些问题，或者想办法解决。如果狗咬死了绵羊或攻击了它，它会守护绵羊两天多，等着你们来找它？有见过这样的狗吗？这就好比凶手杀了人，还指望他不走一样。用眼睛好好观察，兄弟。两只狗在这里搏斗过，另一只狗残废了，很明显，乔克也受了伤。"

"的确很明确，比尔，"少校插嘴说，"没有哪只狗会守着咬死的猎物，饿了两天还不吃它……看看这里，内德，你别做傻事！"

"但是，另一只狗在哪里？"内德愤愤不平地问。

"我怎么知道？"比尔回答，"不过，你们的猎狗可以帮忙，跟踪是它们的特长。它们在那边，看到了吗？不是那个方向！东边，山下的湖边。也许另一只狗有野狗血统，如果它能瘸着逃走，就会逃走；如果它爬到别处去死，就会去水边。如果你们跟着猎狗走（你可以看到，它们在那里已经嗅到了什么），你就会发现我讲的话是对的。但是，除了这里的绵羊和狗，我不想看到其他东西。"

"我们去看看！"戏服般着装的年轻人一边说着，一边慢慢地跑开，尾随猎狗而去。

"我也去看个究竟！"内德说着，也跟过去。

在水边，内德和同伴们看到一只死去的野狗躺在地上，它的颜色有如沙子，短腿好像狐狸。在他们离开的时候，比尔和少校友好地聊了一阵子。

"看不出来，乔克怎么知道野狗想吃绵羊。"少校说。

"根本看不出来，"比尔回答，"狗只是知道——它们有内在的能力，也许凭嗅觉，也许凭听觉，也许就凭感觉，也许是怀疑。

无论如何，它们就是知道。我们不知道的，它们也知道，就凭这个，我们得给它们颁个奖。"

比尔一边说话，一边用干树枝搭起一个柴堆，把绵羊的尸体放上去后，他点燃了柴堆。少校打开水壶，给乔克淋了个澡。他拨开乔克的牙齿让比尔看，牙缝中只有野狗毛，丝毫没有羊毛。

"乔克应该要好好反思一下，"少校说，"它应该要去守护羊群，万一野狗返回了呢？难道它不应该回家吗？……你得拿定主意，乔克……它尽了责任，谁都看得出来，我们过来时，它知道自己做的是对的……好狗，乔克。"

少校拍了拍乔克。

"很好，少校，"比尔说，"让它知道你喜欢它，这是件好事，只要别小题大做就行。夸奖就像布丁，人和狗都很容易满足。"

"夸奖太多，可能以后就得经常责骂了。"少校说。

"你说得对。"比尔附和说。这时，内德和年轻人骑着马走上来，猎狗尾随其后。

"我们找到了野狗。"年轻人宣布。

"猎狗的功劳。"比尔纠正道。"你猜得没错。"内德说。

"不是猜，是观察蛛丝马迹，"比尔说，"任何人都会。"

"前提是需要大量实践啊……本地的黑人就很擅长观察，"内德说，"不会有杂念。"

"不需要你们想的那么多实践，"比尔说，"不要以固定的思维来看事情，比如你们看到乔克和绵羊。关键在于你们要行动。如果你们行动了，脑子就像一瓶泥水，在倒入清水前，就得先把泥水倒出来。就是这样……好了，我得离开了。"

比尔像玩杂技一样，飞身跨上了马鞍。

"把我们带到大路上，比尔，"少校说，"你别忘了，我们这一路弄得浑身是泥。"

于是，比尔骑在前面带路，由于乔克受伤，它走得很慢。对内德来说，才走一会儿，转眼就到了通向南方的大路。

"现在你们不会迷路了，"比尔说，他又对自己的狗说，"我们回家吧，乔克。"

"也许吧，"少校说，"不过，你不知道，我们在路上会做什么，会遇上什么麻烦。"他叼起的雪茄似乎又出奇地向上翘起来。"如果你按我指的路走出了差错，少校——"比尔说，后面的话不言自喻，他也没有提及队里的其他人。

"以后有空，你也可以走走我们走过的路。"少校指着他肩后说，他们一起骑马离开了。

乔克坐在地上休息，比尔望着他们离去的身影，认真思考了一会儿。

"乔克，"他轻声说，"愚蠢应该是一个人最大的秘密，但是那个人，詹姆士·希恩·内德，居然将他的愚蠢公之于世。"

乔克使劲地打着哈欠，摇着尾巴。

走了几百码以后，内德先生对同伴说："那家伙就是一个十足的乡巴佬，没教养，粗鲁，迟钝，无知。等我把事情一件一件地办好，你们就会看到成绩了。"

"如果我是你，我不会让比尔难堪，"少校说，他又出奇地叼起雪茄，"加工一颗粗糙的钻石，是需要大量时间打磨的。"

那天晚上，比尔回到棚屋，拿出半截铅笔，削尖了粗糙的笔头，在他空白的记事本上写下了这些文字，开始他期待已久的创作之旅。

小狗日志

"南纬 31.57°，东经 115.53°。"

"这是开头，乔克，"他说，"朗·查理是在这个位置左右捡到你的，就以这里开篇吧！"

他寻思良久，回想着当初的豪情，然后长叹一声，翻着纸张，发现沉重的手在第三页和第五页上已画上涂鸦。他戏谑地称自己的脑子就像阻塞的节流门，想说的很多，感到应该说的也很多，但当沉下心来写作时，却发现他的思维跳到其他事情上去了。万事开头难，他心想。再何况，朗·查理也对写书不感兴趣。他想起很久以前看过的一本书——《汤姆叔叔的小屋》，开场白是这么写的：二月的一个黄昏，天气寒冷。他思量着这样开头是否合适，但是在那个地方，二月的黄昏通常并不冷，十一月的乔克会明白这个道理吧！在浩瀚的文学迷宫里迷失了方向，他只好求助于乔克。

"怎么写呢，乔克？"他问道。乔克的尾巴忽往地上一甩，又硬挺挺地卷上去，它低头龇牙地走向比尔，用温柔的鼻子触摸着比尔的手，接着张开四肢，扑通一下趴在地上。

"你不知道我要写作，"比尔深思着说，"我想一个人应该要先学习，然后才工作。如果不能像狗一样即兴发挥，那么他就不是那块料……人要做自己擅长的工作，然后坚持做下去，尽管会遇到挫折……不管是乔克还是其他好狗，都能学会这一点。乔克生来不是跳铁环或跳木杆的，也不是用两条后腿走路的。我也不是写书的材料。想想吧，真是贻笑天下。乔克不是演杂技的材料，我也不是写书的材料。一个人去做不擅长的工作，就好像去抓湿

A Dog At His Heel

义犬乔克

泥鳅的尾巴。

比尔放下记事本和铅笔,小心地点着装入烟斗的烟丝,他打开炉门,让熊熊的炉火照亮屋子,然后拿出锡口哨,吹上一曲《哈莱克人》。也许我的水平提升了吧,他心想,因为乔克的尾巴不停摇晃,发出砰砰声响,以示认可。

第五章

经过两天的休息,乔克又恢复了活力,尽管在康复期间,它也跟着比尔出巡。一个月后的一个月夜,比尔听到乔克的狂吠,赶紧走到门边。当乔克认出是塔米和它的主人艾德·迈尔时,它的狂吠立刻变成了欢迎的低叫。艾德下了马,系好缰绳,向比尔点头问候,看着两只狗。乔克对塔米的问候变成了捉猫猫的游戏,它龇着牙,仿佛是要开战。两只狗一会儿你追我,一会儿我赶你,追逐者快如旋风,一个突然转身,前腿比后腿反应更快,接着又在地上翻滚。追逐者突然又加快了速度,切断对方嬉戏的后路。当两个人呼唤着两只狗停止游戏时,它们乖乖地在屋里坐下了。两只狗都专心地望着各自的主人,同时把头趴在前爪上,就这样看着两人玩了八盘尤克牌。打完牌后,艾德起身告辞,说他喜欢早起散散步,接着又问比尔是否需要帮助。

"嗯,"比尔深思后说,"还真有。"

艾德扬起眉毛问:"什么事?"

"亚历克,"比尔继续说,"他去布莱克索恩时,要路过你家。请他转告索梅尔,去布万加时问问朗·查理,如果他不用马鞍了,就把马鞍还给我,去年夏天借给他的。"

艾德点了点头。

"是驮鞍,系了一个铜铃,"比尔说,"我得去买点食物,家里的东西不多了。"

艾德点了点头,尴尬地站在屋中,到了门口又站了一会,吹着口哨呼唤塔米,随即骑马慢慢地消失在月光下。塔米高兴地叫着尾随而去。

现在,比尔绘出的路线总长大约为三百英里,但是那时候乡下几乎没有邮政设施,人们也没怎么在意过距离。换句话说,比尔或他的同伴也没有将缺少邮件服务视为困难,就拿比尔来说,既没有客气的书信往来,也没有业务联系。言语都是从一张嘴传到另一张嘴,好似原始人一样。有时候,传达信息的人比发信人还多,这就是其中的一个例子。艾德没有传达给索梅尔和亚历克,而是在斯利姆·吉姆来访时告诉了他。吉姆转告了坎宁安,坎宁安转告了沃特金斯,沃特金斯转告了福曼,福曼转告了索梅尔。索梅尔将消息告诉了哈里斯,哈里斯差不多忘了,直到有件事让他想起比尔与朗·查理在剪羊毛比赛中获胜的那一天。哈里斯这才告诉了班克罗夫特,班克罗夫特告诉了彼得斯,彼得斯走了五英里路,才将消息转告查理,只有彼得斯才去查理那边。

在收到左邻右舍传达的信息后,查理带着马鞍来了,他简单地述说了自己忙的事情。他与比尔骑着马，沿着边界行走，看着乔克的机敏能干，对比尔的训练赞不绝口。然后，他不经思索就同意在比尔去惠特尼时代其打理一切。比尔去买几匹驮马和日用品，他没有开心的期望，他说过，镇上令他感到焦躁。

想想惠特尼吧——一个巴掌大的地方，人行道上堆着粗木板，房子也是木板钉起来的，几家日杂店，一家破酒店，两家流行酒吧，一个供水站和一个马槽，还有一家化验室。这里的一切都笼罩在一片黄色的灰尘中。许多狗流浪在大街上，马拴在柱子上，耐心地等着主人，同时饱经一群群苍蝇的折磨。两头架上轭的牛拴在一辆破车上，似乎已被彻底遗忘。惠特尼如此凄凉，似乎没有人在做生意——这就是小镇，那时候许多小镇刚开发时都是这样。唯一的街道突然拔地而起，又戛然而止。从远处看，惠特尼就像小朋友随手建造的玩具城，坐落在荒凉的沙坡上。

比尔去惠特尼并没有高昂的兴致，买了东西，看着酒店里春风得意的淘金者。这一行共六人，预订了几天的房，正在举办庆祝活动，他们大喊："免费！"

"一起来庆祝，陌生人。"站在酒店台阶上的人大声说，他是走运的矿主之一，穿着靴子，满面灰尘，胡子拉碴。他摇着手铃，似乎特别兴奋，"如今镇上人的钱都不怎么清白。"

比尔对这种热闹并不感兴趣。在卖面粉、茶、糖、新提桶、肥皂和其他物品的破商店外面，他坐在长凳上抽起烟来，乔克坐在他的两腿之间。身兼邮政局长之职的威尔·寇诺利出现在他面前，热情地向他和狗打着招呼。比尔抬起头，看到一个不修边幅的人穿着衬衫，满意地看着乔克，询问是否卖狗。他说："好狗能在这里找到好市场，因为牧羊的越来越多了。"

"不是所有的淘金人都发了家。"比尔说。随后,他随和而漫不经心地打听生意是否好做。

"一般。"寇诺利回答,他两臂交叉放在胸前。

"小镇在发展。"比尔说。寇诺利由远及近地看着街道,仿佛初来乍到。

"我记得从前更小。"寇诺利说。

"啊!"比尔说着,叉脚坐在凳上,他想不出其他的方式来表达急性子。

"看到你坐在这里,我只想过来说,我是邮政局长。卖东西给你的老板说,你叫比尔·邦德。"

"没错。"比尔说。

"嗯,看到你坐在这里,我过来是想说,你有一封信在邮政局放了一个星期。"

比尔摇着头。"搞错了,"他说,"我从没写过信,自然也不会有人给我回信。"

"凡事都有例外,"寇诺利继续说,"地址写得很清楚,威廉姆·邦德先生,字写得很工整,信封底部写着'请转交',但是没写哪个地方,不可能搞错。"

"不可能是我,"比尔说,"一定是和我同名的人。"

"如果有,我一定知道,"邮政局长争辩,"无论如何,你最好看看信封,没有坏处。"

"没有坏处,"比尔附和,"我这就带狗一起去。"

执着的邮政局长把信封拿给比尔,询问是否是他的。看到自己的名字变成了威廉姆,比尔似乎想起了什么。他翻转信封,盯着邮票,读着邮戳上的字,又把信封还给邮政局长。"不是我的。"

他果断地说。

"打开它。"邮政局长建议说。

"不知道这样做好不好。"比尔小心地说。

"看看无妨。"

"不知道这样做好不好,"比尔重复说,"里面有东西。"

"什么东西?"

"也许是寄给别人的钱,也许是家书,也许是有人吃了官司。我现在没有麻烦了,也不想再找麻烦。"

寇诺利坚持打开信封了解情况,然而比尔不为所动。他又看了一遍信封,眉头紧锁,嘴唇颤抖。

"你说呢,乔克?"他问,但是乔克不理不睬,把一只爪子放在比尔的膝盖上,又放下来,抬起头用棕色的眼睛深情地望着比尔,打了一个大哈欠,然后在地上来回走动。

"乔克说,'我们走吧!'"

"看这里,"寇诺利说,"滞留邮件违反规定,除非收件人拒收。法律要求我们尽一切努力交付邮件,告诉你吧,我打开给你看。"邮政局长用粗短的食指撕开信封,打开折叠的信纸,交给了比尔,"怎么样?"他问。

看到"亲爱的先生",比尔摇着头说:"看得出,不是我的,没有人这么称呼我,我也不这样称呼别人。"

"最好再看一看,"寇诺利说,"要么,我念给你听。"

"你念吧!"比尔说。

寇诺利戴上眼镜,看起来有点怪怪的,他清了清嗓子,哼了一下鼻子,然后读起来:

A Dog At His Heel
义犬乔克

亲爱的先生：

我想简单地跟你说一下我的事情——

比尔打断了他的话。

"不用念了，"他说，"够了，我跟谁也没有事情，不是我的。"

"且慢，我们再瞧瞧。"寇诺利继续念道：

简单地跟你说一下我的事情，我想在阿根廷开牧场养绵羊。我打算从珀斯南部送一批好公羊到布宜诺斯艾利斯，在里奥内格罗乡下买绵羊，雇人赶往南方。我需要一只狗，看到乔克或多或少的表现，我想买下它，价格由你开。我对它很满意，特别是它的本性——

"不行，"比尔直言，"我不卖乔克。"

"听听下面的，"寇诺利央求说，"是这样的：'对我来说，还有更喜欢的。我需要一两个富有经验的人，如果你愿意去，我会给出你满意的条件。如果你认识其他合适人选，请告诉我。附上已贴好邮票和写好地址的信封。'"

"现在看吧！"寇诺利得意扬扬地惊叫，"要不是我——"

"谁写的？"比尔问。

"署名为 C.W. 沃纳。"寇诺利回答。

"我不认识那个人。"比尔斩钉截铁地说。

"我倒是记得他，"寇诺利说，"一个月前，他来过这里，与内德和其他两个人一起来的。他是个胖子，大家都叫他少校。"

"一直在抽雪茄？"比尔问。

第五章

"是的,他是个乐观派,有的是钱。"

"也许和这里差不多。"比尔思考着说。

"这是你的机会。"寇诺利说。

"什么机会?"比尔问,"老大点一下头,傻子就当有牛排吃了,我可不是那种人。"

寇诺利滔滔不绝地劝起他来。他告诉比尔,阿根廷富得流油,机不可失,时不再来,旅行也是一件乐事。"我从不需要谁给我机会,"他最后忧郁地说,"我的运气总是很背。如果我去做鞋子生意,光脚就会成为时尚,这就是我的运气。这是你的运气,有的人走运,比如镇上的淘金人。有的人就算掉进海里,嘴上也能咬一条鱼上来。这是上天给你的好运,可以这么说,如果你拒绝,那才是傻瓜。"

"等我回来时,我会与朗·查理一同接受,"比尔回答,"我只是在等人带糖过来,他好像遇到麻烦了,然后我就会回去。我没什么可说,一边等他,一边买点零碎东西。"

比尔听取了他的建议,但是寇诺利没有。他得把这个消息告诉市民们,一传十,十传百,有人给比尔的狗开出了天价,他也被授予一个大型绵羊牧场的管理职位,他已收到通知,好运在等着他呢。消息越传越广,甚至有传言说,他已坐拥天价物业,成为第二个罗杰·蒂克伯恩了。不久,素不相识的陌生人见到比尔也会友好地问候,他的否认则被视为极度谦虚或有意保密。人们竞相奔走,传播他剪羊毛技术非凡,热爱运动,骑术高超,他的名声似乎不断地增大。消息很快传到下榻酒店的矿主那里,他们觉得非请比尔来一趟不可。于是,在八位闹哄哄的大汉陪同下,他来了。他知道,如果不来,人们会认为他很高傲。诚然,他时刻关注着乔克,乔克也和主人一样,对这种人声鼎沸的场面毫无兴趣。

突然,出现了戏剧性的一幕,酒店里的一个人悄悄地向比尔走过来。他有着突出的下巴,满脸的胡须,高耸的颧骨,令比尔想起大猿猴。

"想跟你谈谈狗。"他说。比尔点了点头,或许只是勉强愿意吧,因为那个人凑得非常近,还有歪着嘴说话的习惯。

"我们听说了,"他用嘶哑的声音轻声说,"你在杨古里剪羊毛的赌注。"

"那是陈年旧事了。"比尔说着唤回乔克,它正好奇地嗅着猿脸人的腿呢。

"他们说你赢了一条好狗,让你引以为豪。"

"没错。"比尔说。

"嗯,这里另有一只狗,我猜和你的狗体重差不多。现在这里的人想玩一玩,赌点小钱,让两只狗斗一场,你意下如何?"

比尔以为是牧羊,便问道:"什么时候?"

"现在。"那个人说。

"哪里?"

"这里。"

"但是绵羊在哪里呢?"比尔问,他还没有明白人家的险恶用心,太异想天开了。

"谁说跟绵羊有关了?"那人咧着嘴问,他又把脸靠近比尔,"你没听懂我说的意思,一场比赛,斗狗比赛,看看谁厉害。"

"呃?"比尔火冒三丈,但是那人对他眼里的怒火丝毫没有觉察。

第五章

"单打独斗,大家都喜欢这样,狗也喜欢这样,有何不可?前不久,镇上的另一个矿主庆祝时,我们也斗过狗,一只梗犬在二十分钟内将另一只打败了,斗得好激烈。"

这时候,他才看到比尔面带愠色。他先前以为比尔好奇心重,比较相信别人,没想到听到他的话后,脸色越来越难看。比尔心里的怒火突然找到了发泄口。

"你这个小人!你这个卑鄙的小人!"他咆哮着。

"你才是小人!"猿脸人反驳着举起拳头。

比尔不是挨了骂才气得脸色发白,那人也是如此。

"你让狗去打架!"他气喘吁吁地说,因为那一瞬间,他感到窒息。他一挥拳头,打在猿脸人的下巴上,那人一个趔趄摔在地上,缩成一团。比尔紧攥着拳头站在他面前,既惊讶自己那一击的力量,又惊讶屋里突如其来的安静。他看到那人跪起来,又趴下去,张开双臂,把头搁在交叉的手上。那一刹那,比尔感觉自己杀人了,当他听到匍匐在地的人呻吟时,心里的担忧顿时烟消云散。比尔心知肚明,那人伤得很重,一言不发。围观的人群中发出一阵奇怪的骚动,一两个人弯下身子,扶起那人,比尔觉得过去了就过去了,倒是舒了一口气。恢复镇定之后,他也觉得开心。他找到乔克,想挤出这人满为患的地方,但是人们你推我搡,他只好坚如磐石地站着。

"稍等!"一个衣着体面、阳光帅气的小伙说,他头发乌黑,眼眸明亮。

"有何贵干?"比尔问。

"我想请你多留一会儿,也许这不算打群架的事。巴斯特有话跟你说……当然,我想先听听你的观点。如果你不介意,请多待一会儿。"

"可以,"比尔说,"不过我觉得,事情已经过去了。"

这时,叫巴斯特的人在朋友的搀扶下,勉强站了起来。

"偷袭!他偷偷地袭击!"巴斯特吼道,"我要光明正大地还击,单挑,让这个小人见识一下。"

"是吧,"帅气的小伙高兴地说,"你把巴斯特打得趴下,总不能一走了之,对吧?"

比尔看着小伙友好的面孔,揣测着他友好的劝谏,然后说道:"好吧,听你的。这位巴斯特先生——"

"巴斯特先生!看你的了!"小伙露齿一笑。

"我没有控制脾气,很抱歉,他说到让我的狗和其他的狗斗一场,因为这个缘故,对不起。"

"对他讲啊!"小伙催促道。

"你听到了。"比尔对巴斯特说。

"他说对不起,"一个身材看起来没有威胁,言语似乎有些挑衅的人说,"他说对不起,你接受他的道歉吗,巴斯特?"

"对不起!我也想对他说对不起,"巴斯特反驳,"我要光明正大地单挑,就在此时此地!我也要让他见识一下……那样的偷袭还好意思道歉?胆小鬼,真是……肮脏、无耻、下流的胆小鬼,照我说,我喜欢光明正大地单挑。"

"巴斯特说不接受道歉。"有人推着比尔的肘轻声说。

"巴斯特来火了!"另一人说。

"爆发吧!"第三个人说。

"你得拿出你的勇气来。"一个人对比尔说。

"大家冷静一点!"帅气的小伙说。

第五章

"听到了吗——"比尔对人群说,他急于解释。

"少说废话,小子,"巴斯特回答,"这是男人之间的事情……你不能那样糊弄我一下就想开溜。"

这些话让比尔极度恼火,但他克制了自己,没有夺门而出。他想到了拴在外面的马,接着看到了在熙熙攘攘的人群中发呆的乔克,还有人在往拥挤不堪的房间里插进来,他推开人群,去找乔克。

一个威严的声音从屋后传来:"关上门,克劳德。"

"也许你知道,"比尔对人群说,他没在乎谁听到,"我要走了,我已经道过歉,完事了。"他吹着口哨,呼唤乔克。

他的直白惹得巴斯特一顿狂骂。"你这个懦夫,小人!"他歇斯底里地破口大骂,旁边的几个人奋力拉住了他。在比尔看来,巴斯特和拉住他的人都是在装模作样而已。"我要让他见识一下,"巴斯特大喊,"你们检查那个小人有没有戴指节铜环。"

"胡说八道!"比尔对面色和悦的小伙说,"我还能做什么?我要走了。"

"听我说一句,"小伙提醒他说,"我想问问,你是否清楚现在的情况?我明白你的想法,但是你真的清楚吗?"

"我清楚我打倒了他,"比尔回答,"我也道了歉,已经够了。那个家伙说到斗狗,我非常气愤。"

"是的,我都知道,"小伙继续说,"我叫韦斯特,汤米·韦斯特,看起来你还没有搞清情况,你没有明白。"

"明白什么?"

汤米·韦斯特高兴地笑了。"嗯,你打倒了巴斯特·福格蒂,可能你知道他的铜环名,'超级无敌'。"

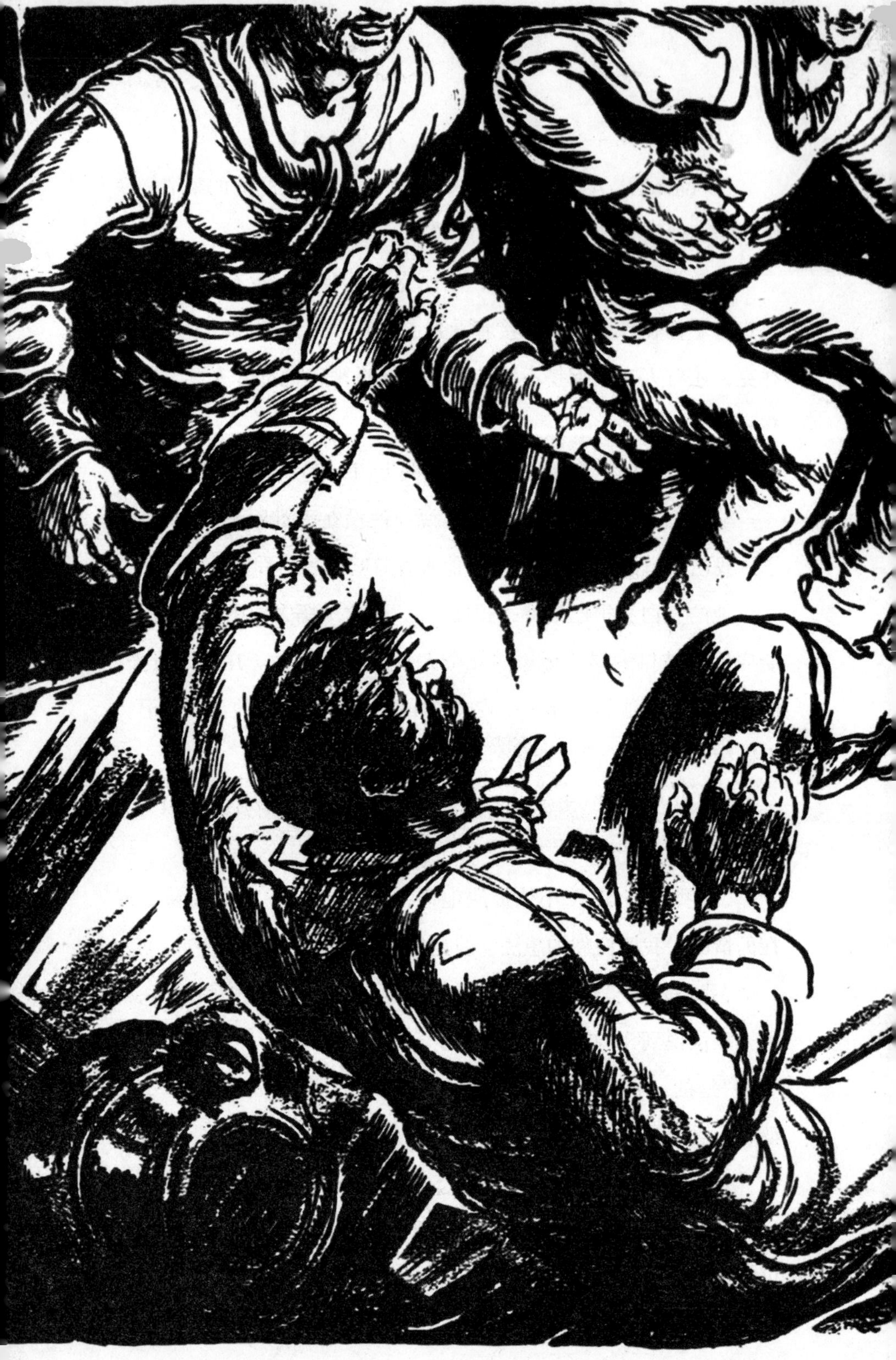

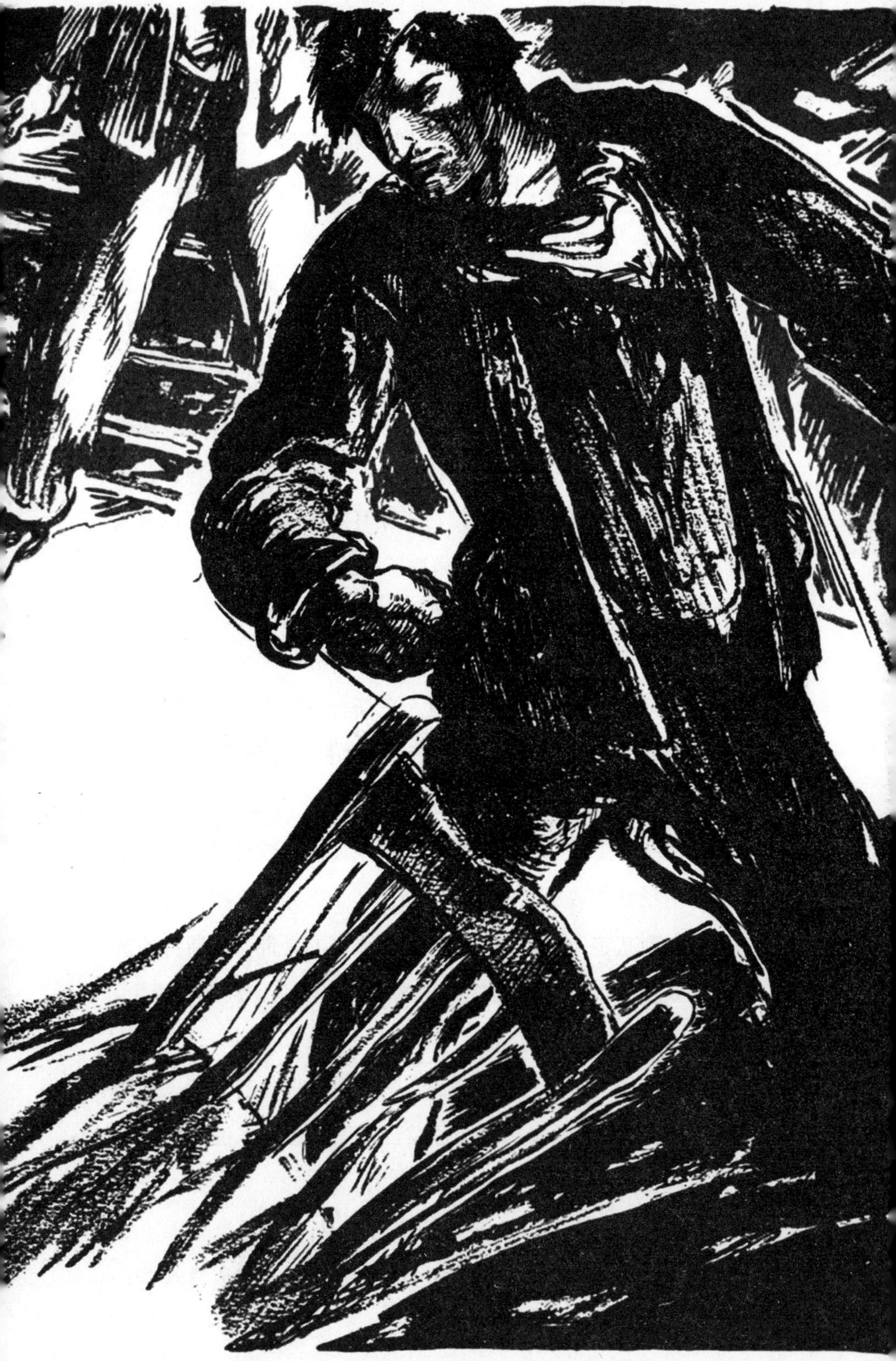

义犬乔克

"从没听说,小伙子,不过,同样感谢你。这个'超级无敌',或者你叫的其他称号,如果你不喜欢,他可以不勉强留着。"比尔说。

这是他对汤米·韦斯特说的话,但是他马上意识到其他人会接过他的话茬。一个人惊讶地打呼哨,另一个人说:"我就知道,他没听说过。"第三个人对他旁边的人说,比尔貌似可能知道。这时候,比尔看到"超级无敌"板着脸,从人群中穿插过来。他脸色苍白而肮脏,一副愤愤不平的样子,但是比尔没怎么理会,他的思绪在想着来的时候没有敲门,刚才有人说门已闩上。也有人隔着门,告诉外面的人,等事情解决了,就会放他们进来。接着,汤米·韦斯特扯着比尔的袖子,把他拉到人少的地方。

"听着,"他轻声说,"也许你知道,我站在你这一边。不过你要知道,你现在面对的是谁。这个巴斯特是有来头的,他在悉尼击倒过基德·弗恩斯七场,人家可是次中量级拳手,你懂的。他在二十五分钟内就击败了公鸡迈克,与鲁布·里根打了个平手。他击败过比利·史密斯,不过那次是犯规。他打败过格莱比,格莱比曾经一场就打败新西兰高手格斯。这个巴斯特·福格蒂,你懂的,是名副其实的冠军。现在看看你面对的是谁,巴斯特的抗打击能力是出了名的。他会咬掉你的头发、皮肤,甚至脚指甲。哦,你一定要好好表现。"

比尔一边倾听,一边整理思绪。"我明白,"他若有所思地回答,"我不是拳击手,我从没上过擂台,他们想怎么说我就怎么说吧,我只想找到我的狗,离开这里。"

"说得有道理,"汤米·韦斯特认可地说,"但是这些人不吃这一套,不过,我还是会试一试。当然,这里的很多人喜欢单打独斗带来的兴奋感，你知道的。"

汤米·韦斯特说着提高了音量。

"且慢！这位先生没事，他公开道歉了，不是拳击手，这只是个意外。请他们握手言和，我请他们喝杯酒，然后让他带狗离开。巴斯特要打败一个地道的业余选手，那是板上钉钉的事情。无论怎么说，他不是拳击手。"

"汤米说得对！"一个人大声说，但是屋里似乎充斥着种种反对的声音。一个角落里，一小撮人叽叽喳喳地商量着什么。比尔只听到几个词——助手、如此，比尔对自己的沉着冷静感到开心。往返的脚步声、说话声、摔门声，传入耳朵。一个人托着一盘玻璃杯过来，"超级无敌"说请大家喝酒。有人掉了一个杯子，比尔听到一声哗啦，他希望乔克不在屋里。要是伤到脚，麻烦就大了，还得跑回家呢。两三个人向比尔提供上钩拳和刺拳的技巧，这对他毫无意义，还有一些规则，他根本不懂。一个大肚子推开建议者，把头探过汤米的肩膀，面向比尔，汤米在他面前好像一面盾牌。

"听着，"那人说，"要么你打一场，要么你的狗斗一场。只要你满足了巴斯特的荣誉，你就可以把狗带回去。你侮辱了他，偷袭了他，他需要绅士般的待遇。就算你输了，虽败犹荣。"

比尔感到一股强烈的冲动，他真想以同样的方式好好教训这个大肚子，但是他克制了自己。他看到几个人围着巴斯特，有人忙着给他脱衣服，有人忙着给他捶腿。太小题大做了，比尔心想，他情不自禁地笑起来。

"汤米做你的助手，"大肚子提议，"这将是一场公平的比赛，你们搏斗到一方认输为止。"

"这样的话，我现在就认输，"比尔平静地说，"我不是拳击手，不喜欢决斗，也不想决斗。"

"啊！你早就该想到这一点嘛，小子，现在太迟了，除非巴斯特愿意原谅你。你说呢，巴斯特？他愿服输。"

"他算什么东西？"巴斯特对屋里的人大呼，人群中爆发出一阵咒骂，"说得轻巧，他得证明自己，让他自己选择，一是在友好交谈时偷袭人，二是光明正大地来挑战。我的天！也许我把他骂傻了，他就偷袭我，我想公平比赛，我想……我请求大家。我说得对吗？有没有人反对？"

大家都聚精会神地听着，没有丝毫懈怠。

"我要教训一下这个傲慢的家伙！""超级无敌"对满屋的人说，"天啊！和和气气地说话打击我！"

拳击手皱着眉头，一鼓作气，摆出一副视死如归的架势。不知怎地，巴斯特说得越多，比尔感到越镇定。

"你将换更多的拳头，比尔，"汤米兴奋地说，"但是不要垂头丧气，一言不发……你最好脱下上衣。"

"我就像剪羊毛一样上台，"比尔说，"我想这不犯法吧。"

"穿着上衣决斗，只要你喜欢就行，"一个人拿着一条毛巾和一块海绵说，"我做你的助手，我叫斯班德，握握手。不过最好脱下上衣，方便行动，还有，脱掉靴子……或多或少可能会吃点痛，只要我们做得对，不要害怕，我以前也挨过揍……天！汤米，摸摸这肌肉，坚如磐石……只要你知道怎么发挥，要是让我培训你三个月——只要三个月，就可以把你打造成一条硬汉……比尔，如果我训练你，你一定会发达。"

比尔一头雾水地想，斯班德为什么渴望为他人赚大钱，他本

第五章

人却显然一贫如洗,骨瘦如柴。

"好身板,好肌肉,但从各方面看,他的胜算不大。"汤米高兴地说。

"要是训练过就好了,"斯班德一声哀叹,又补充说,"我给你揉揉腿。"

"没事的。"比尔说着拒绝了他的好意。

"真是头犟驴,"斯班德点着头对大肚子说,"不过看他的身板,是块好料。"

"有前途!"大肚子附和说,好像就要去抓比尔的二头肌。

"拿开你的手!"比尔吼道。大肚子摇摇头,掏出一支雪茄,退到角落,比尔的话太伤他的自尊了。片刻之后,比尔被汤米和斯班德催着来到匆忙搭建的擂台角落,两位朋友做了一条没有靠背板的凳子,敦促他坐下,然而比尔选择站着。

"还是那么犟,"斯班德说,"我们根本管不了他,不肯听话。"

"你该听一点建议,"汤米劝道,"要不然,第一场就可能被揍得找不着北。"

"没有时间了,"比尔回答,"我得边打边学,到时候像狗一样做出判断。"

他瞥了一眼现场——那个未修边幅的矿主风尘仆仆,却又像在户外一样满面春风;镇上的市民似乎都一脸泥污;观众外围的矮胖男人东奔西走,呼叫下注;巴斯特一边让人搓腿,一边喝水;最让他恼火的是门口的几个人,居然收取入场费。他突然灵光一闪,转身对汤米说:"你找几个信得过的人,确保我的狗乔克的安全。我不想在这里干傻事的时候,让它溜出去。"

"我这就去,"汤米说着走开了,不到一分钟就回来,他告诉

A Dog At His Heel
义犬乔克

比尔，乔克一切都好。

"他们越快忙起来越好，"比尔说，"但是他们不应该在门口收费。"

"那是给获胜方的钱。"汤米说。

几天后，比尔回忆事情的经过，说过的话，引起的连锁反应，他只能用支离破碎来形容，短暂的时间里发生的事情太多了。

"我清楚地记得，"一个星期后，他告诉朗·查理，"当我走进用绳索围起来的擂台后，我感觉就像一个傻子，面对巴斯特那个家伙，还同他握握手时，我就觉得一切都结束了，直到我看到他蹦蹦跳跳地挥舞着拳头。"

老想着这帮人，事实上，这些琐事确实不值一提啊，比尔心里想。他记得踏上擂台时，雀跃的欢呼声唰地沉静了一阵子，他听到人们在喊着下注，他看到空中烟雾缭绕，房间的气息令他窒息。门口的喧闹分散了他的注意力，接着台上的两把椅子被人搬走了。他有些吃惊，自己居然在打擂台，却提不起半点兴趣。他不知道双手该怎么进攻，只有在受到攻击时才挡几下，然而他无法学会对手的一招半式。他只是看着，密切地看着。"嗡！"巴斯特突然大吼，拳头一挥而来，比尔本能地往后一闪，拳头轻轻地落在他的胸膛上。为什么人群中发出一阵阵吆喝？比尔对此感到不解。

要知道，这可是尽人皆知的"超级无敌"。他又跳起来，一脸狰狞，满口嘟囔着不知所云的脏话。除了屹立不动，比尔别无选择，他的身子平衡良好，左脚向前，右脚弯曲，重心都落在右脚上，他感觉站稳当了，准备就绪。然而，他感受不到出手的意愿。要是他真的受伤了，激怒了，他有足够的时间还击，关键取决于对方一举一动的意图。他知道左躲右闪至关重要，就如面对一匹未经驯服的野马或犟牛一样。有一次，"超级无敌"跳上来，比尔本可一拳打中他突起的下巴，但他想想还是算了，放他一马。至于他怎么会及时把头闪开，他也不知道为什么。"超级无敌"的手臂在空中左右挥舞，却处处落空，说时迟，那时快，只见比尔的右拳向上一挥。他听到一声惊叫，拳头上一声轻响，就发现荣誉拳手倒在地上。他翻滚着坐起来，满脸是血。

人群中爆发的唏嘘声着实让他惊呆了一阵子。他忘记了观众，他太投入这场比赛了，几乎开始享受解决问题带来的喜悦。突如其来的火爆场面令他暂时放松了警惕。就在那个时候，"超级无敌"抓住了机会。他像球一样从地上一跃而起，比尔清楚地看到了他的脸，甚至在他咆哮时看到了一颗打碎的牙齿……整个世界变得非常奇怪。观众和对手似乎都离场了，满地的烟头散发着缕缕白烟，天花板布满了丝丝黑斑。一个持续的声音，细微而遥远，叫着"四！"隔了很长很长时间，又叫着"五！"他终于缓过神来，看到一张张惊讶的脸，一条条挥舞的手臂——手臂，手，脸仿佛交织在梦中——他又听到了声音，这一次更近，更响亮："六！"

汤米和蔼的脸庞不知从哪里冒了出来，他贴近比尔的脸，低头望着他，重复着那个字："六！"比尔这才意识到，他被击晕了。但是躺地休息的感觉真好，在裁判悠然地数到九之前，仍有可能基本恢复体力。但是，现在数数的声音似乎匆匆忙忙，短暂的间隔之后，就响起了"七！"也许是数数的人在耍花样，为难他，就像台下的大多数人一样。如果是这样，比尔会向裁判和众人证明自己的。至于"超级无敌"，他算得了什么，想要观众记住他？

在倒下之前，比尔回想起一些重要的线索——是他的弱点。他在稀里糊涂中突然灵光一闪，就想到了这一点，现在他又忘记了。是什么弱点？他的耳朵？他的下巴？都不是。在他的身体上，那不是胸骨的末端吗？巴斯特似乎胸肌挺发达的。在比尔的臆想中，这一回声音更清楚，更尖锐——"八！"

再次站起来，比尔感到热血沸腾，神志清醒。"超级无敌"大步流星地向他冲过来，他感到下巴挨了一拳，踉踉跄跄地跌向右边。他知道拳头打在强健的胸肌上，对方毫无损伤，不过还有时间。所有人似乎都在齐声呐喊，比尔感到铿锵有力，信心倍增。要是他保持直视，就能一瞬间看到"超级无敌"身体上的白点，那是胸骨的末端。对方的弱点就在那里，他现在清楚得很。一匹小马曾经踢过他的胸骨末端，他明白那里挨踢的致命痛苦。毫无疑问，"超级无敌"的体力逐渐不支，他左蹦右跳，瞄准目标狠心出拳，却总被比尔躲过。他面色发紫，当比尔一拳打在他脖子上时，他一个趔趄撞在绳索上，然后弹向一旁。现在，比尔感觉一切尽在掌握之中，他的对手犹如一匹野马，驯服它只是时间和耐心问题。就在这时响起了"当当"的声音，许多人喊道："时间到！"台上人头攒动，其中一人把比尔推到凳子上。

"你受了点伤，比尔，但是你会带回你的狗。"汤米·韦斯特友好地说。

"你越来越厉害了，"斯班德说，他用毛巾猛烈地扇着风，"天哪！如果我有机会训练你，你会成为什么样子！"

"你和巴斯特都筋疲力尽了。"第三个人说。

"现在听着——"另一个人提醒，悄悄在比尔耳边提供建议，可是他没听清楚。

第五章

同时，汤米和斯班德正在给他放松，向他洒水，搓揉他的手臂，比尔原以为没有必要，现在发现确有效果。休息的时间似乎有些过长。如果有机会，他一定尝试给对方胸口一拳。汤米说了一句话，刺激了他的神经。他说："不要攻击对方故意亮给你的弱点，如果攻击他的下巴和脑袋，你会撞伤手的，不要忘记这一点。"

想到牛两个角之间的硬前骨，比尔觉得颇有道理。

相对于汤米，比尔不是那么喜欢斯班德，但他也道了一句良言。"成功需要毅力和耐力，兄弟。"斯班德说。好了，比尔心里想，他不会执意去做拳击手，但是接下来的三分钟，他会坚持到底，直到击中巴斯特的胸骨末端。抱着一股彻头彻尾的干劲和信念，他会瞅准机会。然而，他得不知疲倦地左躲右闪，他等待的时刻，似乎一个小时，就要结束了。

"揍他！"斯班德喊道。

"保持冷静！"汤米建议。

"时间到！"二十个人齐声喊道，比尔发现他正面对"超级无敌"。

这场面既奇怪又兴奋，比尔再次站在那里，看着巴斯特脸上的伤口在抖动。他又听到了对方的咒骂，还有赤裸裸的威胁。打完第一场后，比尔信心满满地认为可以坚持完第二场和第三场。起初，巴斯特愤愤不平，比尔更加谨慎。巴斯特的确不停地出手，但是躲开攻击也很容易。他像烛光一样摇曳，每次进攻后都会迟钝一下子，比尔一直在寻找机会。他体内有一种奇怪的感觉在加速，他的眼睛、手、全身，还有观察力都拥有了双倍的能力。他已产生新的蓬勃力量。

他面前的"超级无敌"依然是一个结实而强大的对手,尽管他的体力逐渐不支。他连续两次迅速击中比尔的下巴,但这两记侧击并没有造成伤害。有一次,他猛撞上来,比尔侧退躲避,"超级无敌"一头撞在绳索上。他龇着牙跑回来,展开新一轮的猛烈进攻,死死地攥着比尔。他们这样对峙了一阵子——摔跤,比尔决定努力冲刺。接着,他像斗牛士一样,突然闪到一边。同时,他一记迅速的下勾拳——貌似下手不狠——正中"超级无敌"的胸骨末端。中招的拳击手一声惨叫,倒在地上。有人开始数数,观众呐喊如雷。人们爬上擂台,在一片混乱中,形形色色的事情都有发生,比尔只是清楚地记得汤米·韦斯特拉着他的手,高兴得手舞足蹈。过了片刻,比尔才意识到,所有这些欢呼雀跃都是因为他两场击倒了次中量级拳击手。

第六章

当比尔走下擂台的时候,他还不知道自己已完成的非凡壮举。人们蜂拥而上地祝贺他,巴不得亲自握一握他的手,请他喝杯饮料,向他倾诉自己的仰慕之情。他甚至找不到可以穿衣服的地方,直到一个服务生用盘子端着几杯啤酒撞上了大家,人们的衣服上顿时溅起一朵朵白泡。汤米又出现了,陪着一个高个子,六英尺多高,满脸雀斑,红色头发,他微笑着向比尔伸出友好的大手。

"听着,"汤米气喘吁吁地说,"我去看过狗了,它现在舒服着呢,刚吃了东西,不用担心。"

"谢谢,汤米!"比尔一边说,一边用力穿靴子。

"这个人很厉害,比尔,他想见你,名叫鲍勃·菲茨西蒙斯,1880年新西兰业余冠军。他曾一个晚上打败过四个人,人称毛利巨人，三场轻松打败迪克·埃利斯。他想请教你一个问题。"汤米的热心让比尔觉得可笑。

"不过我得起身了，"比尔回答，"我要回家了。"

这一群人又聚到一起，比尔听到有人大声谈论着鲍勃·菲茨西蒙斯的生平与事迹，殷勤好客之道，比尔及其赞助人未来的活动，以及与"超级无敌"的友好会面。接着，一位先生从人群中挤了过来，向他伸出手。

"哎呀！你公平公正地打败了我，你做到了，咱们握手言和。这是第一次——"巴斯特有气无力地说，同时竖起大拇指。他友好而得意地拍着比尔的肩膀，向鲍勃·菲茨西蒙斯点着头。对方也点头回应："你得休息一段时间了。"接着，鲍勃·菲茨西蒙斯又用嘶哑的声音对他身后的人说，"你赢钱了。"有人拿给"超级无敌"一顶帽子，他转手递给比尔。帽子里似乎塞着金币、银币、纸币、金锭，还有纸条，这是向获胜者承诺的奖金。

"收下吧，这是你的。他们写了保证书，如果你明天去，马上就可以兑现。""超级无敌"说。

"不知道我能不能收。"比尔为难地说。

"入场费。"汤米·韦斯特开心地解释。

那天晚上回家的路上，比尔回顾着当天的事情，觉得不可思议。他居然可以领取奖金，居然有人利用他搏斗而厚颜收费。但是"超级无敌"站在那里，伸出帽子，他的脑子一下子转不过弯来，搞不懂事情的来龙去脉。

"我想不出收钱的理由，"他坚定地回答，"这不是我的钱。"

"获胜方当然有奖金，"菲茨西蒙斯笑着说，"要我拒绝？我不会这么做。"

第六章

"你赢了,你知道,"汤米说,"都归获胜方。"

"意外,"比尔说,"只是意外。我不会为钱再跟巴斯特先生搏斗。"

"听到了吧!""超级无敌"对屋里的人说,"这不是运动吗?听到他的话了吗?意外!承认了吧!我就说是这样嘛!哦!鲍勃?侥幸获胜,不科学,纯粹意外。我不是告诉你了吗?为什么,再坚持半分钟,我就能把他扔到空中。他说得没错,意外,走运,侥幸获胜,任何人都有可能。"

"超级无敌"似乎格外高兴。他热情洋溢地拍着比尔的肩膀,屈身从地上抓起比尔的另一只靴子,然后递给他。"承认这也是意外吧,"他重复说,"的确是意外,尽管他没有耍花样。我挨了一拳,就像被马踢了一脚,我只能这么说。为什么,要不是那偶然的一拳,你就有得难受了,比尔。"

"这些钱,"鲍勃·菲茨西蒙斯宣告,"一定要合法处置,不要全部喝酒花了。"

比尔将帽子推给"超级无敌"。"你拿着吧!"他说。他不知道,"超级无敌"听到这些话后,高兴得忘乎所以。

"哎呀!"那位先生高声说,"他不喜欢运动啊?我们五五分,怎么样?"

比尔摇摇头,站起身,穿上衣服。

"看不出来吗?"对于比尔的执意拒绝,"超级无敌"乐开了花,"看不出来吗?如果他收下钱,就成为职业选手,他不想那样,他是业余选手,不会因为侥幸获胜而图便宜……好了,我请大家喝酒。希望我们还会见面,比尔。"

人们像苍蝇一样涌向酒吧,好吃好喝的正在等待他们。只有汤米和鲍勃·菲茨西蒙斯无动于衷。

"我有问题想请教你,"高瘦的菲茨西蒙斯说,"不过,我想先看看那只狗,我也算是爱狗的人。"

菲茨西蒙斯是个话痨,他们又穿过两间房,来到酒吧室内,他一直滔滔不绝地讲个不停。"我有一两只——讲实话,八只狗。我支持我的狗杰瑞跟任何动物搏斗,它是花斑狗。我讲讲它的来历吧,就在我连续两场完胜杰克·里德尔的那一天——"

"这就是我想看你的狗的原因。"菲茨西蒙斯继续说。他看到乔克呜呜地走过来,没有表现得异常高兴,只是平静地开心,低着头,摇着尾巴。"它在说,它知道你会来,"菲茨西蒙斯接着说,"它在说,它知道你会摆脱这些麻烦。它在说,如果它有能力,它会防止麻烦的发生。我的狗也是这样,我见过很多次。"这位其貌不扬的拳击手弯下腰,轻轻地摸着乔克的头,"不要刺激任何动物,人们常犯这个错误,我不会让狗受刺激,你这样做很对。是的,刺激会影响判断,每当我上擂台时,我就这么告诉自己。保持淡定,遵从内心,这是制胜之道,在我看来,人或狗都是如此。"

"抱歉,我赶时间,"比尔说,"我很乐意与你谈论狗的事情,如果你愿意与我同行,还有一匹马。"

"骑马不方便谈话,"鲍勃·菲茨西蒙斯插话,"希望你能看看我的狗。"

"希望有那一天,"比尔说,"现在我得回家了。"

"且慢,"这位高个子职业拳击手匆匆说,"请教你一个问题。"

"啊!好吧,我忘了,什么问题?"他疑惑地盯着菲茨西蒙斯。

第六章

"是这样的,"菲茨西蒙斯一本正经地说,"在你们的比赛中,我来晚了,待在屋内的后边,挤不到前面去。我看到你左躲右闪,不简单,但是,我的天!好外行。好在裁判数到九之前,你爬了起来,我观看得很仔细。我也在你身上下了注,看到其他人都押你,我相信自己的判断。不过这不重要,重要的是巴斯特倒下时,我没看懂是怎么回事。前排的人站到了椅子上,挡住了我的视线。我想知道,你是怎么出手的。看这里,拿我示范一下,现在请你演示一遍,你打到他哪里了。用力打,不用担心,我很受力,只是想知道打的哪里。"

比尔思索了一会儿。

"快点啊,"菲茨西蒙斯请求,他友好地点头鼓励,"出手吧!"

比尔轻轻地摆了个姿势,拳击手咧着嘴笑了。

"快点啊,哦,快!不是那样的,动手呀!"他催促道。他做出"超级无敌"被击倒时的模样,形象而逼真,比尔情不自禁地跃跃欲试了。事情就是这样子的,只是结局不同。比尔轻触了他的要害点,仅仅是碰一下,菲茨西蒙斯即刻闪开了。拳击手若有所思地站了一会儿,用第二根手指用力按着要害点。"哼!"他说,"美国的选手会感兴趣的。我也送你几句话,兄弟……听好了,不要喝酒,不要接受挑衅,别让人家把你当宠物了,他们只是把你当玩偶。说白一点,不要忘记,你是为自己做到最好,你可以向任何好狗学习。"

"多谢,菲茨西蒙斯先生。"

"叫我鲍勃就好了,多数人叫我杆子鲍勃。好了,你受了我的良言,我也学了你的高招,祝你好运。"

"祝你好运,鲍勃。"比尔回答。

A Dog At His Heel
义犬乔克

"他还好吧？"汤米·韦斯特趁他们在门外时说。比尔看了看落山的太阳，又看了看浑圆的银月，便去照看他的马儿了。乔克坐在木板上，心领神会地望着他。

"他就跟我想象的一样，"比尔说，"任何懂狗的人都是那样。"

汤米·韦斯特一脸严肃。

"希望我们还会见面。"他说。

"希望如此。"比尔回答。

"比尔，"汤米叫道，"我猜你不是写诗的料。"

"哦，不是，从来没这个想法，为什么这么问？"

"我读过一句诗，"汤米·韦斯特说，"杆子鲍勃说话那会儿，我想起了它，是这样的：

'……不停劳作的人，

日积月累，终会达到人生的高峰。'

这句诗给我印象很深，我是想说，这有点像狗的生活方式，人也一样。"

"朗·查理会喜欢它的，"比尔沉思着说，"它说得很有道理，大多数诗都缺少了一点内涵。"

两个人握了握手，但都没有说话，双方都尊重彼此，他们心知肚明。回到酒店时，汤米望着比尔带着两匹驮马渐行渐远，乔克欢蹦乱跳地尾随其后，发出低声的尖叫，他真希望自己能跟比尔同行，就是不知道为什么没有去。"少校的阿根廷牧场要的正是这种会干活的人。"他心想，并暗自决定，一定要推荐他。

比尔在月光下骑了八英里，稀疏的草地在月色下仿佛披上了一层薄雪。凭着机警的天赋，乔克在人能看到或听到前，就觉察到有陌生人骑马接近了。马儿的嘶叫证实了乔克的警示，当狗抬起头请求先行观察时，比尔没有阻止他。不到两分钟，乔克就跑回来了，还带着朗·查理的苦力拉德。又过了几分钟，朦胧的月色下突然出现了一个人。

"想来接你，打发时间，"他说，两个人并驾缓行，"你回得有点晚，是吧？"

"一切都顺利吧？"比尔问，"我是说澳洲大陆。"他这么说，因为委托好人打理事情时，永远不要怀疑人家会出差错。

"迈克·赖安今天上午来过，"朗·查理回答，"你脸上是怎么回事？"他发现比尔被"超级无敌"打的瘀伤。

"出了点小乱子，"比尔说，"小混混来捣乱。"

"发生了什么事？"

"一点小乱子而已，"比尔轻描淡写，"有个人想斗狗，我不同意，就这点事儿，我们争吵了一会儿。"

"镇上的人喜欢斗狗，"朗·查理沉思说，"那就是他们所谓的运动。"

"迈克·赖安来做什么？"比尔问。

"没啥事，但是他讲了一支搜索队去了某地。听说这个悉尼·锡德，你记得吧，对于寻找茶壶大的金块很有见解，他是个卷羊毛的。不管怎样，这傻子从挖地开始，后来就失踪了。你我明天可以到处找找他，是他赶走了乔克。"

"我记得，"比尔回答，"不过我们还有重要的事情要处理，我收到了一封信。"

"你收到了一封信！"朗·查理喜不自禁，一听说比尔接手了一块不毛之地，他惊得目瞪口呆。"谁给你的来信？你不是没有亲戚吗？"

"我没有，"比尔回答，"这才叫有趣。"

他们没有继续聊这个话题，直到半夜回到棚屋。他们默默地骑着马，徜徉在陪伴的友谊里，欣赏着辽阔的草原，聆听着马儿的惊动，享受着狗儿的快乐。回到家后，他们刷过马，卸下购买的物品，便坐下来用餐。浓烈的红茶加上炸羊肉，还有新鲜面包，可谓奢侈。吃完后，比尔掏出信件，递给他的朋友阅读。

"确实是给你的信，"朗·查理一边看一边说，"给你的信，可能会开启你的职业生涯。"

"问题是，需要回信。"比尔回答。

"这就是收信的麻烦，"他的朋友思忖着说，"就像你说的，一定得回信，但这不是关键，回信一般要承诺做点什么，这就需要考虑未来。承诺与交心都有可能缩水。"

"承诺的麻烦是，当你许诺后，期望的未来从来不会和现在一样，"比尔说，"无论怎么说，这里有纸有笔，如果你照我说的写，我们马上就能处理好这件事。"

"好吧！"朗·查理回答，他双手趴在桌子上，摊开现已成为乔克日记的账本。他撸起袖子，点燃了烟，宣布准备就绪。

"'亲爱的先生。'一定要这样开头。"比尔说。

"就这样开头吧！"查理点头说，"虽然感觉有点怪。我听人说，你想怎么说，就应怎么写，但是我从不这样称呼别人。"

"我也一样，不可能这样称呼别人，"比尔说，"不理它吧，继续！"

"写下这句，"比尔说道，"'我提笔先报平安，希望你也一切安好'。"

第六章

"这个开头很好,"朗·查理看着自己的手迹说,"可以拉近距离,也许你会这么说。"

"安全起见,"比尔说,"许多人读着自己多年前的信,才感到万分愧疚。早知如此,何必当初。"

"关于乔克、你和阿根廷的牧场呢?"朗·查理急问。

"这个嘛,我想一定得先去看一看,"对方回答,"好远呢,我们没错。"

他思量着又说:"有一点,我不会为钱卖了乔克。"

"我们就这么写,'我不会为钱卖了乔克'。"写完后,他把信从头至尾清晰地读了一遍。

"写下'好公司走不远'。"

"啊?接下来呢?我明白了。"记录员说,他认认真真地记下每一句,下文倒是不好办了。

"写下'一个老朋友胜过两个新朋友'。"

"好像有点牵强附会。"朗·查理说。

"这样结尾很好,"比尔向他的朋友保证,"给点耐心。"他走过屋子,来到炉子边,看着乔克寻找灵感。

"我和那家伙就是交心的兄弟。"朗·查理说。

"现在写下——我现在完全明白你的意思,——写下'我去哪里,乔克就去哪里,乔克和我形影不离'。再写'朗·查理是我的搭档,他有一条好狗。我认识一个叫汤米·韦斯特的年轻人,只要培养他,他会有前途的。但是他不明白,打鱼的人身上有鱼腥味,意思是说老板需要留意自己公司的处境'。然后告诉他,在我们没有看到公羊前,最好先不要买。最后写上'此致敬礼',我再签名。写完后,我们就睡觉,快凌晨两点了。"

"应该要写附言，"朗·查理写完后说，"礼貌的书信都有附言。"

"你说得对，"比尔回答，他在屋子里踱来踱去，"嗯，我能想起的只有汤米说过的一句诗，写下来吧，'不停劳作的人，日积月累，终会达到高峰。'跟原文有点出入，但是他会明白意思的。"

"是句好诗。"朗·查理附和，照着他说的写下来。

"明明白白地告诉他，"比尔说，"我始终相信直白的力量，不用拐弯抹角。"

"害羞的狗长不胖。"朗·查理说。

就寝的时候，身为主人的比尔只能睡地板，两张羊皮就是他的床。朗·查理虽然睡在木板床上，但也硬如地板，用两张羊皮垫着。客主之间唯一的区别就是前者比后者睡得高两英尺，两个人都像放羊时躺在地上一样抽着烟。黑暗中，朗·查理突然想到了什么，一屁股坐起来。"喂！"他叫道，"我现在才想起来，你在那封信里说让我去南美。"听到自己响亮的声音，他有些惊讶。

"嗯，我还提到了你的狗，"比尔笑道，"有意见吗？"

"没有，比尔，没有意见，我想哪里都一样好，只是想——"

"什么？"比尔问。

查理细想了一会儿说："也许你到那个国家会暴发，我就成了供应基地的人，这样也许更好。"

比尔听到朗·查理砰的一声又躺下了。

"如果是这样，你可以将管理权交给我，"比尔回答，"我最大的期望就是两只狗可以得到好好的锻炼，学习新的东西。"

"当然得为狗着想。"查理说。

"还有问题吗?"一阵沉默之后,比尔问道。

"没有,比尔。也许你会说,有了两只狗和我们的加入,这个少校算是幸运了。我们再留一句附言告诉他。"

"他会明白的,"比尔回答,"懂狗的人同样懂人,迷路的那天,他这么说过。他了解自己,了解自己的人同样了解别人,永远记住这句话。"

"他讲的话都是真理。谁都知道,庸人讲的都是废话,但是内容……算了,晚安!"

第七章

早上太阳还没有升起,比尔便骑马出去送信了。他打算把信交给布里特,布里特每一两天可能会见吉米·基勒一次,基勒骑马去敦提牧场时,可能有人顺道去珀斯。布里特人称砖头,因他的头发颜色而得名,他是个细心的人,把信系在帽绳上,以免忘记。事后想想又取下信件,潦草地写了一些字,又系回去。"为什么,我觉得你不会收到回信。"布里特说。

"我宁愿抓湿泥鳅的尾巴,也不想写信。"比尔承认,他收起信件,现在的他已是乡下人了。

"跟你说,我想去看看新的国度,"砖头说,"用旧号角吹出新声音。"

"我去那边主要是为了狗,"比尔说,"多见多闻才聪明。"

"的确如此，"砖头说，"这是我的狗提普，他在新西兰、塔斯马尼亚、阿德莱德背后的牧场都待过……你现在看看提普和乔克？"

提普是一只英俊的牧羊犬，黑白间色，黝黑的斑点，毛茸茸的尾巴，似乎在催促乔克努力追赶。乔克在房子周围嗅来嗅去，不停地哼着，鬃毛竖得高高的。

"嗅到了什么东西，提普告诉他去寻找，"砖头说，"狗在互相学习，就是这样，提普知道，乔克在思考。提普对我的新宠很感兴趣，想看看吗？"

比尔和乔克看到了奇迹——一只毛茸茸的瘦骨嶙峋的小动物，头如小鸟，身躯庞大，四肢短小。

"会下蛋，吃蚂蚁的哺乳动物。早就听说过，今天还是第一次看到。前天搜找失踪的那小子锡德时，在兰德尔山脊以北见过。没有找到他……我说的是锡德。他们告诉我，有的人愿出大笔的钱，满足一下好奇心……我是说吃蚂蚁的那家伙。"

"你说的那家伙没有什么用途，"比尔说，他心里想着锡德，"那种动物让我厌倦。"

"不知道有没有用，"砖头说，"吃蚂蚁。"

"我是说锡德，"比尔回答，"要是他吃蚂蚁，就不会受苦玩失踪了。他去了哪里？藏在哪里？"

"我们会有人找到他的。"砖头说。

"难说，跑遍澳大利亚，去寻找一个出门就不见踪影的人？内德那帮人吧，"比尔说，"没有发现锡德的踪迹？"

"没有。"砖头回答，他背靠在马上，手臂随意地搭在马鞍上。

接下来的十分钟，他们谈到接二连三失踪的市民，有时候在离家两英里范围内,因为他们看不懂路标,或者沿着绵羊的足迹行走,或者"找不到规划好的街道",他们只求助于狗、气味或足迹。最后的二十分钟,砖头说服比尔尝试他的设想,失踪的那小子一定藏在兰德尔山脉,因为那里的群山以北和普拉古鲁以南都是平原。特雷弗在那里找过两天,几乎肯定可以找到失踪者。

"你说得对,比尔,他就藏在那里某个地方,"砖头认可地说,他挥挥手,是指大概一百平方英里的地方,"我会亲自去,但是没有人帮我从牧场赶回绵羊,你有朗·查理帮忙。"

"我去,"比尔说,"我是说,我今天去转一转,走伯其特峡谷看看情况。如果没有什么发现,明天再出去好好走一走……我带点燕麦粥,容易做得很。另外,我想训练乔克的嗅觉。"

"要带一块羊肉吗?面包呢?"砖头问。

"给乔克带一块羊肉。"比尔回答。拿到羊肉后,比尔带上高兴得欢蹦乱跳的乔克,他们像轻装上阵的英格兰人劫夺边境地区一样出发了。

他们在树荫下阳光点点的草地上走了一阵子,远处是遍布石头的荒野与山脊,山间的裂谷叫伯其特峡谷。比尔骑着马,既没有明确路线,也并非漫无目的。他估计那个菜鸟会抄常规路线,要么往北,要么往南。他应该不会走平原,因为特雷弗的队伍已仔细搜过,一条东西方向的小路必然留下了他的足迹。乔克知道自己马上就要去寻人了,高兴得用灵敏的鼻子不停地嗅来嗅去。比尔一边骑马,一边寻思着事情的来龙去脉。他估摸着失踪的小子抄捷径穿过荒漠,尽管别人不敢苟同。在北边荆棘丛生的灌木中,兰德尔山脉的苍翠山脊消失得无影无踪,比尔变得迷惑起来。只有傻子才不会看太阳或星星,东奔西走,巴掌大的地方也要走

第七章

上几十英里。这个锡德必然分不清哪座山是哪座山，这里有五座平行的山脉，互不相连。他会随意地爬过一座又一座的山丘，从一个山顶到另一个山顶不停地向前观望。等到口渴的时候，他就知道麻烦了，如果找不到水源，他很可能迅速陷入绝望。

事实正如比尔设想的一样。因为过于自负，锡德不愿接受过来人的建议，他狂妄地抱着无所不知的愚蠢想法，甚至光着脚丫离开金矿。他没带多少行李，只有一张毯子，对于前方的路途了解甚少。当时有人对他说："人迹罕至的路最安全，尽管要多走五十英里。"锡德笑了，他说自己能走得很呢。

"我不至于傻到连前方的路标都看不到。"他自吹说。

"傻子都觉得自己聪明得很，"那人说，"小子，你是那种拿棒砸自己的头的人。"

但是锡德不为他的话所动。本性的无知与固执如同他身体的上肢，难以泯灭。在第一天出发的中午前，他就丢失了行李。他沿着野生动物的足迹，庆幸自己不是路痴。最后来到一丛刺槐的时候，他孤独的心顿时变得忧郁起来。正常的方向感让他走到了砖头的牧场，但是他的那种感觉相当原始。他不知所措，甚至产生了返回原地的想法。黄昏时刻，他来到最北端山脊的脚下，听到一阵好像驴叫的声音，接着又响起一阵狂笑，他赶紧爬到高处，希望在远处的山谷能找到一处藏身之所。过了好几个小时，他才想到笑翠鸟[①]，通常也叫"怪杰克"，得知周围并无人烟。

那天晚上，整个世界仿佛笼罩在恐怖中，锡德度夜如年。朦胧的黑暗中，他看到了飘忽不定的影子，心惊胆寒地注视着周围

[①] 翠鸟科的一种食鱼鸟，以其鸣声似狂笑而得名。笑翠鸟被认为是澳洲的标志性鸟类之一，在悉尼奥运会上被当作吉祥物。

的动静。粗草中的骚动令他瑟瑟发抖，他无时无刻不担心又出现新的动静。一只猫头鹰从他头顶飞过，沙沙的拍翅声让他胆战心惊。他似乎看到了成群的野狗向他扑过来，撕咬着他。一想到蛇、蝙蝠、黑色的东西、鳄鱼，他就浑身抽筋，这些恐惧感都来自无知，恐惧真是伟大的发明家。随着黎明的到来，他感觉只睡了半宿，尽管他昏昏沉沉的大脑告诉他彻夜未眠。但是这个晚上，他不曾得到休息，睡觉对他是一件苦活。

第二天早上，他看到地平线上是一片茫茫水海，他似乎听到有人在谈论奥斯丁湖，尽管那个湖远在异地。他略懂地理，拜他读书所学，于是满怀希望地向湖跑去，湖却消失得无影无踪。最后，他看到远处一座小山，好像悬浮在空中，他才知道自己被海市蜃楼欺骗了。这一路跑来也有好事，他找到了一处水源，虽然口感不好，还有一股异味，然而喝了水却精神倍爽。他百无聊赖地在水边坐了几个钟头，养精蓄锐。一想到自己可能会在这人迹罕至的地方坐到死去，他便开始一连串的短程探索，从水池出发，爬到山顶，不停地往返，但都没离开能看到水池的视野范围。他就这样走了好几英里，始终没有离开安全地点一英里之外。最后，他毫无目的地累坏了。有一次，他听到山顶传来一声细微的叫声，接着听到了遥远的犬吠，他张开嗓门高声呼喊，听到自己微弱的声音，他吃惊地站住了。更甚的是，他的声音让他意识到了荒野的寂静。

刚到水池的时候，锡德还幻想着有人来救他这个自以为是的英雄。随着时间的消逝，消极的念头逐渐侵蚀他的大脑。不再有趣。他没想过会饿死，因为他没有胃口，出发时带的干粮还没动过呢。但是他带的水呢？他仿佛见到有人来到他的尸骨旁——勒

第七章

马止步，惊讶不已，然后继续前行，对发生的悲剧毫无兴趣。有一次，他看到一个失踪的人被带回牧场，面容憔悴而扭曲，舌头浮肿而突出。一想到那个人，他就做噩梦。他记得自己曾对别人说过，那个人执迷不悟地一直往东走，从不回头，换作是他，他也会这么做。现在的他也身处类似的环境，因为害怕，不敢走出烂泥坑的视线范围。他不敢爬上远处最高的山脊，就在湛蓝而柔软的地平线上。

这种凄凉的画面，他不知道想了多久。不知不觉中，他已昏昏入睡，但并没有真正入睡，只是在从半醒半梦到半梦半醒中徘徊。他的头脑已经麻木，尽管他还能意识到水源、黄草和夕阳。高烧也突然缠上了他，他不时地将手放入水坑，笨拙地将湿手搭在额头上。有一次，他昏昏沉沉地睁开眼，看到遍地都是月光，又迷迷糊糊地睡过去了。再次醒来的时候，看到太阳高高地升起，他努力挥去心中的悲伤。恍惚之中，他看到一只狗跑下山脊，来到他的左边，他转头再看时，狗已消失得无影无踪，他脑海里充满了对野狗的恐惧。在这种晕眩的状态中，他忘记了时间，再次看到狗时，他不知道是原来那只狗还是另一只，或者过了几个钟头原来的那只狗又跑回来了，也许只是他幻觉中的动物吧。他张开破裂的嘴唇使劲叫喊，却发不出声音，狗也不见了。他绝望地闭上眼睛，确信那只动物只是幻觉。

再次睁开眼睛的时候，附近的确有一只狗，好奇地在他身上嗅来嗅去。接着，它走入水池，上岸甩甩身子，又望了一眼躺在地上的陌生人，就跑开了。锡德几乎不敢相信自己的眼睛，以为是在做梦，看到从水中到岸上的脚印才信以为真。他想站起来，跟着狗的脚印走，但他的双脚已经麻木，腿也不听使唤。

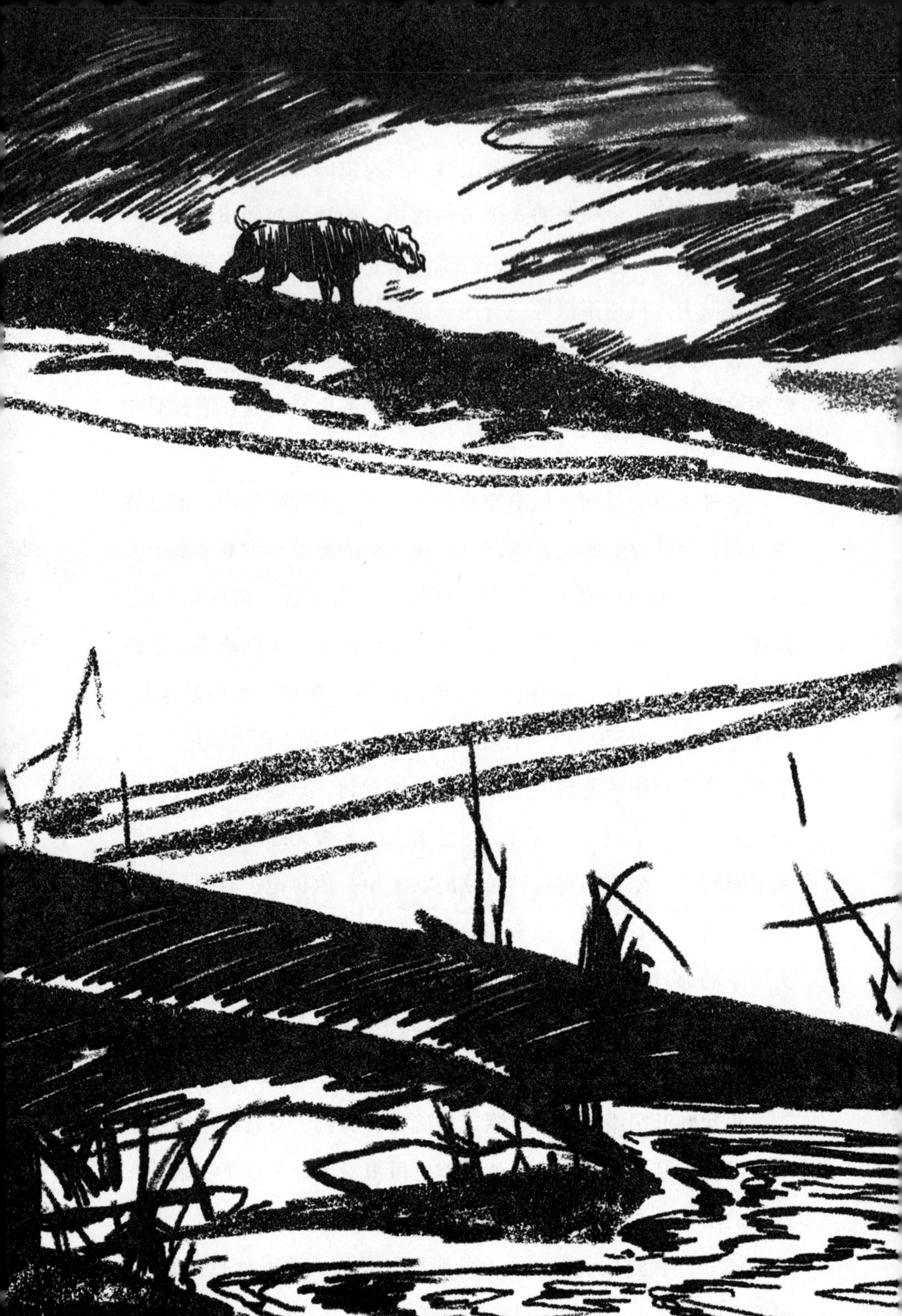

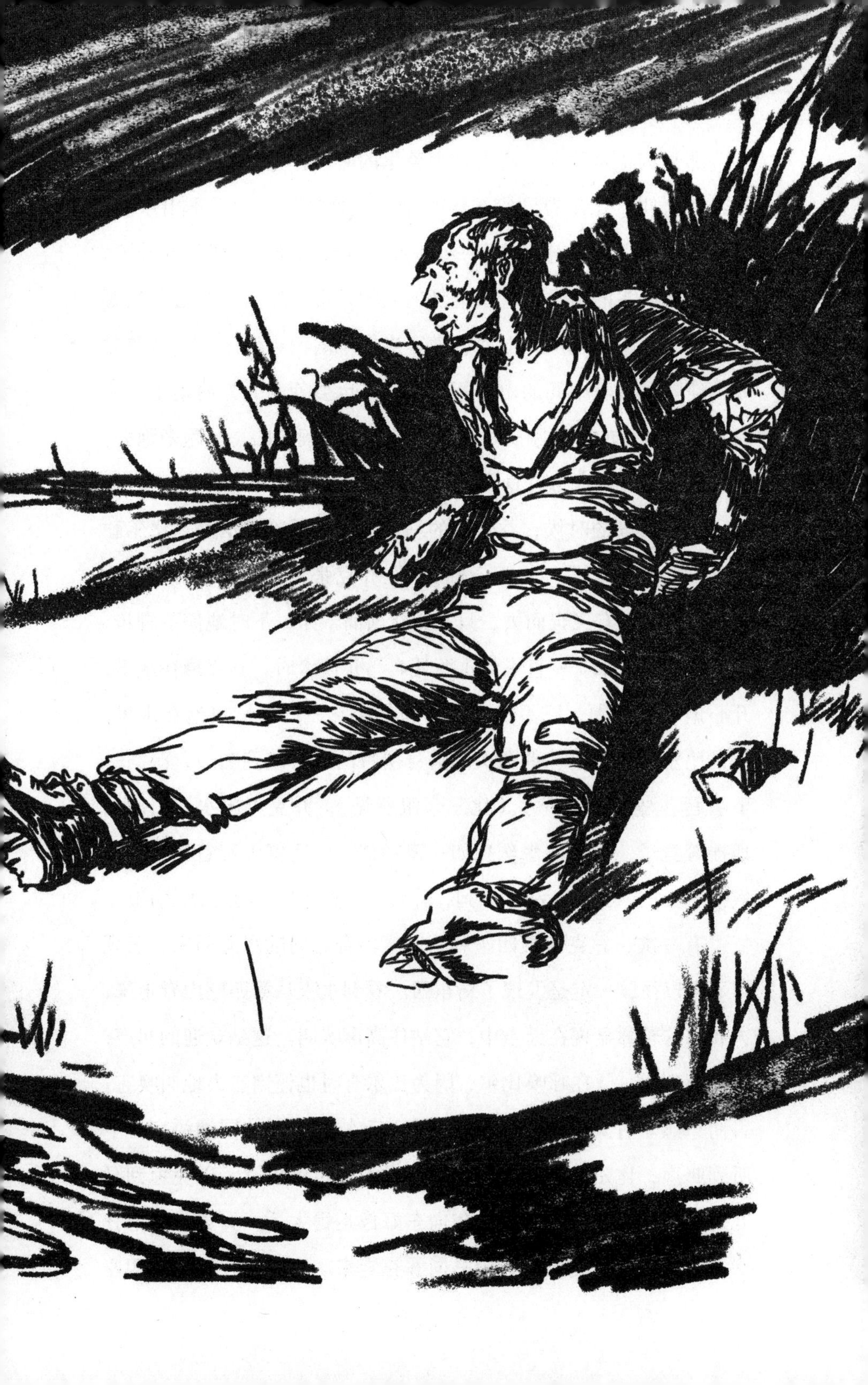

A Dog At His Heel
义犬乔克

那只狗正是乔克。离山顶半英里的时候，它向悠然骑马的比尔汪汪大叫。比尔看到它摇摇身子，尽管它身上已甩不出水滴，它只是告诉比尔，它发现了一处水源，今天已经发现了好几处了。自从离开砖头的地方后，这就是他们的日常工作。比尔去过兰德尔山脊，五座大山从东向西，横亘半干旱的偏远地区。大多数时候，他骑马沿着中间的山脊行走，偶尔也会朝南北方向走走。此时，天资聪颖的乔克刚从水池上来，带着湿漉漉的一身跑来跑去，在比尔面前欢快地甩着身子。

当狗回来的时候，乔克骑的马两次发出明确的信号，比尔勒住马，低头命令道："去吧，乔克！"乔克张着嘴，伸着舌头，一路小跑，它没有飞奔而去，只是跑在前面带路，不时地停下脚步，等待比尔赶上来，一直来到水源处。马儿饮水时，乔克蹲在水里，开心地看着周围，巴不得主人和马都像它一样尽情浸泡在水里。但是比尔没有喝水，他两次把随身携带的瓶子放到嘴边，湿润一下嘴唇。马喝了不少水（比尔亲眼所见），乔克走出水池，使劲地摇着身子，甩出的水珠犹如一道彩虹，然后侧眼看着比尔，等候指示。一声"哼"和"好狗，乔克！"就是对它的充分肯定。

有一次，乔克从第四座和第五座山脊之间的水源回来，表现得不同以往，一定是发现了新东西。看到主人从第四座山脊走来，人和马的轮廓显现在天空中，它站住高声吠叫。这是欢迎的叫声，短促而尖锐，是在呼唤比尔，因为比尔有时也铿锵有力地叫唤它，言简意赅。有其主，必有其狗，人和动物能理解共同的语言。一听到叫声，比尔骑着马，以之字形慢慢地走下山脊，以免惊到马儿，乔克静坐在地。看到比尔向东好像走得太远，乔克焦急地狂吠，直到比尔来到山脚，策马向乔克走来。当比尔开始爬第四座山脊时，乔克跑开了，去查看另一端的工作，尽管它仅从坐在水源边的人眼前闪了一下。比尔到达山顶时，乔克又折回来，坐在地上等候，一身湿泥，却非常高兴，连接发出了三声短促的尖叫。

"我知道，我知道，乔克！"比尔说，"你找到他了，你一点也不糊涂。好了，我们去看看你找到了什么。"他跟着乔克来到水源边。

比尔下了马，瞥了一眼四周，然后用五个字总结说："还不算太坏。"

锡德轻轻地呻吟着。

"你应该没什么大碍。"比尔冷静地说。

"我支撑不了多久。"锡德哀叹。

"是的，我看得出来，"比尔说，"不过你暂时不需要说话。"

"要不是你——"

"你得感谢乔克，"比尔打断他的话，"最好把你的故事留给新来的人吧，小子。筋疲力尽的人都爱叽叽喳喳，不要发牢骚……上马！你坐到我后面。"

比尔上了马，伸出一只脚供锡德爬上来，用强有力的左手拉了他一把，然后策马向西出发了。乔克还在水源处忙着呢，这里嗅嗅，那里闻闻，获取自己需要的信息，在水池里再泡个澡。然后，它一路奔跑追赶主人，赶上后跑到前面，仿佛在接受馈赠。

他们一言不发地行走了一阵子。锡德觉得有十英里，他坐在后座，对沿途不熟悉，心里只担心自己。更何况，他极度疲惫，口渴难耐，对丛林的生活非常厌倦。

"我不应该来到这里，傻子才离开城市。"他琢磨说。

"确实不应该，"比尔说，"如鱼离水，方孔圆钉。"

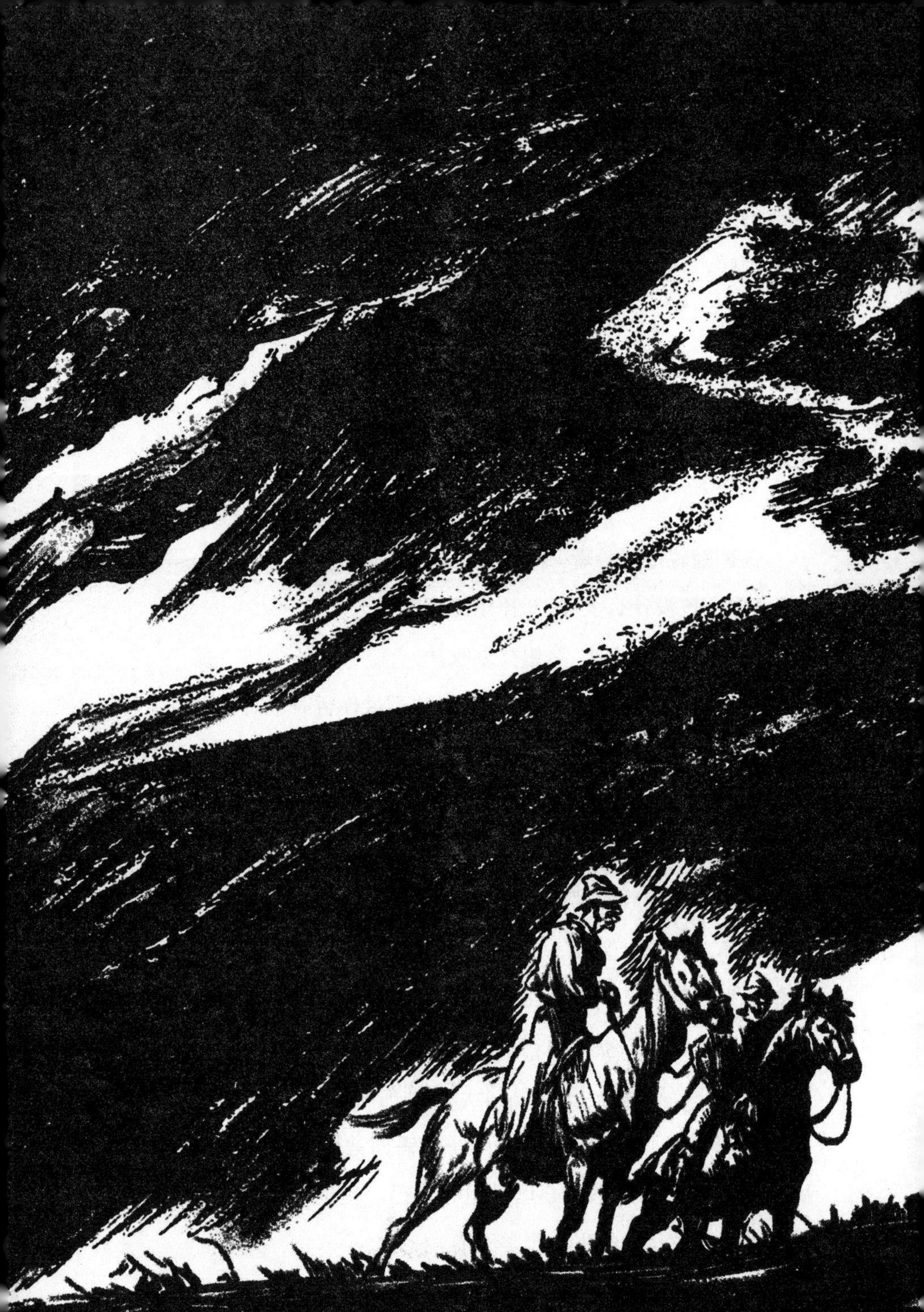

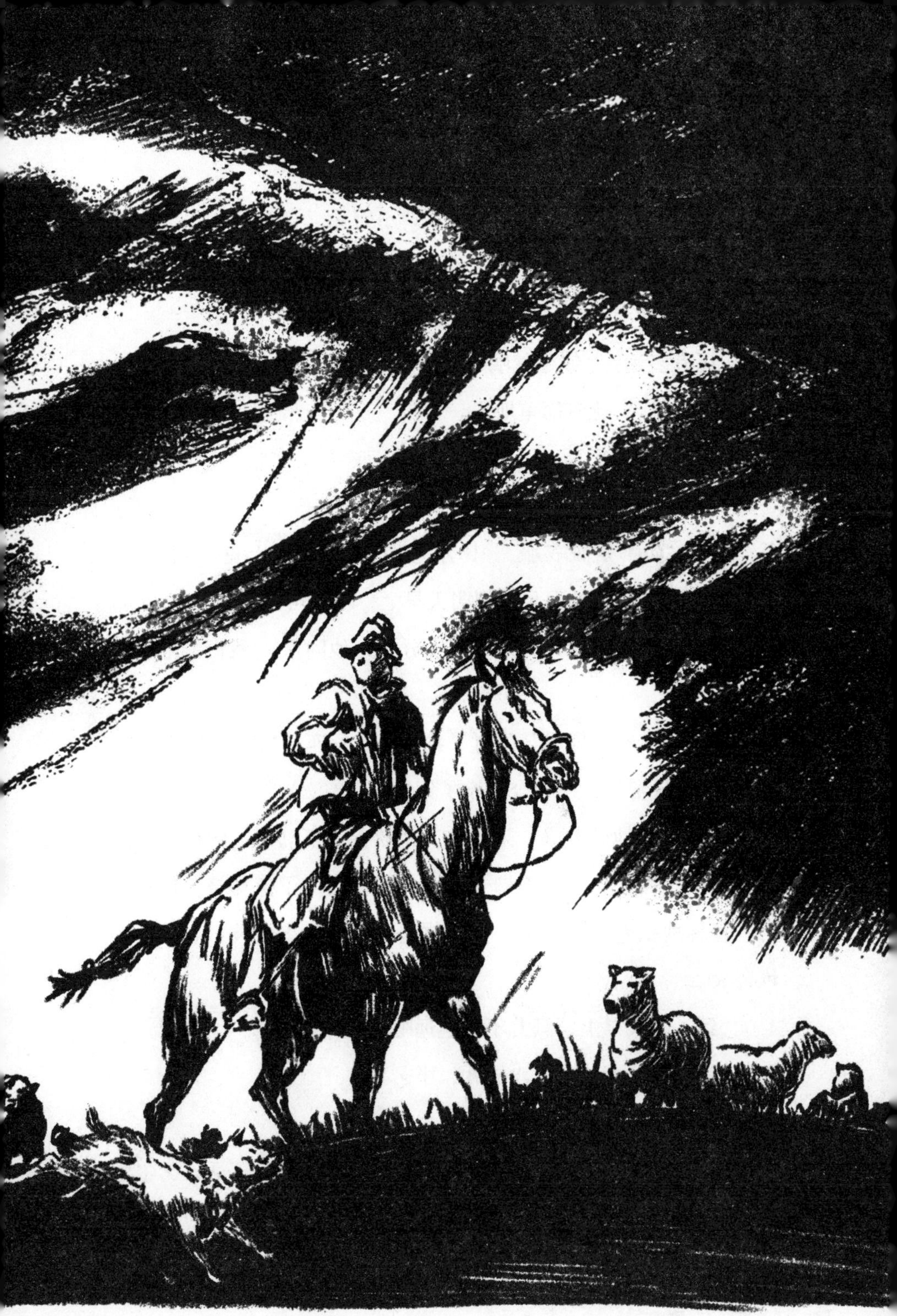

A Dog At His Heel
义犬乔克

"多亏你来了。"锡德继续说。

"其实是狗,"比尔纠正道,"它小时候,你想赶它走的那只狗。"他的话冷冰冰的。

接下来的半英里,谁也没有说话。

"还有多远?"锡德气喘吁吁地高声尖叫。

"半英里。"比尔简单地说。

锡德呻吟起来。

"能看到有人家就好了。"他说。

"睡觉前不要脱衣服,"比尔警告,"今天晚上见不到人家。你得到伯其特峡谷的温泉待到明天早上,现在可以休息了。"

锡德什么也没说,大概过了十分钟,他问道:"我们能继续赶路吗?"

"'我现在有一匹马'强过'我过去有一匹马',对吧?"比尔回答,"知足常乐,马儿今天跑了不少路。"

他们静静地骑着马,来到伯其特峡谷。下马后,锡德瘫在地上,长叹一声。比尔忙着御下马鞍,用毯子擦了擦马身,让它躺下,轻轻地拍着它的腰部,让它放松。他们收集树枝,点燃了一堆篝火。

"到了明天早上,马儿不会走远吧?"锡德问。

"它认识回家的路,没错儿,小子。"

"那我们怎么回去?"

"我走路,难道还骑乔克不成?"想到自己的冷笑话,比尔大笑起来。他脱下外套,递给锡德,将毯子铺在地上,到附近的泉眼装了水,把水瓶放在火堆旁,将马鞍和缰绳放在灌木丛上,又检查了一遍。

"现在一切都放置妥当，"他满意地说，"明天我和朗·查理过来找你拿马鞍，现在你可以好好睡一觉。走路回家也挺好，我和乔克可以互相做伴。你走不动，我背不起你，马也驮不起两个人。就这样，晚安，我回家了。"

"晚安！"锡德伤感地说，他沮丧地望着火堆。

比尔望了他一会儿，脱下羊毛衫扔给锡德。"反正走路会热身。穿多一点，免得蚊虫叮咬。"

他说完就大步流星地离开了，乔克在他魁梧的身边形影不离。他一边走路，一边高兴地吹着毫无节奏的口哨。

第八章

找到锡德不久后的一天,汤米·韦斯特高兴地骑马来到比尔的棚屋。他像小鸟一样从马背上一跃而下,大步流星地走上来,乔克看到吠叫不止,他欢喜地摸着乔克的头,称赞它是全澳大利亚同种狗中最英俊、最聪明的狗。接下来,他面对比尔,稍微张开双脚,双手放在屁股后,仿佛一位英姿飒爽的英国骑师。

"有什么好消息?"比尔问。

"再好不过了,"汤米·韦斯特说,"一切都已尘埃落定,我们去少校的牧场。"他难以掩饰心里的快乐。

"少校的牧场?"比尔好奇地问。

汤米·韦斯特快活地挥着一只手:"南美火地岛,我们都去,你和乔克、朗·查理,当然还有少校。这是他的行头,不错,"他用马鞭拍打着腿补充说,"趣味无穷。"

"哦!"比尔说,"我写的那封信。"

"你知道吗,"汤米·韦斯特继续说,"一切都定下来了,少校对发电报之类的事情很慷慨……唉,你觉得菲茨西蒙斯那个人怎么样?听我的,留心一点,他是下一届的世界冠军,相信我。在学校的时候,我也偶尔戴上手套打打拳击。"

"但这是南美,"比尔说,"恕我直言吧,菲茨西蒙斯没你说的那么厉害。"

汤米·韦斯特睁着蓝蓝的大眼睛:"是吗?你去看看他的记录。"

要不是朗·查理骑马过来,他还会滔滔不绝地讲下去。查理松开马肚带,向汤米点点头,他走到门口,靠在墙上,双腿交叉。

"跟你说件事,把管理权交给我。"比尔对他的朋友说,朗·查理点了点头。"南美。"朗·查理说。

"我们一起去!"汤米·韦斯特脱口而出。

"你去做什么?"比尔问。

"哦!只是代表少校,"对方回答,"记记账,打打杂,让自己发挥一点作用。"

"你做好安排了吗?"朗·查理问比尔。

"我还蒙在鼓里,直到你刚才告诉我。"比尔回答。

"我在哪里都行。"朗·查理轻轻地笑着说。

"我要澄清一件事,"汤米·韦斯特急切地说,"少校是我叔叔,我的父母让我来这里赶羊回去,还有杂七杂八的事情,你知道。"他又轻轻地挥一挥手。

"英国的羊有点多了。"朗·查理说。

A Dog At His Heel
义犬乔克

"是有点多,"汤米说,"我不是做作家或银行家的料,你知道,说来话长。"

"我理解。"比尔说。

"嗯,少校收到你的信后,给我发了电报,"他有些紧张地说,"好像我把电报落在宾馆里了,来得有点匆忙,不过我想没关系。"他一边说,一边气急败坏地翻着口袋。

"一定落在宾馆了,"他又说,"没关系,我记得大致内容。"

"少校在哪里?"比尔问。

"这个大洲的另一端,在墨尔本或附近。没关系的,你知道,我是代理,处理这种业务的终端。"

"我来瞧瞧,"比尔慢慢地说,"你以前为我处理过业务,在我与巴斯特那家伙搏斗的时候。"

汤米轻快地笑了:"那是娱乐,不是业务,比尔。"

"也对。"比尔附和。

"我们原来没有打算去,"汤米说,"这是……我告诉你吧,这封电报叫我做准备,朗·查理将去墨尔本会见少校……我把他的地址给你。"

"时间有点急,对吧?"朗·查理问,他用利刀把一根火柴的末端削得尖尖的,这是他的习惯,然后说,"问题是,能带狗吗?对牧羊人来说,狗就像人的脚,没有狗办不成的事。狗跟人走,形影相随。"

"当然要带狗,"汤米回答,"不过我告诉你,少校想要你跟他一起走,我与比尔一起走,到墨尔本最短的路是穿过太平洋,你知道。"

"我过去不知道,现在也不知道,"朗·查理说,"出了澳大利亚，我就是路痴。"

"好吧，"汤米继续说，"我再讲述一遍，你、查理跟少校去做准备。那是一个优良的绵羊牧场，在绵羊送过去之前，一切都得准备到位，栅栏、畜栏、谷仓、食槽、房子，这些东西都需要经验丰富的人来安排。"

他开始口若悬河地讲起如何才能把事情办好，朗·查理一边听，一边削着火柴，又把这些削过的火柴扔了。"都明白了吗？"他最后问。

"汤米，"朗·查理说，"你就像挤出了一大桶奶的母牛，又把桶子踢翻了。你有这么多东西，最后却没有留下来。"

"我应该带张地图。"汤米懊恼地说。

"没错。"查理说。

"画一张地图，这里有树枝。"务实的比尔建议。

"正好！"汤米回答，他拿起树枝，在地上画了一幅非常逼真的世界地图，仿佛墨卡托的投影。

"现在我们知道自己在哪里。"查理说着，用手指指向澳大利亚西南海岸的一处。

"这里是珀斯，"汤米说，"这里是天鹅河，这里是弗里曼特尔，与珀斯相距十二英里，我们在这里赶羊上船。"

"赶羊？"查理问。

"我就简单说吧，"汤米解释，他一想到生意，就摆出一副生意人的架势，"大家都知道，少校在南美开了一个牧场。"

"知道。"比尔说。

"了解。"查理回答。

"好了，买了牧场，他想要最好的绵羊。他正在安排购买大

A Dog At His Heel
义犬乔克

约五百只登记的公羊，你们两个去杨古里选羊，这些公羊要送到珀斯，从弗里曼特尔的货船出发，比尔全权负责，我也随行，明白了吗？"

比尔点了点头，查理看着地图冥思苦想。

"抱歉没解释清楚，"汤米说，"有点兴奋过头了……我们在这里赶羊上船，看看，从澳大利亚的珀斯一直往西行就到了布宜诺斯艾利斯，我们在南美开普敦短暂停留。顺便说一下，我一直想去那里爬桌山①。"

"我们就按这个航程出发。"比尔说。

"我再补充一下，"汤米说，"我们要在这个岛上停留。"他指着地图又说，"这里是特里斯坦－达库尼亚岛②，我们补充淡水与其他物品，然后向布宜诺斯艾利斯南部直行，在那里开始欢乐之旅。"

"我也一起去。"查理迅速说。

"你往东去墨尔本与少校会合，协助他买木材、物料和其他东西。你们会比我们预先到达那里，还有很多事情要做。"汤米解释说。

"我听说过在阿根廷怎么开绵羊牧场，"比尔说，"在英国听人说的，把登记的公羊运去那里，也听说过一个叫莱杰的人从那里运无峰驼到澳大利亚。"

"母羊呢？"查理问。

"这才是真正有趣的事情，"汤米开心地笑着说，"我们赶着

---

① 即南非的平顶山，意为"海滨之城"，在山上可俯瞰开普敦市和桌湾。
② 南大西洋的一个群岛，是英国的海外领地。它距离英国本土超过1万公里，是全世界最偏远而有人居住的岛屿。

第八章

公羊，在布宜诺斯艾利斯南部的布兰卡港上岸。阿根廷是绵羊之国，但是他们说库存过多。我见过少校与当地人的业务信函数不胜数，大多数人是英格兰后裔，也有一些人的名字像西班牙人。无论如何，我们已经作好了安排，去那里接收八千只母羊，将它们赶到南方，少校已经付款。我们要经过巴塔哥尼亚，穿过麦哲伦海峡，最后与准备就绪的朗·查理会合。以前是这么做的，我们买这批母羊，每只一美元多一点，价格公道……对于南美，我猜你们两个应该大概了解吧？"

"不多，只知道他们正在闹革命。"比尔回答。

"只知道城市里政局不稳，"汤米轻快地转移话题，"我应该带一些地图，真的，把它们都放在桌子上了。"他似乎后悔莫及。

"如果我们既有先见之明，又能后知后觉，就不会犯错误了。"朗·查理说，他一边冥思苦想，一边削着火柴。

"你们好像记性都挺好，知道要做些什么，"汤米懊恼地说，"真希望你们能教教我。"

"也许吧，"朗·查理说，"但是，小子，猪尾巴是吹不出口哨的，给跑马穿鞋也是不可能的。"

"你是说——"汤米一头雾水。

"天生我材必有用。"比尔说。

"当然了，但是我赶时间。"汤米直言。

"雷厉风行需要时间才学得来，"比尔说，"我们继续说事，刚才讲到赶绵羊到南美，继续说。"

"是布兰卡港，"汤米说，"我们要把它们赶到南方。嗯，你懂的。"

"带上乔克。"比尔提议。

A Dog At His Heel
义犬乔克

"当然要带乔克,我理当帮帮忙,做点杂事,买买食品,记记账,再招一个熟悉阿根廷的人来当助手。"

"有点像画饼,"比尔说,"还有真实的信息吗?"

"没有了,比尔,就这么多。"

朗·查理削腻了火柴,轻轻地拉着他的狗的耳朵,抬起头干巴巴地问:"这一行程有多远?"

"大概一千二百到一千三百英里,"汤米说,"但是绵羊可能走散,赶羊需要时间,光阴似箭啊!"

"要九个月吧?"比尔问,朗·查理点了点头,汤米一脸钦佩的样子。

"天啊!"他惊叫,"我以为只要六个或八个星期。事实上,我没有仔细想过,只是大概估计。"

"就是说,绵羊每天要跑三十英里,就算是人也赶不上它们。只好说九个月,对吧,查理?"

"差不多,"他的朋友说,"顺其自然,也许平均一天走三英里,加上可能出现的意外。"

"比方说,生小羊羔。"比尔说。

"还有剪羊毛。"朗·查理补充。

"赶路就像你们读过的《以色列的孩子们》[①]一样慢吞吞的。"比尔仿佛在跟自己讲道理。

"很像。"其他人纷纷附和。

"就是慢慢赶路。"汤米说,他突然感到前景黯淡。

比尔小心翼翼地点燃烟斗里的烟丝,弹掉了火柴。"听好了,

---

① 《圣经》中的故事,摩西带着以色列人迁徙。

第八章

汤米先生,人们对速度的理解有误,你看看"水牛比尔"①的照片,还有疾驰的马车,你以为它们真能跑那么快吗?不可能,别被艺术家误导了,就算没有负重,它们通常也是慢跑,不会例外。人要去远方,也只能慢行……三英里到八英里,或者十二英里一天,在你谈到的西部荒野,已是很不错的速度了。一个人一天跑十二英里,表现很不错了。与绵羊同行,你不能驱赶它们。只得跟着它们走,走得越慢,越不会出乱子,人也是一样,明白吗?"

汤米半信半疑地呆了半分钟,接着面露喜色,恢复了以往的自信:"不管怎么说,赶羊是件趣事。途中路过南非时,我要去爬桌山,早就说过,我一直想去,他们说风景很壮观,还想去特里斯坦-达库尼亚岛。到南美时,我们能看到加乌乔人和巴塔哥尼亚的印第安人,还有安第斯山脉。那里可以猎美洲狮、羊驼、鹿和鸵鸟,还有很多东西可以看。为什么不慢慢走呢,越慢越好,想想吧,九个月的乐趣。"

"我想大家还是有工作要做,"比尔提醒他们,"所有的乐趣都要掏钱的。"

汤米的眼睛里闪烁着充满期待的快乐。"自己的份儿,自己掏钱。"他兴奋地说,停顿了一会儿,他又说,"我忘了,顺便提一下,我应该告诉你,我去了总部,跟老板讲了你和朗·查理已决定离开。一切都安排妥当了。"

"你提交了我们的离职书?这事得考虑一下啊!"比尔说,他将信将疑地吹了一声口哨。

"我们应该往前看,不是吗?"汤米的声音中带着些许疑虑,

---

① 美国西部开拓时期最具传奇色彩的人物之一,有"白人西部经验的万花筒"之称。

"希望你不要介意,不要以为丢了一份好工作,或者有这样的想法。"

"没有的事,谈不上失去。"比尔回答,"失去一份工作,得到两份工作。"

"两份工作?"汤米问。

"牧羊是一份工作,被人照看也是一份工作。"比尔说。汤米惊讶地"哦"了一声。

朗·查理哈哈地笑了一声。"我肩负重任呢,"他说,"比尔给我安排了任务,汤米给比尔配备了人员,至于我嘛,只要不胡搅蛮缠就行了。"

"免得你惹麻烦,查理。"比尔说。

"事事担忧的人通常容易猝死。"查理悄悄地说。

"一波还未平息,一波又来侵袭,这就是生活,"比尔继续说,"生活本应如此,人才会不停前进。害怕麻烦,就不要来到这个世界。我们的麻烦有很多,绵羊交接、检查,经过镇上再将它们赶上船,还有很多事做。"

"我们讲讲计划吧!"汤米迫切地说。

"好吧,先谈计划,这样更好,"查理说,"未看先谈就像骑马没有马鞭。不管怎样,准备在工作上发光发热了吗,汤米?"

"还好,"汤米回答,"我只是一个监管,谈不上发光发热。"

"这样更好,汤米,"比尔自然地笑了,"为什么呢?因为光线越亮,火炬燃烧时间就越短,我希望你们长期留下来。"

三天后,他们来到了杨古里,这里热闹非凡。比尔和查理骑着马,与杨古里的三位牧场主经过长途跋涉,来到了集合点,公

第八章

羊在这里装船去南美。现在整个世界都知道，聚在一起的母羊、阉羊、小羊羔和公羊都容易驱赶。他们跟随领头羊，一只或几只，驯服地上路，但只有公羊，事情就不好办了。公羊性格固执、暴躁、倔强，行走缓慢，不会接受施压。这里一只低头坐在矮树下，纹丝不动，不屑狗和人的驱赶；那里一只跑进灌木丛中。偶尔一小群走向相反的方向，有的公羊干脆止步，坐在地上，仿佛打算不再起身。有时候敌对的公羊怒目相向，三三两两地斗在一起。训练有素的狗和技术娴熟的牧羊人像游击队战士一样，站在有利的位置观望，他们不会强行驱赶，而是远远地引导它们。这样的差事让狗疲惫不堪，所以牧羊人必须更加卖力。然而，幽默总是少不了的，野外的人们从辛苦的工作中懂得，脾气暴躁的人会战败，良好的幽默感是通往胜利的必由之路。他们知道如何保持严肃而不严厉，由于常与大自然与野生动物打交道，他们内心细腻而外表强健。许多麻烦、许多事件、许多错误都带来会心的笑声，常常自嘲的人不会受到嘲笑。

最后，公羊到达羊圈分类时，又激起种种骚动。每个牧场都有成排的羊圈，如下图所示。

绵羊被赶进第一个羊圈，看护人的职责是确保它们沿着狭窄的烟囱状通道行走。通道的末端是一扇转门，同一时间仅可容纳一只绵羊通过。看门人左右旋转转门，可将绵羊放入羊圈 A 或羊圈 B，就这样完成了分类。这种方法对羊群分类相当有效，一旦启用，羊群便会源源不断地进入相对的羊圈。但是公羊就不同了，它们在通道里一动不动，或者往回走，或者闷闷地站着。在第一个羊圈，它们往往挑战狗和人，一百二十磅的家伙向人猛冲过来，以坚硬的头作为撞击槌，这可不是开玩笑，但是眼疾手快的羊倌

栏圈A　栏圈B

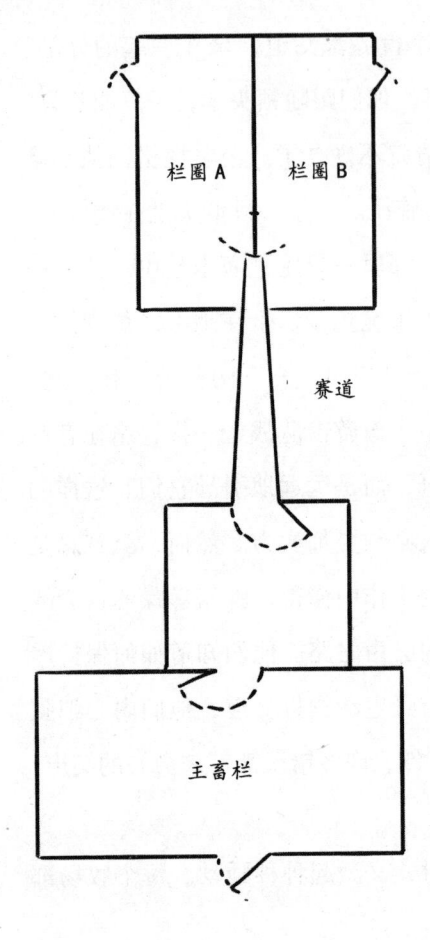

赛道

主畜栏

能像职业拳击手一样闪开。

然而，公羊对这种竞技没有荣誉准则可言，许多在羊圈工作的人遭遇过后部攻击，被公羊顶得东翻西倒。在场的狗常常迅速地冲上去，成功地保护它的主人。五个在羊圈工作的人经历了上百次的事件——有的人被顶了屁股，掀翻在地；有的人左躲右闪，猛冲上来的公羊没有撞上柔软的身体，而是一头栽在栅栏上。狗乘兴追赶，其乐融融，没有哪只公羊能顶到这种机灵而聪明的动物，除非出其不意。这种场面虽然激烈，但是人们不会攻击公羊或者抓其羊毛，抓一把就会留下瘀伤，狗也只在受到威胁的情况下才会咬羊。

有一次，朗·查理站在小转门旁，一只倔强的公羊马上就要走完通道了，突然退却了一段距离，向他飞快地冲过来，眼看就要把他撞到通道的墙上，进入另一个羊圈。但是查理像摔跤手一样，用肘敏捷地顶住半空中的公羊，把它送回原地。公羊跪在地上，恢复了知觉之后，乖乖地向它的同伴走去。查理的狗为他护后，它背向主人站着，看到有公羊冲过来，便会发出短促而尖锐的威胁性吠叫。

第八章

　　人们根据体质、毛长、精力、体形,准确地选择需要的公羊。比尔和朗·查理代表少校,另两人代表杨古里,如双方有争执,第五个人作为裁判。大家都知道自己需要什么货色,第五个人的意见被他们置若罔闻。每天的工作结束后,选中的公羊被送到充满硫黄水的槽中,在五十英尺深的水中洗浴。经过检查,确定没有疥癣、虱子和其他寄生虫后,给它们系上健康证,然后送到其他牧场放养,直到运送上船。

　　比尔与朗·查理在蒸汽船上做了几天准备工作,感到忽略了四英尺的朋友乔克。乔克忠实地跟着主人,在他们查看船上远航的羊圈时,它耐心地坐在下层甲板的角落。铁甲板和天花板上,咚咚的脚步声、哗哗的绞盘声组成了一支交响乐,令乔克心神不宁,度日如年。在比尔与朗·查理检查上百处的木栏没有碎片后,他们才会同意赶羊上船,因为在恶劣的天气下,钉尖可能会伤到公羊。他们还查看了水槽和供水系统。干草在检查后购入,存放在适当的地方,倒是船上的三副觉得不妥当。他们察看了盐,还有米糠,用洁净的雨水将其拌成糊状,公羊上船后就吃这种食物了。

　　接下来的工作就是将公羊从杨古里赶到海边,这项工作容易,因为他们两人带着狗都在乡下待过。但是要穿过城市,就没那么容易了。朗·查理在镇外赶着大队羊群,比尔将每群羊分成二十只,赶过镇上。即便如此,也给他和乔克带来了不少麻烦,卵石路上的汽车、行人的叫喊声、鞭子的啪嗒声都引起羊群的阵阵惊慌。事实上,这是乔克一生中最忙的时候,它东奔西跑,制止这些愚蠢的家伙走入边道、商铺和小巷。有的公羊不时地闷坐下来,雷打不动,其他的公羊只好干等着;街上的车辆都得绕行,直到那只倔强的公羊改变主意。

有一次，两只公羊产生误会，在大街上斗了起来，它们的额头相撞，有如击鼓。除了等待一只公羊战败，比尔别无选择。五个回合后，两只公羊各自退下，怒目相视，以防对方出其不意地偷袭，它们可没有荣誉可言。大街上没有口哨可吹，乔克只好依靠直觉，一听到打响指，或一声轻喊"干活，乔克！"它立马从主人身边飞身而出。大多数麻烦是镇上的狗造成的，它们对公羊一无所知，冲出房子狂吠，引起阵阵骚乱。

牧羊狗并非天生的斗士，但是能够识别哪只狗是敌人。聪明的乔克知道，有的狗生性好斗，如野狗或混血猎狗。许多家庭宠物大胆地跑出来，怒目圆睁，在被飞奔的乔克撞到后，有的东倒西歪，有的鬼哭狼嚎，有的垂头丧气，还有的穷追不舍。有一只狗比同伴更大胆，挑衅地狂吠，不过很快就呜呜地离开了，留下一小块耳朵挂在乔克的牙齿上。乔克慢慢地跑回比尔身边，眼巴巴地望着主人，仿佛在说："对不起，我给那家伙上了一课，迫不得已。它想与我一决胜负，我只好教训它，希望你别介意。"

比尔完全明白这种眼神，他安慰地赞扬说："好乔克！就是要不顾一切赶走它们。"

最后，将公羊安全赶入船上羊圈的那一天到来了。比尔和朗·查理站在甲板上，面对面，一个向东走，一个向西走，看看另一端的风景。汤米待在船舱里，对各种机械如痴如醉。

比尔咳嗽着点燃了烟斗里的烟丝。朗·查理填满烟斗后，打破了安静："给我一盒火柴，比尔。"

有一会儿，两个人都没有说话。马上就要分开一段很长的时间，他们都有点依依不舍。

第八章

"天哪！"朗·查理伸出手惊叫道。

"是的，"比尔说，他知道对方心里在想什么，"我安排这些事情的时候，没有想到你我会各走一路。"

朗·查理思考了一会儿说："有狗做伴……哦，是时候出发了。"

"好吧，祝你好运！"比尔说着握住他伸出的手。

"祝你同样好运！"查理说，他一声咳嗽，将痰吐到船侧，"拜托一件事。"

"什么事？"比尔问。

朗·查理吐了三个烟圈，打起精神说："永远不要被好运冲昏了头脑，永远不要被坏运压垮了意志。"

"说得好，"比尔说着不停地点头，他眉头紧锁，对朋友的智慧甚是吃惊，"金玉良言，应该写进书里。"

"权且当临别赠言。"朗·查理说。他若有所思地看了一下乔克，然后挥挥手离开了。

比尔走向乔克，无比严肃地看着它说："我应该也送他一句话——没有朋友的人只能算是半个人。"

第九章

　　看着澳大利亚的海岸线逐渐消失在海平面上，比尔发现还有许多事情要做，在羊圈铺垫干草，将任性的公羊分开，换到不同的羊圈，扣紧滑动门，照料几只在上船时扭伤的动物。他也慢慢地适应了船上的生活，按照汤米提出的方法防止晕船——在船被推上浪顶时深吸气，下落时再呼气。在汤米的带领下，他们检查了海员宿舍、锅炉室和船长办公室。没有机会跟朗·查理道别，比尔甚是失望。对于如何进行管理，比尔需要教会活泼的汤米。第一天就这样无声无息地过去了。第二天，比尔将二十四小时分段——汤米每天值班三次，定时为公羊送食；比尔本人每晚检查一次，白天随时巡检。

　　初步的工作完成后，比尔发现漫长的海上航程非常无聊。时

第九章

间过得很慢，懒惰的公羊长胖后，就不需要太多的照料了。由于缺少运动，乔克也长胖了，在甲板上踱踱步并不能助于保持体形。日复一日，除了茫茫的大海，在船首或白浪滔滔的船尾嬉戏的海豚，什么也看不到。海员们讲故事的水平不差，还会唱唱歌，跳跳角笛舞。他们是技术员与工人，是机器的奴隶，偶尔唱唱伤感的陆地之歌。下班后，他们在太阳下打打牌，谈谈政治，补补衣服。除了活泼的汤米·韦斯特能陪着聊聊天，比尔觉得每周都过得相当无趣。他的主要消遣就是看发动机，巨大的活塞杆不停地上冲，转动一根复杂的曲柄。他希望一切都保持明亮、干净、有序，空间布置紧凑、完美，每次旋转时，这个钢铁巨物丝毫不会击到横杆，而且每转一圈，一根横杆都会被一个突出的钩形装置勾住。他的铜指环在发动机转动的光线中闪闪发亮，船上的口令声令他流连忘返。

期待已久的好望角令比尔内心澎湃，乔克上岸就可以在草地上尽情奔跑了。船下锚后有二十四小时的休息时间，一个男孩受托照看公羊，汤米劝说比尔去镇上看看风景。然而，这位平原居民对观光毫无兴趣，汤米只好自己去了。比尔给乔克脖子系上皮带，牵着它穿过城市。在这个开放的国度，他们看着路上车水马龙，人声鼎沸，显得十分拘束。比尔站着悠然地点燃了烟，一块巨大的裸石突然出现在他眼前，这就是传说中的桌山，它矗立在平原上，高达三千五百英尺以上。他决定与乔克爬到山顶，抖擞精神。天色已晚，似乎要在星空下过夜了，他倒觉得这样更好。比尔以每小时四英里的速度，径直向桌山跑去。他还没到达第一个农场，汤米·韦斯特就急匆匆地赶上来了。

"想一想！"他气喘吁吁地说，"我常说要爬桌山，在镇上时，我几乎忘了,直到在商铺窗户上看到一张照片。"

比尔嗯了一声,没有停下脚步。

"可看的东西好多呢!"汤米说。

"最好是慢慢欣赏,傻子才东张西望,结果啥都成了过眼云烟。"比尔说。

乔克见到汤米后不停地围着他转,它友好地伸出一只脚爪,跟汤米握握手,开心地露出牙齿。

前方已被前仆后继的登山者开辟出一条道路,这么多人爬过桌山,再辛苦也值得了。登高眺远,绵延不断的壮丽景象像一幅展开的地图,平原上点缀着村舍、稀散的城镇、辽阔的绵羊牧场、湛蓝的桌湾、庞大的防浪堤,轮船在大海中乘风破浪。登山之路七弯八拐,山羊或其他动物的足迹遍布各处,这些貌似可行的小路在聪明人看来却不值得跟随。汤米·韦斯特与智者相距甚远,在一处足迹旁,他停下了脚步。

"明明有捷径,为什么要来回绕行呢?"他像往常一样笑着问道,"我们冒险一次,比尔,这才有趣。"

比尔思量了一会儿,然后警告说:"这种有趣的冒险可能会增加风险,汤米,走过的路更安全,我觉得有些捷径反而更远。"

"但是多有趣啊!"汤米不依不饶。

"有趣和生气是双胞胎,"比尔说,"还记得你跟'超级无敌'的趣事吗?记得锡德说过什么吗?"

"看看!"汤米惊叫着伸出手,"看到那块突出的石头了吗?谁都知道这条小路通向那里,几乎是直线,我先上去等你,看看能不能走。"

"任何人情急之下唯一应该做的事是抓跳蚤,"比尔发起了牢

第九章

骚,"这么说吧,匆匆忙忙做什么最好?答案是什么也别做,慢慢来才是王道,汤米。"

离山顶还有三分之一的路程,他们已走了一千多英尺。汤米指向的突石高耸入云,仿佛直航的船首。

"我用马鞍跟你赌个炸面圈,如果我赢了,只要一个炸面圈——我会比你早一个钟头到达山顶,"汤米热切地说,"虽然山羊的足迹若隐若现,但是有常识的人都知道,山羊能爬到山顶。山羊能走的路,人就更能走了。"

"这是山羊的足迹,你说得没错,这也是我不走这条小路的原因。"比尔说。

"嗯,无论如何,我也要尝试一回,"汤米挠着面颊说,"我一身的能量没发泄出来呢,快要爆炸了,一定要流一身汗。"

他大步离开了,走了几十步,又回头劝说道:"你也可以一起来,比尔。"

"谢了,"比尔回答,"我这条路更安全,祝你好运。"

面对难舍的分离,乔克紧追在汤米身后。它跑在汤米前头,似乎在劝说他回头,又像假装相信分离是个恶作剧,接着折回比尔身边,开心地在他身上抓来抓去。再次短暂地看望汤米之后,乔克最后回到主人身旁,只见他面色严峻,行走缓慢。稍后见主人抛开了烦恼,乔克又恢复了往常的步伐,沿着小路不停往返,比比尔多走出五倍的路程。眼前的美景与声音让人与狗心旷神怡,比尔随着心跳的节奏步步前行。

汤米·韦斯特也开心地踱着细步。这条小道正如他所言,有的地方虽然狭窄,但也有的地方宽到可够三人骑马并行。到达一处窄地时,他曾想过返回。小道在一块突兀的黑石下蜿蜒前进,旁边是看不到底的悬崖。汤米有些恐高，他需要一点自我疏导来确保无须害怕或克服内心软弱，因为这段要走的路有两英尺宽。他嘲笑自己的懦弱，摸着黑石，坚定不移地继续前进。走了几步，他看到石头突兀的部分挡住了上半身，只好猫着腰缓行。他估计一个钟头就可以走完这段路。前方的路似乎好走多了，他不再担心有危险，来到了一处山体突然开裂的地点。他望着周围的悬崖峭壁，停下脚步休息。他没有欣赏身下辽阔的平原与壮观的大海，而是束缚在孤独与恐惧之中。他感到肚子有一点怪怪的蠕动，仿佛被一只巨大的翅膀呈弧形地抛下。他告诫自己，一定要克服这种超级恐高症。他的决心战胜了恐惧，又坚定地走了一英里多，来到了一个更陡峭的山坡，好在这里的路有三英尺多宽。

"这么宽的路怕什么？"他告诫自己，然而，他还是心惊胆战。他小心翼翼地步步前行，再往前方是松散的石子路。有一处的碎石有脚踝深，从他脚下纷纷跌入望不到底的万丈深渊。一想到滑坡，汤米吓得脸色苍白，他又开始给自己打气。"太快了！慢慢来，汤米！"他一声长叹，又咳嗽了一声。"无论如何，我也不会走回头路！"他对自己说。接下来的二十分钟，路况良好，陡峭的小道不见了，前方的路虽然险峻，却不至于伤脑筋。他休息了片刻，寻思着为什么要冒这个险。他责怪自己，为什么执迷不悟，拒不听从一个老江湖的良言呢？"管他呢！"他大声嚷道，"人应该要保持本色，我是个胆小鬼，但是我想成为勇敢的人。"他站起身子，小心翼翼地继续前进。

现在，他来到另一处悬崖，漫漫长路险象环生，路宽不过两英尺。走过之后，他来到一处峭壁，地上的脚印径直通向与之平行的一条更高处的小道。他匍匐在地，跟着脚印爬行，当他

第九章

爬到更高处时，发现这里的小道更窄了。现在无法回头了，往上爬非常难，下山又不可能。好在这里的小道上没有碎石，他估计距离顶峰不远了。他不敢仰望，害怕头晕，于是蹲下来，一只手抓住裸露的岩石，另一只手放在地上，慢慢地抬起眼睛，观望对角的岩层。他猜测前方的峭壁是突出的，崖上的裂缝说明岩层在过去断落过。新的恐惧揪动着他的心，万一大量岩层断落怎么办？就算过往没有裂开，一定也快裂开了吧？要是现在断落呢？

他没有气馁，但手足过了几分钟才能动弹。当他再鼓起勇气时，只能在地上爬行，就这样前进了五十码左右。接着，他强迫自己站起来，背靠岩墙。他打起精神，看着山下远处的平原，平静地想着田间劳作的人们，山边飘浮的云朵。他发现一只大鸟在山下的空中盘旋，投下模糊的蓝影，他精心培养的冷静与淡定顿时烟消云散。他想开口大喊，但却害怕听到自己的声音。在他的内心里，有一种可怕的念头，逼迫他跳下山崖，结束恐惧感。他知道自己害怕，是个不折不扣的胆小鬼。

他咬紧牙关，让自己冷静下来。他必须抛下愚蠢的幻觉，因为前方的风景在等着他呢。他必须保持男儿本色，一旦眼花，他的大脑便会不听使唤。最重要的是，他必须能控制自己，只要做到了，什么事情都好办。在他前行的时候，这种坚定的信念帮助他稳定自己，他双眼紧盯地上的足迹，突然，他的脚踩到了一块石头。石头向前滚了几英寸，在悬崖的边缘徘徊了一会儿，眼看就要停住，却又轻轻地坠落山崖，消失得无影无踪。凭着锐利的耳朵，他仔细倾听，心脏好像漏跳了一拍，他居然没有听到石头落地的声音。这该有多深！他试图再走一步，却感到提不起脚——人在噩梦中总是被无形的手抓住,以免冲动行事。于是,他张开手臂,手掌扒着岩墙,额头靠在墙上。他这样站了几分钟,仿佛经历了几个小时,试图拿出出发时的那股冲劲来。

但是他的决心彻底地被瓦解了。他不敢睁开眼睛,几乎不能深呼吸,除了紧贴在墙上,别无选择。新的恐惧感再次占据了他的内心,他感觉天旋地转。他很快就会掉下去,连同那块石头,掉进无底的深渊。他的右脚后退了一下,以平衡身体,这样站得更稳。起初,他不敢后退太多,只是一点一点地挪着脚,直到感觉所在的羊肠小道其实可以大步行走。他放下双手,目视前方。强迫自己沿着岩壁又走了几步,他发现小道更险峻了,距山顶似乎不过四十英尺,好在这里的岩石垂直而立,没有突兀在空中。

他不敢往下看,唯恐失去镇定。他攀岩很厉害,几乎嘲笑自己的害怕多余了。尽管小道窄到只有十二英寸,旅途的终点已近在眼前。就这样,他又小心地爬过一段十码长的碎石路,来到一个奇丑的拐弯处,他只好猫着腰,避开上面突兀的岩石。再次直起身子时,他抽了一口气,眼前的路缺了一个口子,仿佛被巨人不经意地一甩手,击落了一截岩石。幸好缺口不过三英尺宽——一步之遥,汤米没有停下来思考。他纵身一跃,还没等自己反应过来,就已经安全着陆了。跳在半空中时,他看到了蓝色的深渊,令他头晕目眩,他看到了自己一跃而过的身影,扭曲地映射在身下的岩石上。

"谢天谢地!"落地一瞬间,他几乎泣不成声。他叹了一口气,感到心脏在怦怦地跳个不停。当他不情愿地转过头时,看到

第九章

走过的岩石上根本没有路，只有一条岩壁突出在悬崖上，他站在那里惊呆了。他几乎难以相信，脚下的岩壁居然没有断裂，就在他心有余悸的时候，新的恐惧又向他袭来。估计他站的地方也是同样薄的岩壁吧！他赶紧蜷伏在地，伸直了身子，仿佛趴在薄冰上一样，胆战心寒地爬行了五十多码，直到前面有了宽路，才停了下来。

过了好几分钟，他内心的害怕才慢慢消除，静心地环视周围的环境。他不敢站起来，只是背靠岩石坐着，用双手从右至左撑着挪动。他看到岩石不再像跳过缺口之前那样耸立，但是从头顶突兀出去，他知道，这里就像船头。他手脚并用，缓缓地往前爬，因为他仍然觉得直接站起来太危险了，尽管悬崖上的岩石宽达四英尺。令他沮丧的是，前面的路戛然而止了，眼前的悬崖令他不敢张望。他看到太阳低低地悬在空中，也许再过三四个小时，天就黑了。

比尔大步流星地带着乔克，遇到了一个卡菲尔人。他面带和蔼的笑容，扎着整齐的辫子，四肢笔直，光着脚丫，身高五尺十寸的样子。乍一看，卡菲尔人仿佛在岩石上睡了一宿，不过等比尔走近时，他改变了看法。这个俯卧在地的本地人正在观看另一人干活——他悬在绳索上，正在收集悬崖上的鸟巢。附近有一个破帐篷，似乎就是他们的营地。比尔想跟本地人搭上几句话，但是无功而返。他们并不缺少沟通的媒介，只是本地人蹩脚的英语简直就像澳大利亚的黑人口音。两百个词语，再加上手势与表情，比尔与他的白人伙伴常常与本地人相处甚好。凭着同样的方法与原始词汇，比尔与卡菲尔人开始相互领悟。但是卡菲尔人很拘谨，也许不爱说话，比尔只好妄下定论——他们在从事非法活动，如果再纠缠下去，就不是明智之举了。就在比尔转身离开时，卡菲尔人指着山下，皱着眉头摇了摇头。"坏了！"他失望地嘟囔道。比尔随着卡菲尔人的手指方向朝下观望，只见远远的下边有个人正在向左缓缓地挪动。

"是汤米！"他嘀咕着，心里有一种不祥的感觉，尽管相距甚远，他马上就想到汤米正在爬山，仿佛一只贴在墙上的苍蝇。他鼓起劲，顺着汤米行走的小道，又仔细地看了一回，确认可以到达突兀的岩石处。

"白人，会撞到头，"卡菲尔人说，"不好，太高了。"

"你说得有理，"比尔自言自语地附和，"我们看看，情况不像那傻子想象的那样。好了，既然如此，汤米总会找到出路，或者没办法到达山顶……怎么办？攀崖有危险，对一个恐高的白人尤其如此。现在还好，乔克，有危险就需要帮助，我们需要绳索，不知道他们愿不愿意卖绳索给我——"

接下来，比尔想买一条合适的绳索，但是被拒绝了。"很正常，"他说，"一条绳索对他们而言，就像一只狗能给我的帮助。"

比尔佯装就此放弃。因为就在刚才他开价的时候，他敏锐发现卡菲尔人看到他掏出的两个先令，眼神都立即流露出羡慕的神色，尤其是从绳索上爬上来的那个身手敏捷的年轻人。就在他转身的那一刻，那个年轻人突然想到了什么，跑向帐篷，拿出一条整整齐齐打成圈的绳索，比尔猜测是升帆的绳索。他笑着对比尔说："你想要的绳索，两先令。"

"孩子，"比尔说，"我买东西不是出于好奇，就算下面有人，我也不会因为好奇而拉他上来。问题是，下面看起来确实有人。"

"没有人要上来。"卡菲尔人说，比尔觉得他的话没有答到点

第九章

子上。

另一个人说了一声"钱!"便伸出一只手。

比尔思忖了一会儿。

"也许偷了别人的升降绳,"他私下猜测,"看起来很像,他们想趁机卖了……不知道是不是早有预谋,就像与乔克在羊圈里初次相遇。一切都有由来,有意思。他们偷窥,是因为我需要绳索,看起来不像,但事实就摆在眼前。"他满脑子胡思乱想,最后把钱给卡菲尔人时,看到他笑容可掬。接过绳索,他也不知道到底有什么用途。他又走了两英里,此时距突石仅几码之遥。看着屹立的巨石,他从容而迅速地转过身来。他一眼瞥见了破裂的岩壁,就在身下五十英尺,恐惧瞬间闪过他的脑海——在汤米的重力下,岩壁会断落。但是他转念一想,傻朋友看到破裂的岩壁,会不会回头呢?他忧心忡忡地凝视着巨石,突然提高嗓门大喊:"喂!"然后用双手罩住耳朵,仔细倾听。

他不断地喊了十多次,终于听到微弱的回声从山下传来。这一会儿,他们只能这样沟通。千真万确是汤米的声音,但是比尔听不清他在说什么。有一次,他看到了汤米的头,就在身下突石的左边,但一转眼又消失了。为了向汤米传达信息,他逐字逐句大喊:"等一等!……绳索……来了……拉你上来!"

山下传来了回答,但却被回音混淆了,他不清楚汤米是否听清了他的话。"一定得想办法,马上行动。"他下定了决心。

比尔寻思着从记事本上撕下几页纸,但是悬崖下一阵风将折叠的纸页吹得高高的。他又用纸包起小石子扔下去,要么没扔到岩壁上,要么有一两个掉到岩壁上又弹开了。他发现用绳索把信息传下去也不管用。他可以轻易地将绳索放下至汤米跳过的缺口,

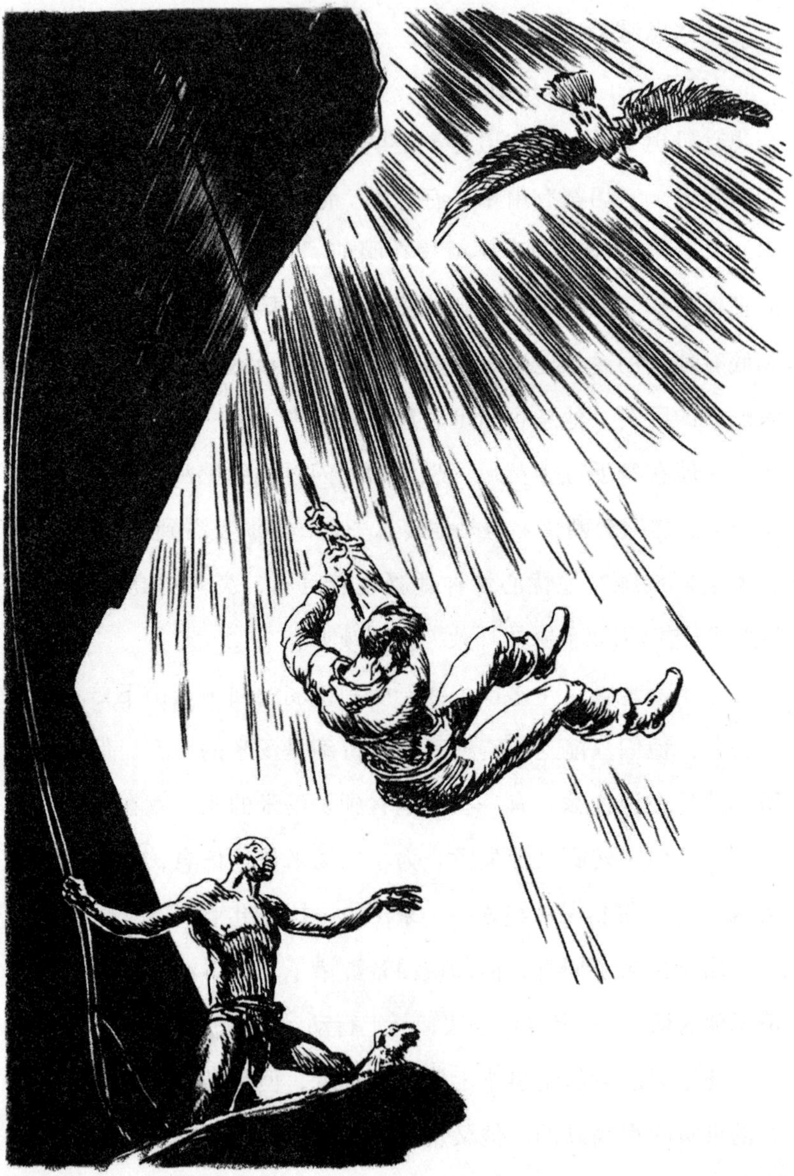

第九章

但是过了缺口,在汤米待的地方,绳索晃来晃去,难以被抓住。汤米跳返缺口取得信息的想法也被他立即否定了。他又想到了另一个办法,便立刻行动起来。要是有观众在场,他一定会觉得比尔无比冷静,也会觉得他过于溺爱乔克,因为他对狗说话就像对人说话一样。

"汤米是自讨苦吃,乔克。我们得救他,你我一起来。他可能已经吓傻了,如果那样,怎么办呢?"

乔克摇着尾巴,张着嘴,只要主人一声令下,它就立马行动。

"看看这里,乔克,"比尔继续说,"这就是他们说的危机,你是我的掌上明珠……明白了吗……你能下山,我不行,给汤米打打气。算了,你在这里看着,我去吧。只是没有路,我得去拿绳索,不能抛下汤米。你去给他捎个口信,陪陪他。我们是最好的朋友,但是好朋友也有分开的时候,对吗?"

乔克欢快地叫着,就像往常比尔跟它说话一样。

"你明白就好,我不想让你冒险,乔克,但毕竟狗是狗,人是人,即便是傻子。汤米的脑袋没有心脏好使,乔克,你只要下山陪他一阵子,天下无难事,只怕有心人。"

比尔说完,用升降绳做成挽具①,套在乔克身上,检查了一遍,确保绳索没有缠住狗脚。

"好了!"他看着自己的杰作说。乔克开心地叫了几声,仿佛在说一切都准备好了。

"喂!乔克下来陪你了!"比尔将手做成喇叭状大喊。远在下方的汤米没有听到喊声,但是汪汪的狗叫给他注入了新的活力,他手膝并用,爬到方便的地方抬头仰望。上空的悬崖令他不寒而

---

① 套在牲畜身上拉车的器具。

义犬乔克

栗,他只好退回黑暗的角落。

"如果有其他的办法沟通,我就不会送你下去了,乔克,"比尔说,"能说句话就行,有你陪伴更好。"

比尔又从记事本上撕下一页纸,这个本子原来是用来写《小狗日志》的,他写道:

乔克下来陪你了,我找绳索拉你上来,有四英里。

比尔

他把纸页夹在乔克上方三英尺的绳索上,又检查了绳结,确保安全无虞。"我放你下去,"他对乔克说,"攀岩我不够勇敢,但是你不会介意。想象力真会愚弄人,好在你没有。"

乔克兴奋地舔着比尔的手,它张着嘴,摇着尾巴,又嗅了嗅绳套,眼睛里流露出强烈的爱抚之意。

比尔抓住乔克,拍了拍它粗糙的身子,用胡子拉碴的下巴轻轻地摩擦着乔克的鼻子,来到陡峭的巨石边缘。

"跳过那个缺口对你而言只是小菜一碟。"他说着小心地将狗放下悬崖,一旦绳索扭曲,他立刻将绳索贴近岩石。一切进展顺利,比尔看到五十英尺下的乔克稳稳地趴在一块平坦的石头上,发出了一声满意的咕噜。然后,他又迅速地松了一下绳索。乔克眼观六路,在缺口边探着步,看到了汤米,一听到对方欢叫着自己的名字,它从缺口上一跃而过。汤米喜笑颜开,兴奋地伸出欢迎的双手,只是乔克需要先观察周围一番。

过了缺口,它即刻向汤米小跑过来;但是奇怪的异味吸引了它,它转身又折回缺口边查看岩石,好奇地这里嗅嗅,那里闻

第九章

闻,最后来到汤米身边,好像每天都在这块三千英尺高的岩石上聚会。

乔克的冷静和比尔捎来的信息给汤米带来了些许安慰。他耐心地等待比尔返回,在这个黑暗的角落,他背靠坚硬的岩石,尽力远离危险的悬崖边缘。他希望乔克与他待在一起,不要东奔西走。乔克用敏锐的鼻子嗅个不停,还不时地来到缺口边观望对面,甚至站在令人眩晕的崖边观察崖底的世界。看着乔克危险的举动,汤米不敢出声,唯恐狗一个迅速转身而失足。

不过,现在乔克打着哈欠,伸着懒腰,仿佛看腻了这里的风景。它坐到地上,使劲地挠着身子,停下来看了看崖外,又抬起一条腿挠起来,接着改变了主意,张开身子趴在地上睡觉,它的后背距崖边不过六英尺。汤米惊恐万状,乔克简直是在自杀,他屏住呼吸思忖着,万一乔克睡着后翻个身怎么办。他战战兢兢地爬过去,小心地抓起惊醒的乔克,把它带到凹岩最里面的地方。然后,他脱下外套,给乔克垫着,自己也在旁边躺下来,一条手臂搭在狗的肚子上。接下来,他盘算着时间,这四英里路,比尔得走多久?

比尔走了四英里去卡菲尔人的营地,他没有马上回来。至于这些本地人是否意识到发生了什么事,猜到汤米身处的困境,或者是否得出结论,绳索市场有利可图,比尔不知道,也不关心。他还没跑到拾鸟巢人①的营地,卡菲尔人都拿着一圈圈的绳索出来了。还有几码之遥,他们就拿着绳索,伸出一只空手,嘟嘟囔囔地叫价。一番稀里糊涂的讨价还价之后,比尔掏空了口袋里的散银,卡菲尔人似乎还想得寸进尺。比尔说服自己,他们知

---

① 指基建工人。

道要做什么,以及怎么去做。实际上,他们收拾工具,似乎跟日常工作一样。比尔吃惊甚至担忧地发现,这些本地人攀岩时,仅在石缝中塞入一个个绳结,便抓着绳索飞快地跃过一块块突兀的岩石。

他惊心动魄地看到,年轻的那个卡菲尔人来到崖边,探下身子,抓住吊绳,倒立而下,好像准备跳水的潜水员。另一个卡菲尔人俯视着他的同伴,根本无视绳结是否会滑出来。

汤米躺在凹岩里,突然看到一条绳索摇摇晃晃地降落下来,在距他大约六英尺高时戛然而止。也许是六十或六百英尺吧,但是触手可及。接着,一个年轻的卡菲尔人从天而降,两只手抓住绳索交替下爬。他身手矫健,手臂虽然纤细,却也强如钢索。卡菲尔人咧着嘴,露出洁白的牙齿。他停了一会儿,任凭绳索缓缓地旋转,看着汤米和乔克,接着问道:"狗没咬你吧?"他抓着摇摆的绳索,开始在空中翻身。汤米远远地看着年轻人,感到肚脐有点痛得怪怪的,万一溜了神,他就会掉下三千英尺的悬崖。但是他像猫一样,轻轻地跳落在地,毫发无损,汤米望着绳索抽了一口气。绳索被放下后,斜斜地悬在空中,下端很快被套在下方的石头上,卡菲尔人左右抖动绳索,套牢后,松开手中的绳圈,绳索像蛇一样溜下岩壁。

"绳索!"汤米急叫。卡菲尔人笑了,但他没有转头。他目视乔克,直到感觉乔克没有恶意。

"很好的绳索,"卡菲尔人说,"很结实,给我五先令,拉你上去。"他张开五个手指,汤米对本地人的直爽充满了善意。

"五十!多少都行!"汤米大嚷,但卡菲尔人似乎没有听到他的话。

第九章

"五先令拉狗上去。"卡菲尔人笑着说。

"好,好,好!"汤米连连同意。

"你五先令,狗五先令。"卡菲尔人重复说,好像在讲价。汤米不假思索地同意了,同时惊恐地思量着岩石与挂绳的距离。

上空传来一声"喂!"乔克叫着回应,它思索片刻后,头稍微偏向一侧。它这一声叫,似乎在传达信息,它现在有更广阔、更清晰的视野。第二条绳索掉了下来,在空中甩动了一会儿,停了下来,也和第一条绳索一样,笔直地悬在距地六英尺高的空中。汤米想到了蜘蛛网中密集的空间——只是蜘蛛行走在网上。

"你给我两个五先令。"卡菲尔人坚决地说,但是他的语气中没有丝毫讨价还价的余地。这小子一定卖过白菜,他们四目相视,汤米顿时充满了信心。

"我给你两个五先令。"汤米说,他对本地人的开价疑惑不已,一想到他们的工作,这个价格已经非常公道了。要是卡菲尔人没来,即使有两条或更多的绳索悬在眼前,他和乔克也只能待在原地忍饥挨饿。

本地人接下来做了一件令人瞠目结舌的事情。他来到岩壁边,半转过身对汤米点了点头,然后轻轻向前一跃,抓住了悬垂的绳索。汤米几乎停止了心跳,但是卡菲尔人独手悬在深不可测的半空中,一边转着圈,一边笑着,他伸出另一只手,张开五个手指。"两个五先令。"他说。汤米没有回答,舒了一口气。绳索上的小子荡进来,轻轻地落在岩壁上,一条绳索牢牢地系一只手上,另一条灵巧地系在右脚上。

"谢天谢地!"汤米喘着气热切地说。

A Dog At His Heel
义犬乔克

然后，汤米就成了包袱，卡菲尔人将绳索套在他的腰上——汤米不喜欢这种打结的方法，不够牢固，但在本地人看来，这种活结已然足够了。他打着手势，好像在提示汤米，一旦他准备好了，便马上跳过来，其他的一切听天由命。绳索的另一端在哪里，汤米百思不得其解。他提出了这个疑问，卡菲尔人并没有回答，只是说："两个五先令。"接着快活地点着卷发的头。汤米看到卡菲尔人用升降绳绑起乔克，与第一条绳索灵巧地扣在一起。乔克似乎知道接下来的事情，非常信任地配合卡菲尔人的工作。它的眼睛睁得大大的，似乎表示默许。

接下来，卡菲尔人发出一声刺耳的尖叫，比尔的一声"喂！"也传过来。绳索绷得更紧了，汤米感到自己被提了起来。他疯狂地紧抓着头上的绳索，突然对卡菲尔人打结与挂钩的技术极不信任。徒手攀岩的念头在他心里愈发强烈，他真希望能回到那个安全的黑角落。他喘着粗气，祈求平安。地面从他脚底一滑而过，他发现自己像一道弧线，飘向空中，荡向岩石，又甩回空中，微风轻轻地在他耳边吹拂，蔚蓝的世界在他脚下旋转。有一片刻，他看到太阳落在地平线上，发出让他眩晕的光芒；还有一阵子，大海映入了他的眼帘，斜斜的，怪怪的。悬崖峭壁上没有一草一木，它们溜走得很快。他感觉自己轻飘飘的，周围的世界天旋地转——血红的黄昏夕照，模模糊糊的辽阔草原和灰绿平原，湛蓝的大海，蔓延的城市，朦胧的绝壁。奇怪的是，有一个活生生的人对他说话，他瞥见年轻的卡菲尔人在另一条绳索上双手交替着上爬，汤米真想一把抓住他。"两个五先令。"卡菲尔人低沉地说。一切进展还好，汤米胆战心惊地猜想。整个世界又疯狂地摇摆和旋转起来，他看到了卡菲尔人爬着绳索，光着的脚

第九章

丫展现在他眼前。在那双脚丫消失前,他甚至留意到了脚踝上的瘀伤。

不知道过了多少个小时,绳索停止了旋转,他发现自己撞在一块坚硬的石头上,不断地碰撞与摩擦,直到强有力的手抓住他的手腕,将他拉上去。他看到了比尔与卡菲尔人的腿,然后被人迅速地拖着脚走。他听到了附近一只海鸟的叫声,其后的世界变得黑暗与寂静,直到比尔突然说:"没有受伤。"

汤米疲倦地睁开双眼,喃喃地回答:"一点也没有。"但是他发现,比尔一边对乔克说话,一边为他取下绳套。汤米对其他的事情毫无兴趣,他的意识还不太清楚——谈笑声似乎来自很远的地方;卡菲尔人正在解开绳钩;卡菲尔人临别时带走绳索与收钱的对话;比尔为他包扎挫伤的关节;离开悬崖的蹒跚脚步;来回走动的脚步;乔克欢快的叫声。过了很久,柔和的月光洒满大地,他们走在曲曲折折的下山路上,事情才得以真相大白。

"我们在这里过夜,"比尔说,"也许你已经饥肠辘辘,不过在这里休息很好,日出时再上路。"停顿片刻,他又淡淡地说,"我想了想,这里可能有你走过的捷径。"

汤米·韦斯特只是回答说:"没有。"他在石头背风处的地上伸直了身子,惬意地感受着大地的安静与舒适。乔克挠着身子,想抓掉身上若即若离的跳蚤,它站起来环视四周,又蜷缩成一团躺下了。这个过程,比尔一直视为平静的乐趣。乔克缩着身子,看着比尔收拾干柴,点燃了一堆篝火。当火熊熊地烧起来时,比尔才舒舒服服地点着了烟,乔克也才酣然入睡。汤米·韦斯特淡淡地说了一句:"吃一堑,长一智。"

"的确如此,"比尔说,"说这话的是贵族学校的老师,但是傻子不会学习。"他又补充说,"这是为什么狗比人聪明,因为它们信任别人。"

一个小时后,汤米·韦斯特梦到悬崖后醒来,他弱弱地问:"你睡着了吗,比尔?"

"还没有,我在等你回话,"比尔说,"怎么了?"

"我猜你把我当成一个十足的傻子了,对吗?"汤米郁闷地问。

"哦,这么说吧,"比尔回答,"你今天爬山开心吗?"

"开心?"汤米站起身问,"当然不开心。"

"那就没事,"比尔说,"只有傻子才对他们的错误感到开心。一切都好,只有傻子和疯子才相依为伴,如果你留心,我派了乔克下去找你,明白了吗?睡觉吧!"

第十章

从好望角往西出发后,比尔和汤米受不了百无聊赖地坐着,便去铲煤打发时间。他们轮流操作绞盘,将煤灰拉上来。慢慢地,他们对机械、指南针和航海图有了一定的认识。比尔善于烹饪,他教会了厨子做羊肉的多种新方法。但是乔克的长途苦旅无从解脱,它唯一的乐趣就是,在到达特里斯坦-达库尼亚岛后作短暂的停留时,去那座高出大西洋海面八英尺的死火山玩。乔克欢天喜地地跑在死火山的草地上,受惊的鸟儿拍打着翅膀,发动机的嘎嘎声消失在静谧的世界里,棕色的蜜蜂嗡嗡地叫着。

比尔高兴地踏着脚下的泥土,站在小山上,饶有兴趣地看着眼前的一幕,乔克坐在他的脚边。吸引他们注意力的是一个羊倌,吹着口哨,指示他的狗将羊群赶到未种植作物的草地。他一边吹口哨,一边挥舞手臂,狗接到口令后,赶着惊慌的母羊穿过山谷,走向面对大门的路上。乔克不时地望着比尔,请示是否允许它去帮忙,这个羊倌和比尔的方法多么相似!乔克似乎觉得天下的绵羊都是比尔的绵羊,比尔的牧场举世无双,它不耐烦地坐着,有些气馁地看着那只狗跑来跑去。那只狗的表现不错,任务完成后,比尔觉得有必要过去夸夸羊倌一番。然而,两只狗并不友好,不愿相互亲近。他们发现,乔克和斯科特各存嫉意,对对方不理不睬。

"它装作没看到斯科特。"羊倌说,他在福克兰群岛做生意。

"狗都这样,"比尔说,"也许乔克认为,它也能把工作做好,即使它不比斯科特强。"

"我发现你的狗很留意自己的事情,是只好狗。"羊倌说。

"这就是狗为什么比人聪明,"比尔说,"每个人专注自己的事情时,工作自然就完成了,我喜欢这句话。"

他们盯着对方的狗,想着刚才的话,羊倌突然有了慷慨的冲动。

"还有十多只羊,是阉羊,在山的那一边,在这里能看到它们……就在那儿,也要把它们赶回来。你能让乔克去吗?它在船上待久了,一定想做点事情。"

比尔流露出开心的眼神。"对乔克再好不过了,有这个机会,好得很。"

"我明白,"对方说,"按你的方法来,如果斯科特有空——"

他的话没有说完,两个人走过山谷,在平静的空中留下一丝丝烟雾。他们爬到山肩时,看到了半英里之外的阉羊,察看地形之后,比尔伸出手臂指向前方:"去那边,乔克!"

第十章

乔克像一道闪电，飞速地跑开了。现在轮到斯科特坐在地上观望了，它有点失望，有点郁闷，但是，训练有素的它紧随在主人身后。两个人看到乔克沿着高地，飞速奔跑，不时地从草丛中跳起来看看阉羊。比尔确信它能做好工作，因为阉羊在它眼前一览无遗。它这里跑跑，那里赶赶，阉羊一看到狗，都走到了一起，傻傻地等待。它们先是走错了方向，令他们大失所望，乔克赶紧冲过去，不到两分钟，就把它们赶向大门走去。有一次，阉羊不知道受了什么惊吓，散开成两群，向不同的方向走去，虽然比尔没有吹口哨，但乔克轻轻松松地将它们赶回了一起。

到了一条水沟，绵羊有些慌张，犹豫着是否过去。乔克挑衅地叫着，冲到它们前面，又退回来，它知道不可以过于施压。观望的两人看到绵羊消失在沟里，又在乔克的带领下出现了。过了水沟，路就好走了。它们跑进大门，乔克完成了工作，站着等待归队的口哨声。"哗哗——"比尔用手指吹出尖锐的口哨声，乔克向他们小跑过来，侧眼看着羊倌的狗，好像在说："你看到了吗？我也能把工作做好。"

"很好，很好！"羊倌说。

"谢谢，"比尔说，"感谢你给它锻炼的机会，希望将来还能为你效劳。"

两个人轻轻地拍着对方的狗的头，两只狗似乎也挺享受他们的爱抚。他们私下希望能买到训练有素的好狗，但谁都没有把话说出口。比尔知道，羊倌也知道，没有人会出卖自己的狗，正如不会出卖朋友一样。

"乔克是只好狗，显而易见，"羊倌认可地说，"要训练出好狗，就不能为了钱而放弃它。"

"人和狗的渊源可深了。"比尔说。

"难分难解。"羊倌说。

他们一起抽着烟，相互推介自己的优质烟丝，然后挥挥手道别了。

那次小冒险后，比尔和乔克待在一起，直到亚喀巴湾号抛锚在巴伊亚布兰卡的加尔凡特角。比尔的行程排得很满，要将公羊赶下船，转移到驳船上，需要像鸡蛋一样呵护着，还要上岸看护它们一段时间，这项工作还得乔克来完成。因吃水深度的缘故，驳船只能在离岸二十英尺外抛锚，水手们将公羊一只一只地举到船上。它们游到岸边，爬到陆地上，浑身湿漉漉地站着，一副沮丧的模样，乔克的工作就容易多了。

比尔与快活的汤米向船员们道了别，乔克尽情地在工作中玩耍，仿佛一个精力充沛的人，接受了一点自由发挥的工作，他们将公羊赶到了五英里开外的伊斯帕托庄园。根据少校先前从澳大利亚来信的安排，晕船的动物稍后再作处理。他们只看到庄园的一小部，因为上午九点前将公羊赶进了羊圈，十点钟时，他们骑着庄园经理提供的几匹好马，已在去卡西欧湖的路上。两个人都迫不及待地去卡西欧，他们将接收八千只绵羊，赶往南方的漫漫长路。比尔对南美庄园的第一印象很模糊。他们走到一处棕榈树环绕的低矮土坯房，看到一个男人拿着吉他，似乎在对狗弹唱，另一人身穿白色披风，比尔以为是印第安人，瞧仔细了却发现是爱尔兰人。几头牛悠然地吃着草，两个小男孩骑在马驹上，玩得不亦乐乎，相互推搡着想挤下对方。

他对第二印象更殷切期望，然而很失望。他们走过的地方，几乎看不到前景。公寓、盐沼、沙丘、干湖、寸草不生的白岩

第十章

洞——令他黯然神伤，乔克好像也有同感。过了几英里，他们来到了苍翠的草地，乔克高兴得蹦蹦跳跳，这里的花花草草让他们心旷神怡，远处的树木充满了生机。乔克这里瞧瞧，那里嗅嗅，竖起耳朵，机警地倾听各种各样的动静。

比尔像其他的旅行者一样，不会将新旧事物进行比较，这与大同世界观的人不同。虽然所见所闻与他预想的不一样，他对卡西欧的庄园依然兴趣不减。农民房或剪羊毛的工棚都设有瞭望台，在台上可以看到环绕种植园的树木，庞大而陈旧的中心房，多年前种植的高大白杨，又长又矮、覆盖茅草的马厩和牲口棚，来来往往的行人，庞大的马队，驯服的鸵鸟与羊驼。二十个人围在长桌边吃饭令他想起了澳大利亚，他对他们讲西班牙语惊讶不已，尽管许多人有着爱尔兰人的名字或是爱尔兰人的后裔。但是他很快适应了异国生活，学会了用小管子吸马黛茶，使用当地的轻巧马具，视加乌乔人为无知的草原勇士。

由于比尔的工作量大，他没有多少时间思考这些问题。汤米·韦斯特出去买物资，为接下来的一千二百英里路程做准备时，比尔去检查了要赶到麦哲伦乡下的上千只绵羊，查看有无疥癣，收拾马与马具，挑选助手（尽管最后无人愿意前往），收集路过国家的一切信息。给绵羊消毒的时候很忙，一个叫莱杰的年轻人受嘱帮助比尔检查绵羊。比尔已经作好了安排，但是汤米·韦斯特不知从哪里冒出来接手工作。事实上，汤米·韦斯特从庄园离开比尔的视线还不到两个小时。但是汤米的活动颇有成效，后来在一些体质不好的绵羊身上得到很好的证实。比尔站在羊圈旁思考事情，一个穿着蓝色披风的高个子向他走来，手持马刺，马刺上的小齿轮有一英寸粗。一只脏兮兮的白色小狗尾随其后，一看到其他陌生人，撕心裂肺地吠叫起来。

比尔点头说："你好！"又对那只狗点头问，"英国老牧羊犬？"

"是的，"对方说，"从布宜诺斯艾利斯到火地岛，找不到比这更好的狗了……我叫莱杰，受嘱过来帮你，希望合作愉快。我猜你听说过运美洲驼去澳大利亚的莱杰吧，嗯，我就是他堂弟。"停了一会儿，他又说，"我比外国佬好相处。"

"我赶绵羊要去的南方，你去过没有？"比尔问。

"没有，"莱杰说，"我听说有很多沙地，也有印第安人和土匪，一些黑地方还有难缠的官员，我听说的。但是一个人就可以应付了。"

"一个人可以应付，"比尔点着头说，"哪里都行。"

"只要性子好，够专心，就像我的杰瑞。我告诉你，这种狗比任何狗都性子好，没有人比我更懂狗了。"

初次见面，他们聊得挺投机的，接下来比尔和莱杰以及两只狗忙了两天。乔克和杰瑞在户外就像在羊圈工作一样热心，他们从早上第一抹红霞忙到太阳消失在地平线上，几乎没有多少时间休息或吃饭。到了晚上，他们躺在地上仰望星空，莱杰聊起了狗和马，在巴拉圭与坎宁安·格拉哈姆骑马，去玻利维亚与澳大利亚寻找探险的堂哥。"那是1858年的事。"

八千只绵羊准备上路的时候到了，仍然没有本地人愿来同行，汤米·韦斯特也不见踪影。

"我想得去南方招人了。"比尔像往常一样平静地说。

"鬼知道汤米·韦斯特啥时才会露面！你没有物品，没办法工作呀！"莱杰说，"没办法，有只好狗也行，你那只就行。"

"在任何时候，人与狗好好相处一两天是没问题的。"比尔说。

第十章

"一两天,是的,"莱杰说,"想想吧,一千二百英里,没有侧弯,这一路要花九个月时间。如果不出乱子,一个月走一百三十英里,一天走四英里。这个汤米·韦斯特,是个好人,只是野性难改,野性难改。"

"我想这两天找个助手,只是对这里一无所知。"比尔思考着说。

"我也一样,"莱杰附和,"但是我想知道,我是那种喜欢追根究底的人。山上有什么,对面河岸有什么,我都要琢磨一番。我在想啊,让杰瑞待在这个穷乡僻壤,是不是委屈它了,你说是吗,杰瑞?"

杰瑞使劲地叫了一声。

"我决定去一趟巴塔哥尼亚。"莱杰说。

"可以去看看,"比尔说,"祝你一路顺风。"

"考虑到工资和其他事情,"莱杰说,"你们的那个少校或汤米·韦斯特可能有话要说。"

"一切都会好起来的,"比尔说,"一向如此。"

"你先随着绵羊走,我去取东西。我有两三匹马,顺便看看这个汤米·韦斯特在做什么。"

"再好不过了。"比尔同意地说。

如果没有意外,赶羊之旅就要开始了。绵羊散布在草原上,在两平方英里的范围内活动。马儿吃草时,比尔抽着烟,看到羊群以北没有离群的绵羊。偶有一两只绵羊蠢蠢欲动,乔克收到一声令下后立即冲过去,将它们往南赶来。

黄昏时刻,莱杰兴致勃勃地骑着一匹枣红马回来了,还赶着四匹马,其中一匹驮着一袋东西。他像猫一样从马背上一跃而下,任由缰绳拖在地上。枣红马喷着鼻息,与另四匹马走到一起,比

A Dog At His Heel 义犬乔克

尔的马也跟了上去，六匹马你看看我，我看看它，然后吃起草来。

"够你品尝一番了。"莱杰笑着说，掏出一大块烤羊肉。比尔接过肉，从右靴的鞘里拔出长刀，切下几大块给乔克，自己也痛快地吃起来。

"去南方准备好了吗？"比尔问。

"准备好了，"莱杰说，好像五英里之遥的路程，"店主布赖斯会送我们一程。我忘记名字了，但总会想起来的。另外，我们搞不清有多远，准备出发吧，这是汤米·韦斯特给你的信。"

"汤米的例信，我们早已习以为常——"比尔说着读起来：

亲爱的比尔：

我改变了计划。看地图行进，你会在经度65°渡过科罗拉多河。往南最好的路是通过一个叫特拉瓜-特拉瓜[①]的地方，到了里奥内格罗河的上游源头，再经圣马蒂亚斯高地到安东尼奥港。距离只有三百英里左右，也就是一百天的路程。接下来事就难办了，不用带着将来需要的行囊物品赶路，我叫了一艘顺水去安东尼奥港的小艇，索拉诺号，运载物品。我先坐小艇去看卸货，然后骑马与向导往北与你会合。最多过一个星期，我就可以卸货了。

至于公羊，我招了一个好人将它们赶到特拉瓜-特拉瓜，你在那里与他会面，他名叫卡那萨。你需要人帮忙就尽管招，我们见面时再付工钱。祝你好运！如果你研究所附地图，就会发现一切安排相当妥当。

此致

汤米·韦斯特

---

① 阿根廷里奥内格罗省的一处地名。

第十章

"巴伊亚布兰卡港。"

比尔折起信纸,责备汤米忘记了附上地图。他和莱杰四目相视,轻轻地吹了一声口哨,便大笑起来。

"没有地图要紧吗?"比尔问。

"当然要紧,"莱杰说,"在安东尼奥港会面固然很好,但其他地方也不差。卡那萨是个倔强的加乌乔人,当他厌倦工作的时候,有可能让公羊顺其自行。你不要再用他了,脾气差。再就是海上航程,小艇可能误时误点,我了解那些人,船东叫特拉瓜,舵手叫俄亥俄·鲍勃。"

"好家伙,汤米·韦斯特,要是他觉得办不到呢?"比尔问。

"他是个勇敢的年轻人,"莱杰说,"会做安排,其他的事都交给经验老到的手下办。"

"让我想起了以前学的诗,"比尔说,他目不转睛地盯着乔克,他赶着几只绵羊,脑子里想着故乡,"叫《轻骑兵》。"

没有为什么的理由,
只有奋斗至死方休。

莱杰引用诗句说,"跟你说,做领导的要不拘小节。"

比尔赞许地点了点头。

"你最好去看看公羊吧,我会处理好的,"莱杰说,"你会路过弗雷泽家,也许他会告诉你更多。"

比尔看着高大结实的莱杰,又点了点头。他们计算着时间与距离,拿着树枝指着莱杰放在地上的地图讨论着。他们像机械工一样展示自己的作品,认真地思考,不固执己见,但都希望把事情做对。沉默的间歇期间,他们分析各种可能,预测可能发生的事情。

"可能会有变故,"莱杰说,"一般都有。"

他们抽着烟,喝着马黛茶,思考着计划,然后骑马去看绵羊去了哪里,再次回顾计划后,他们分别了。羊群很大,每个人必须各自照看一小群。落日时分,两群绵羊已相距二十英里,每个人都在做着同样的事情:在星光下铺床,聆听马儿吃草的声音,偶尔呼唤一下狗,保持一点火苗照明,到点睡觉,用马鞍做枕头,警惕地留意周围的动静。

计划的变更果然很快。大清早,比尔发现斯科蒂·弗雷泽像加乌乔人一样骑着马,像平原居民一样灵巧地握着缰绳。听到比尔的故事讲到卡那萨时,他笑了:"他就是个不管事的醉鬼,把你的公羊从巴伊亚布兰卡分散到科罗拉多河。至于汤米·韦斯特,嘴上没毛,办事不牢。"

比尔发现,事实正如斯科蒂·弗雷泽所料。比尔径直去了商店,人们喝得醉醺醺的,哪怕最诚实的澳大利亚人也惊得目瞪口呆。他看到一幢土坯的茅舍,周围有一条年久的水沟,现已成为收破瓶、锡罐、破布、骨头和其他废品的地方。五匹马系在茅舍附近的柱子上,等待着它们醉归的主人。比尔到来时,五只脏兮兮的狗冲出来,面露狰狞,直到乔克也摆出战斗的姿势,它们才夹着尾巴跑了。比尔下马时,茅舍的主人刚刚回来,但这个澳大利亚人看他不太顺眼。他不喜欢大圆脸,污秽的皮肤,游离的眼睛,似是而非的点头,不明不白的问题,毛楂楂的黑胡子,还有质疑的眼神。

比尔踏进低矮而黑暗的茅舍时,看到了许多让人不快的东西。

第十章

屋子里一片狼藉，蜘蛛网挂满了角落，泥土地板、刺鼻的异味、暗淡的光线让他难受不已，一个昏昏欲睡的男人坐在板凳上，脖子上搭着一块脏兮兮的毛巾。他不喜欢屋主叽叽呱呱的嚷声，一把两个人才抬得动的长刀，另两人的窃窃私语，可能是卡那萨的那个人的呆滞眼神。比尔瞥了他一眼：他蹲着身体；一双小眼几乎紧贴在一起；低垂有点凹陷的前额；口露尖牙，一脸怒相。

比尔也不喜欢商店的衰败模样，让人看不懂这里是地痞醉鬼的聚集之地、杂货店、低级旅店，还是监狱——因为两扇窗户都装上了铁栏。地上放着几个桶，几堆美洲狮和臭鼬的皮，两三个平边帽，几捆鸵鸟羽毛，都肮脏不堪。零碎的马具和生锈的马衔链扔得到处都是，粗制滥造的架子从屋这边堆到屋那边。架子上放满了棉手帕、蓝纸袋装的烟草、白棉布、酒瓶、锡杯、长条的肥皂、腊肉、马黛茶吸管、装满猪油的猪膀胱、一堆发黄的男装内裤。钉子上挂着三四把廉价手枪，锈迹斑斑。

比尔以为他会有语言障碍，因为他不懂西班牙语，更多是因为他看到屋主与另一个人交头接耳，与他面面相觑。他想用知道的词语来尝试交流。

"哪里？绵羊，卡那萨，"他说，好像冲进屋子的人在哭泣一般，"哪里？绵羊！卡那萨！"他的西班牙语词汇很少，但是管用。对方居然听懂了他的话，还接过了他的话茬。那人眉毛低低的，下巴像兔子，醉得胆大妄为，比尔猜对了，他就是目中无人的卡那萨。他滔滔不绝地高谈阔论，用拳头捶着胸脯，一遍又一遍地重复，比尔猜他在吹嘘如何自力更生吧。乔克也来掺和，发出撕心裂肺的低声咆哮，表示怀疑，接着又是一声低叫，暗示有危险！另一个人马上站起身，飞快地说着话，念着一个盒子上的文字。比尔环视周围的人，除了卡那萨，其他人都站在相对安全的高位置，离乔克远远的。有的人看着他，有的人看着狗，其中一人似乎在叫卡那萨，个个都面色不善。卡那萨越说越来劲，言语越来越无礼，越来越没有分寸，似乎马上要引发一场暴风雨。

"哪里绵羊？"比尔又问，他说这话时，也不清楚是否明白卡那萨的一丁点解释。很明显，加乌尔人不希望比尔明白，于是争吵越来越激烈。乔克的怒叫不断地给他们造成了压力，加乌尔人当然不屑了，特别是他伸出手（比尔发现他的手少了两个指头）说了一些脏话。比尔有一种如临危境的奇怪感觉，在他看到卡那萨充满血丝的眼睛时尤其如此。毫无疑问，他听到的这些话都带有侮辱性。蹲下的矮个子要么想恫吓他，要么想压住他的火气，但对比尔来说，他的话毫无意义，甚至不可理喻。比尔伸出手掌，向小个子胸膛上推去。就在这时，他看到蹲下的黑脸人拔出刀子，乔克一跃而上，咬住了那个加乌尔人的小腿。刀子在空中晃了晃，他就仰面倒在那一堆动物皮上。然后，所有人似乎都异口同声地叫起来，匆匆地爬到更高的位置。

"乔克！"比尔尖叫。乔克撕咬了最后一下，松开了被咬的人，跟着主人走到低门边时，还侧眼狂吠着。出了门，比尔朝马儿走去，他转念一想，又折回来向门内观望。他一离开茅舍，卡那萨又骂骂咧咧起来，其他人还待在安全的地方。比尔的再次出现，让他们吃了一惊。

"下午好！"比尔说，他不知道还能说什么，这句简单的话让所有人都认为他是坏蛋，甚至想拔手枪，"为了安全起见，我还是把你们关在屋里吧！"他又补充，他们没有听懂，倒是把他的话当成了挑衅。

第十章

门扣上挂着一把带钥匙的挂锁,比尔关上门,锁上挂锁,然后骑马悠然地离开了。乔克欢快地叫着,好像看到了光明的世界,回归到平凡的琐事。

他骑着马,像往常一样总结经验,告诫自己。"比尔,现在冷静想一想,我们在哪里,打算去哪里,可能发生什么事。"

"我和乔克在这里,啊,乔克!"狗一听到自己的名字,迅速侧首仰望,摇着尾巴,发出没事的信号。

"莱杰和母羊回去了,方向没错,没事……但是,汤米就不对了,他把公羊托付给素不相识的加乌乔人。加乌乔人太任性,他放任公羊游走,而不是赶着它们与母羊会合。结果公羊走散了,这下我和乔克有事做了。现在羊群很乱,我们的工作就是恢复它们的秩序。乔克,出发!"

像平原居民一样,比尔以"想动物之所想,像人一样思考"的准则来指导自己的行动。被加乌乔人放任游走的公羊往东去了,因为它们从东边过来,这一点完全可以肯定。接下来要做的就是利用每块高地仔细观察,并且相信乔克灵活的头脑。比尔优哉游哉地骑着马,欣赏着辽阔的草原,阳光普照的乡村,无忧无虑的生活。乔克发现了上千种新动物——一会儿竖起耳朵,聆听枥鼠发出的砰砰声;一会儿兴高采烈,也许是听到了打洞的猫头鹰或者发现了鹀鸨巢;一会儿看到只停栖在动物死尸上的卡拉夏[①],奋力追赶;一会儿对纠缠不休的黄蜂羞恼成怒。有时候,他止步观察石鸡,受惊的石鸡一飞冲天,咯咯地叫着。生活多姿多彩,无拘无束,引人入胜的东西数不胜数,每一分钟、每一英里都会出现新的局面。

[①] 南美凤头卡拉鹰,一种以腐肉为食的鹰。

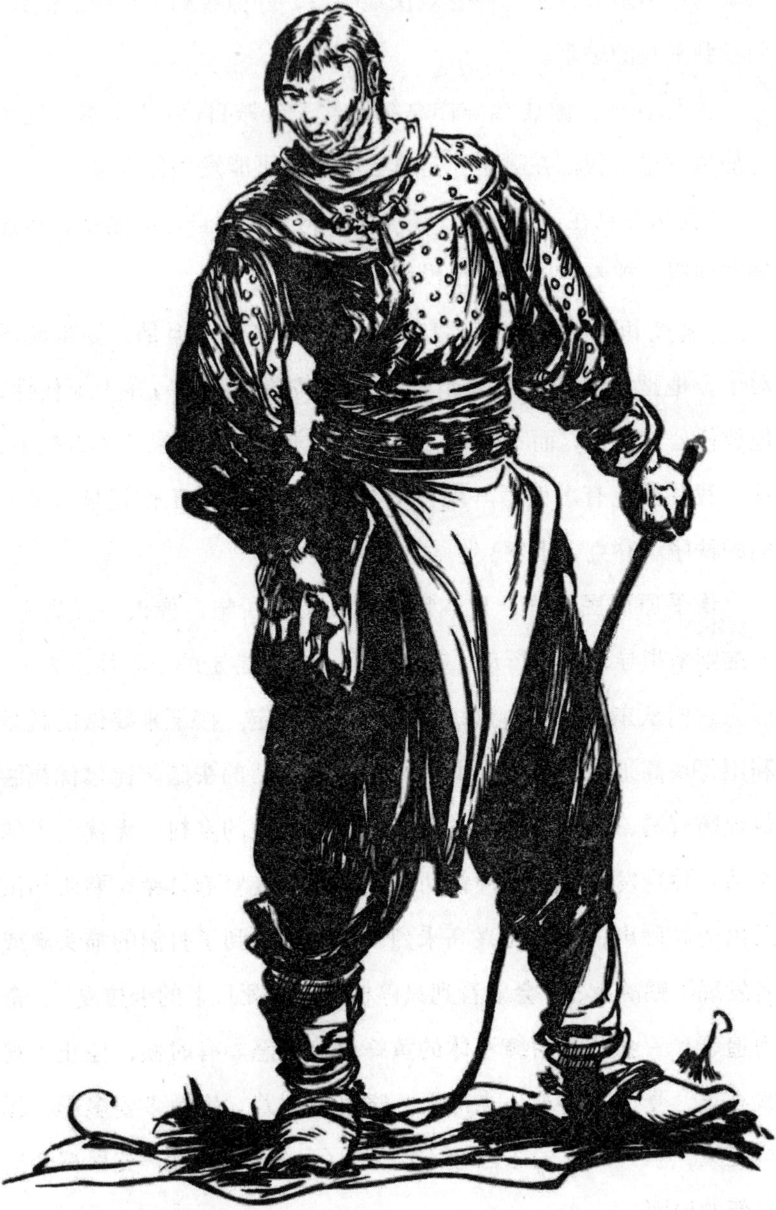

第十章

午休的时候,他们站在一块小高地上,望着金光闪闪的大西洋。他们看到几十只公羊在一块宽阔的地上吃草,也许是从羊群中走散了吧。遥远的西边,一条黑烟徐徐升起在地平线上,那是一艘汽轮,但是看不到人影。比尔伸出手指着南边,他的大拇指指向东边,通过大拇指和食指,他看到了一片大草原和曲曲折折的海岸线。汤米·韦斯特坐的小艇应该经过那条线吧。那些公羊呈三角形分布,东一只,西一只,惨遭卡那萨的无情抛弃,汤米真是太信得过他了!近距离观看时,比尔点数只有三十只,但其余的公羊待在洼地、山谷,它们正在吃草,只要在太阳落山前赶回就行。

比尔发现西南方有一个波光粼粼的潟湖,正是晚上扎营的好地方。潟湖周围是大面积的海沙,三只羊或者更多正往那里走去,要是羊毛里进了沙子,就不好办了。他一声令下,望着乔克飞奔而去平息叛乱。沙地上出现十几只公羊,比尔望眼欲穿地等待着乔克的再次出现。一分钟过去了——两分钟,三分钟,四分钟,还是没有看到乔克。比尔将双手放到嘴边,发出尖声的呼唤。狗出现在沙丘上,脖子上挂着的东西随风飘扬,比尔见状,吃惊地扬起了眉头。

"现在有新情况。"比尔自言自语。狗飞快地跑过来,后腿发力,前爪张开,四条腿一齐落地,飞跳着往前冲。他看到乔克的眼睛闪闪发亮,知道它非常激动。比尔下了马,发现搭在它脖子上的是一截衬衫,衣领后的唛头写着:

Bax & Co.

Perth WA

No. 16 1/2.

A Dog At His Heel
义犬乔克

"汤米的，可以肯定。"他斩钉截铁地说，看了看乔克。乔克跳起来，舔了舔他的手，使劲地摇着尾巴，用耳朵、眼睛、身子、鼻子和尾巴一起传达信息。它向海边跑了十码，又跑回来，仿佛在说："走这边，我带你过去，我都知道了。"它将鼻口推到比尔手里，不耐烦地呜咽着，接着发出兴奋的吠叫。

"好了，乔克，"比尔说，"别激动，汤米就是那种自找麻烦的人。悠着点，乔克，悠着点。"

乔克像往常一样，仔细地盯着比尔上马——他左手抓住马鬃上的缰绳，背向马头，一步跃上马鞍，然后把脚伸进马镫。坐稳后，乔克总会心花怒放地叫上一阵。

回头再说汤米·韦斯特，他意气风发地站在防波堤上，看着最后一批物资搬入单桅帆船索拉诺号。他身携大量公款，一想到要给比尔的惊喜就兴奋不已。他进了一批马黛茶、大豆、腊肉、面粉、白糖和其他主食。然后，他自作主张从一艘轮船的乘务长那里买了贮藏食品，这艘轮船停在镇上装羊毛去英国，它带来了来自法国、意大利、英国的美食——一打李子布丁、辣酱油、可口而昂贵的奶酪、为富人定制的甜食、盒装炼乳、瓶装凤尾鱼、罐装腌制猪蹄、盒装沙丁鱼、腌鲱鱼与熏鳕鱼、盒装果酱与果冻。这款果酱颇受土豪欢迎，尽管对身强体壮的户外劳动者来说，口味有些生脆。他怀着兴奋的期待，想给他的朋友一个惊喜，然而，他居然忘了买开瓶器！此外，他还忘了买肥皂和盐。在一家名叫梅卡德罗炉火的小店，老板说服他买了罐装豌豆、罐装蘑菇、多种罐装水果，但他没买煮食物的锅。他还买了两张整洁的草地安乐椅；一把吉他，他希望比尔学会弹吉他，因为他听说草原上的人喜欢这种乐器；一个精美的油炉（他忘了买油）；几本故事书，

第十章

他们在平静的水域扎营时,晚上可以读书。最后,为比尔着想,他买了一张需要四个人才能立起的大帐篷。他精打细算,就为一袋米的价钱,他差点跟店主吵起来,还扬言不吃也罢。据他说,他们确实生活简单。

上船后,吹着爽朗的海风,汤米觉得与两位同事在一起的海上生活挺愉快的。索拉诺号快靠岸时,汤米看到身着披风的男人,送水的妇女,带着驯服的美洲狮的小孩,船骨遭到破坏的船只,心中又荡起一阵激动。俄亥俄·鲍勃告诉大家,海风只是间隙性的(汤米好奇他怎么知道),他们在加多角的背风处抛锚过夜。

那天晚上,三个人坐在小甲板上,汤米感到很开心。俄亥俄·鲍勃热切地打听澳大利亚的情况,汤米虽然了解澳大利亚,却对这个话题毫无兴趣,尤其是北部地区,他没去过,也不想去。关于灌木丛林原始居民的起源,他读过一些书,也听人讲过。据说,年轻的土著男子裸着身子,在热带太阳下,一待就是几个小时;仪式主持人将牛虻与蜇人的昆虫放在候选人身上;有的人受尽折磨死去。俄亥俄·鲍勃听得聚精会神,最后表达了想看看世界的愿望。他说,海上的生活确实太单调了,海岸上的生活就像枯燥书中的生动篇章。其后,轮到汤米发问了,鲍勃不厌其烦地讲述了他的生活轨迹。

拂晓时分,空中没有一丝风,海水静静的。想到可能会延迟到达,他内心闪过一丝不安,像是在海上漂了好多天,而不是几个小时。他问大家,如果失约了,没有见到比尔和绵羊,大家应该怎么做。

"我们可以补救,"俄亥俄·鲍勃说,"今天可能有风。"

"看起来风平浪静。"汤米答道,他对可能有风的理解是飞快

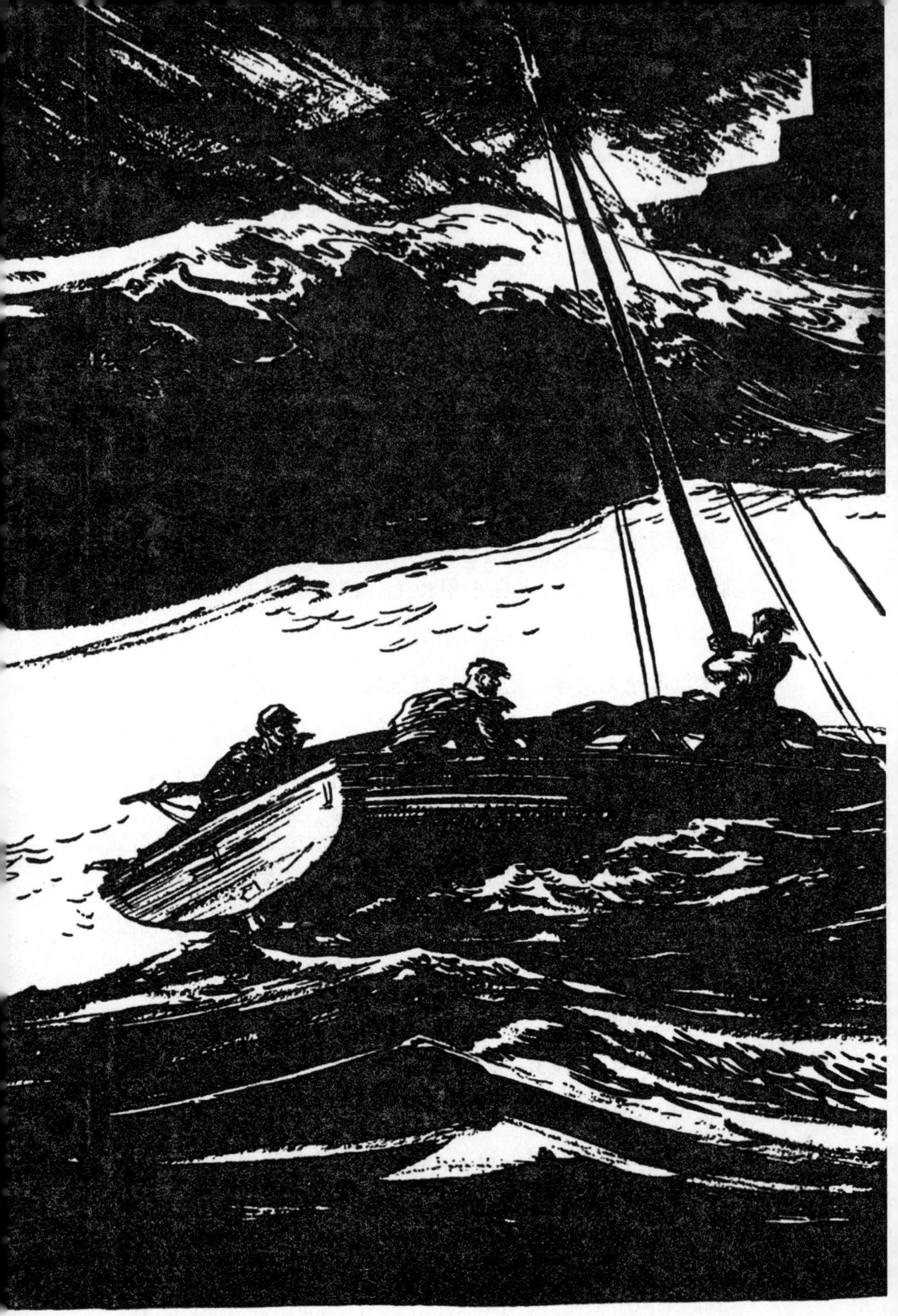

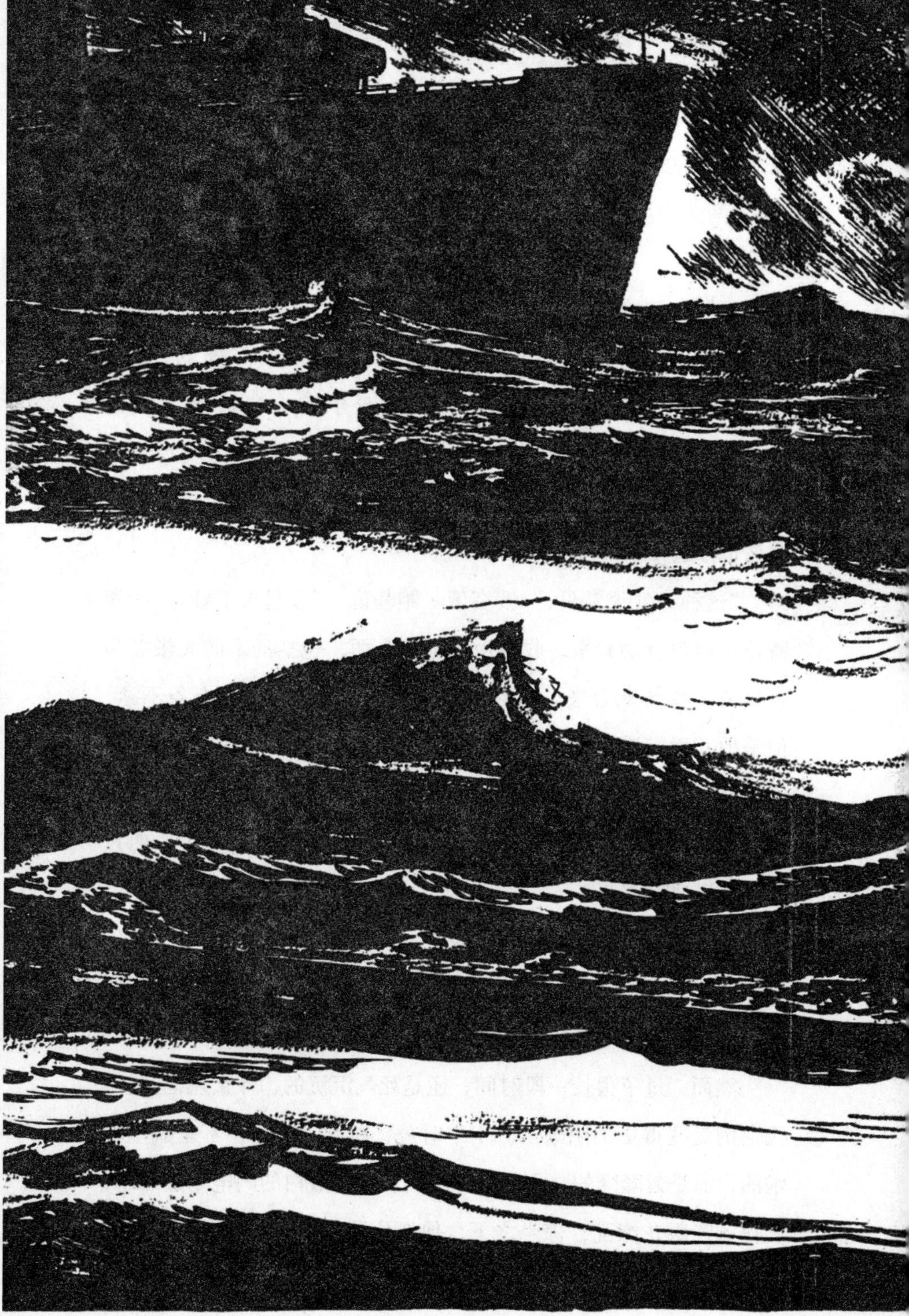

地穿过平静的水面。

"南美跟澳大利亚的天气不同。"俄亥俄·鲍勃说,汤米怀疑地看着他。

海风一阵阵吹来,他们走到船外,欣赏一波又一波的海浪,岸上的大地在晨曦中一片灰蒙蒙的。太阳出来时,风停止了,牵拉在空中的船帆突然啪啪地响了两声,吓了汤米一跳,然而其他人无动于衷。冷空气随即袭来,太阳不见了,天空转眼变得晦暗起来。看着海鸥停止了嬉戏,低低地飞向岸边,比尔心想,它们应该也知道暴风雨即将来临了吧。

"这种天气很常见,"俄亥俄·鲍勃说,"看起来不妙。"他和特拉瓜赶紧行动起来,收拾甲板上的东西,包括汤米的大帐篷和折叠椅。在汤米看来,他的同伴处事沉着冷静,工作有条不紊,但是他心里充满了焦虑,倒是更希望与比尔待在一起。收拾完东西后,除了坐着打发漫长的时间,也没有其他的事情可以做。有一次,地球好像抖了一抖,柔和的海风不停地吹了几分钟,船只在风中迅速地漂荡。

"我们没事的。"汤米期望地说。

"还会有风来,"俄亥俄·鲍勃黯然地说,"也许就是所谓的冷风,这不是开玩笑的。"

然而,过了很长一段时间,还是死气沉沉的,什么风也没有,天空倒是变得更加阴暗了。中午时分,响起了巨雷,不是噼里啪啦的,而是轰隆隆的,令人烦躁不安。一道蓝白的闪电划过黑暗,刺得汤米眼花缭乱,惊恐之下,他抓住了桅杆。噼噼啪啪的大雨接踵而至,鬼哭狼嚎一般。倾盆大雨冷如冰水,痛如鞭打。不一会儿,索拉诺号的甲板上落满了雨水,荡起一层层涟漪。汤米紧

第十章

抓桅杆,看着滚滚巨浪,似乎可以吞噬一切。他惊心动魄地感受着轮船被冲上来,在滔滔的浪顶滞留了一会儿,又迅速地回落到浪底。有一次,一道闪电照亮了一块巨大的东西,好像一堵墙,等到闪电再次亮起时,才发现是一艘汽船,烟囱和桅杆映射在钢色的天空中。那时候,汤米感到孤单无力,他胡思乱想了一会儿,看着频繁的闪电,才意识到特拉瓜待在船舵边,拿着绳子忙个不停,而他张开双腿,无所事事地站着。他看到俄亥俄·鲍勃把手放在嘴边,不知道在喊什么。黑暗再次袭来,汤米记得,在那一刹那间,他看到了其他的东西——大片的滚滚白浪,俄亥俄·鲍勃愠怒的脸色。

汤米感到四肢麻木,他真有一种停止挣扎的愿望,活着太难受了。他好像是两个人,一个问他为什么忧心忡忡,为什么放不下这个人心叵测的世界,另一个坚守阵地,哪怕面对的是一场不值得一提的战斗。雷鸣般的海浪打在船上,仿佛坚硬的砖头掷过来,震得船只摇摇晃晃。闪电不停地划过,天空一片苍白。一片巨大的波浪呈十字形打过来,浪花扫过小艇,汤米从甲板上抬起脚,思忖着能否扛到风浪平息。又一片黑色的大浪打过来,似乎要吞噬整个世界。这场暴风雨下了多久?还会持续多久?他还顶得住这样的折磨吗?在若隐若现的闪电下,是不是又有一片黑乎乎的海浪排山倒海地压过来了?坚持住,汤米!抓稳了,再稳一点!集中全身的力量稳住,拖船就快来了……这种压力永远不会消失了吗?他的肺会爆炸吗?耳膜破裂吗?啊!先喘一口气吧。能否有一分钟,哪怕半分钟的休息?……那徘徊的黑影,是不是又一片海浪?

汤米饱受折磨,他听到自己在恐惧中呐喊。他鼓起勇气,十

A Dog At His Heel
义犬乔克

指交叉地抓住桅杆，低下头，迎接冲上来的浪花。他知道，无法用双腿立即绕住桅杆，只能依赖疲劳的双臂，防止被海浪卷走。汹涌的浪花一次又一次地冲击着他，他的战斗意志已近崩溃。他好像听到有人在说："为什么不休息一下？好好睡一觉，你已经搏斗了很久，你累了，累了……"

这一切来得太快了，好像有人把他拽离了桅杆。他清醒地发现自己游在水里，所有的害怕一消而散，他不知道自己为什么会在水里，索拉诺号和俄亥俄·鲍勃怎么样了。他再也听不到哗哗的水声、呼呼的风声和隆隆的雷声。他看到了闪电，仿佛是绿色的，耳边一片嘈杂，他分不清哪种声音是哪种声音。他在水中迅速漂流，只能努力让自己浮在水面上。什么东西猛烈地撞到了他，他从半梦中醒来，沉入了水中。再次受到撞击时，他知道自己已被海水冲到了岸边；但是水底的逆流仍在拖曳着他，似乎没完没了。他不知道，手里已经抓住了一块岩石。他只知道，最后没有被水流卷走。当他意识到自己的处境时，他知道必须要等待时机，爬到前面的另一块黑色岩石。但是，努力挣扎他才能往前爬上一码，又一码，再又一码——到了这块岩石，再爬到更远处的那块岩石，直到他不再受到波浪的侵袭！

他感觉不到疼痛，只知道身体里的血液在剧烈地跳动。虽然昏昏欲睡，他告诫自己切勿入睡。他就趴在那里，眼观六路，耳听八方，直到天亮。

他苏醒过来，迷迷糊糊的，脑子里回想着前一天发生的事情。太阳高高地挂在天空，他又感到晕晕乎乎了。除了昆虫讨厌的嗡嗡声，海浪轻轻的拍岸声，周围一片寂静。他想坐起来，感到左腿一阵剧痛。他想站起来，但是剧烈的疼痛让他哇哇大叫。他摸

第十章

着左腿,没有发现骨折,只是脚踝肿得厉害。他小心翼翼地挪到一块石头上的水坑边,这里可以洗洗脚。他一边拍打着蚊子、苍蝇和其他昆虫,一边侧耳倾听有没有人的讲话声。但是,他什么也没听到,一个又一个小时过去了,他坐在闷热的天气里,等待清凉的夜晚来临,抱着一丝渺茫的希望,希望有人会偶然过来。他看不到人烟,听不到人语,只听到海鸥在尖叫,浪花轻拍着沙滩。他猜测自己可能被海浪从小艇的甲板上冲到了这个小岛,现在饥饿难耐,脚痛得难以行走。他努力尝试着爬行,但是脚上的剧痛让他寸步难行。

黄昏时分,咩咩的羊叫声惊动了他,他环视四周,看到两只,三只,接着一队绵羊——可能有二十多只,从峡谷中走下来。一眼望去,他就知道这群公羊属于去南美的那一批。他知道它们的大小、颜色和体形,另外羊屁股上的红点是他们做下的标记。一只胆大的公羊跑到海边,饮了点水,另两只同伴犹豫着是跟上来,还是随羊群慢慢地走向斜斜的沙滩。刹那间,汤米忘记了疼痛,心里的悲伤一消而散。他看到了乔克的身影映射在天空下!

"乔克!乔克!"汤米歇斯底里地大喊。

乔克几乎一下子就想到了他,是汤米吗,或是看起来像汤米的人?它痴痴地站着,偏着头,右爪稍稍抬起。

"来这里,乔克!"汤米急叫。

乔克跑过来,跳到他的身上,兴奋地舔着他的脸。想到自己的工作,它开始撤退。汤米牢牢地抓住它,迅速执行脑子里想到的计划。他撕下衣领,系到乔克的脖子上,确保不会窒息、不会掉落后,拍着它说:"好乔克!"然后放开了它。走了几码,乔克觉得脖子痒痒的,也许是吓到了,它迟疑地侧跑起来。比尔尖锐的哨声响了，乔克飞快地向主人跑去。

汤米觉得好像过了几个小时，他清空思绪，冷静地思考，终于望见比尔骑着马走下了峡谷。他担心比尔会把他当成莽撞的傻瓜，制造比他本人还多的麻烦。这个念头也闪过他的脑海，在他与乔克之间，马儿将能力发挥到了极致。

"毋作评论，比尔，"比尔下了马，向他屈身过来，汤米开口道，"我又讨人嫌了，但是我只能把事情都交给你，去布宜诺斯艾利斯，坐汽艇去南方，学会做饭、劈柴、记账。"

他转眼看着乔克，又看着比尔。

比尔轻笑了一声说："嗯，你确实搞得一团糟。我们稍后再谈，要知道，失败乃成功之母，汤米。你没有骨折吧？"

"没有，我只是心情不好，比尔。少校让我来办事，我却惹了一大堆麻烦。"汤米忧郁地说。

比尔用一只手臂轻轻地把他扶正："上马，好吧？我们回去。"

"但是我想……"汤米起身说。

"愿望不能代替实际，汤米，"比尔说，"多数东西有两个柄，聪明的人会抓住其中最好的。"他们接着沉默了一阵子。

他们缓缓地走着，比尔牵着马，乔克一本正经地走着，仿佛意识到发生了严重的事情，而它是不能理解的。

"听着，比尔，"汤米殷切地乞求，"从现在起，我决定——"

"不要下决定，"比尔打断了他，"不要作伟大的承诺，一个人只要管好自己就行了，像狗一样。尽量少忏悔，不做总比搞砸好……我们到这里了，你骑马去那边潟湖，我们在那里扎营过夜。你先过去，我和乔克要去赶羊。"

第十一章

莱杰到来后的几个星期,他们紧靠内阿同南漂流,一路上有说有笑,不亦乐乎。他们这次既避开了人烟聚居之地,又更方便渡河向高原进发。三个伙伴从来没有如此意气相投,汤米·韦斯特总算体会到钱财如粪土,仁义值千金。无尽的草原、穹隆的天空和温和的气候对他们的吸引力与日俱增。汤米懊恼买的罐装食品不能讨得同伴们的喜欢,但很快他就淡忘了。户外的忙碌生活及日出前后有羊肉和马黛茶添滋调味的两顿美餐胜过了任何佐料加工的美食。有一次,听到别人直截了当地谈起他的蠢事——买了那么多不必要的东西,当时正咬着羊骨的汤米忍俊不禁,直接将骨头掉到草地上。

在尼格罗河的岸边,汤米认识了一个人,学到了新的知识。

A Dog At His Heel
义犬乔克

他骑着马，无忧无虑地唱着歌，寻找次日为绵羊渡河的地方。望着天边的晚霞，他突然发现河南岸有个骑马的印第安人，一动不动地坐在马背上。他有些惊讶，映在天空下的马和骑手仿佛一尊铜像。汤米没有留意到印第安人以鸵鸟羽毛装饰的长矛，长长的黑发，羊驼斗篷，他的马纤瘦得仿佛一匹赛马。接下来的几天，虽然他们语言不通，却做到了相互理解。印第安人友好地伸出右臂，好像在呼唤，然后他跃上马背，过河来到汤米这一边。勒马止步后，他用明亮的棕色眼睛盯着汤米·韦斯特。汤米猜测印第安人可能知道他们的事情，以及去哪里。

两匹马倒是有了明显的默契感，唊唊地友好嘶叫。后来，印第安人与汤米骑马一同来到小潟湖边营地。夜幕降临时，他们坐在火堆旁，莱杰的印第安语很熟练，年轻的印第安人也乐意讲述各种故事，汤米·韦斯特长见识了。汤米以前认为印第安人都沉默寡言，一坐就是好几个小时。但是他发现年轻的印第安人友善、天真、思路清晰、彬彬有礼，充满了活力与激情。他讲着猎鸵鸟、猎羊驼、抓野马的故事，莱杰将其翻译成英语。此时此刻，汤米欲走不能，随着印第安人的故事来到了安第斯山脉。他也了解了智鲁岛的矮马，印第安人将手举到距地三英尺来形容马的身高。他还讲到了巴塔哥尼亚的每个印第安人都希望捕获的野马、美洲狮、旧时印第安人与加乌乔人的战斗。他们用披风裹起来睡觉时，莱杰翻译了印第安人讲的几句话。

"他说想跟我们一起走，玩一个星期左右，你们意下如何？"

"哦，比尔，随他吧！"汤米兴奋地站起来说。

"良伴同行路途短。"比尔说。

"可以了解希望同行的伙伴。"莱杰说。

第十一章

旅途就这样开始了,不到一个星期,汤米·韦斯特就懂得了许多真理。他像许多人一样认为,原始人中的开化人由于见识广泛,常被视为师父。他这个引导出师不利,因为这个印第安人瓦尔从他那里学到的东西甚少,他从印第安人瓦尔那里学到的东西倒是挺多的。骑马不用马镫,一跃上马,马绊倒时稳当落地,驯服烈马而不挫其斗志——这些都是汤米不亦乐乎学到的新知识。

他练习套索与长矛、弓与箭,以至于视以枪打猎为耻。他最开心的是东西的神秘感,比如一件他从未见过的追逐工具。他看到三块兽皮包裹的石子时,起初没有在意,石子以四英尺长的生皮扭绳连接。但是他看到瓦尔扔出石子,逮住一只羊驼、鹿或鸵鸟,汤米巴不得学会怎么使用。刚开始,他甩出石子就后悔了,扭绳缠绕在身上,有一次还打在头上,痛得他眼冒金星。瓦尔几下简单的指点让他恍然大悟。到了晚上,汤米还在回想着扔石子的技巧。

"右手握住最小的石子,弯曲手指抓住皮绳的结,于头顶使劲旋转石子;放开钩住的绳皮,两颗自由的石子使劲地转着圈,越转越快;手臂伸直后,飞旋的石子转着最大的圈,当右手、两个转石之间的位置和猎物在同一直线时,马上放手!"

他反复练习,脑海里想着三个飞转的石子套住猎物的脚。

汤米是个听话、努力、有耐心的人,很快就学会了这些新技能。他的出手力度、视野识别、行动速度也一天天地长进。简单地说,他快成为自己的师父了。

一天早上,瓦尔宣布次日就能到达他的部落了。他问大家:"有没有人愿意和我一起去猎野马?"

莱杰发话了:"这个山谷里的草够绵羊吃上一个月了,也好让

A Dog At His Heel
义犬乔克

它们休息一下，我可以照看一两天。比尔，你可以去，汤米，你也可以去，还有乔克。这两天不让它牧羊，对它没坏处。有意见吗？没有，就这么定了，瓦尔，你带他们去。"

说完后，他们兴高采烈地出发了，乔克使劲地摇着尾巴，一边跑，一边叫，装模作样地赶着三匹另外的马。傍晚时分，他们在一座小山顶勒住马，俯视对面仿佛安第斯山脚的风景。明亮的湖泊，翠绿的野草地，山间的蓝色深洞，营地上蓝色的烟羽，远处黑乎乎的森林背阴处灰白的冰块——组成了一幅美丽而和谐的永恒画面。那天晚上，坐在熊熊燃烧的营火旁，比尔和汤米听说了大力士佩尔奇，善驯野马的基拉尔，马术高明的塔克拉，摔跤手厄西尔，比任何人能把长矛掷得更直更远的艾拉尔，喜好独自长途旅行的纳塔，熟悉部落史的故事讲述者凯罗，会说西班牙语和英语的亨奴，快跑手基纳，在麦哲伦乡下与白人待过并熟悉其生活的克拉斯，与狗为友的爱狗者埃斯那。实际上，埃斯那与乔克高兴地跳了两分钟舞，尽管乔克只是一只狗。部落的狗起初疑心重重地走过来狂吠，印第安人一声吆喝，它们都乖乖地趴下，更友好地看着眼前的这只牧羊犬。只要埃斯那出声，狗们不敢不从。

在十一月，没有比这更畅快的日子了。他们骑着马，一共十二个人，包括比尔和汤米，每个人、每匹马、每只狗都心旷神怡。哒哒的马蹄、咴咴的嘶叫、欢快的犬吠响成一片，狗都陪伴在主人身边，人们的说笑声和马儿的摇头摆尾声组成了一支美妙的音乐。他们都是年轻人，一边骑马，一边赛跑，一边摔跤。有时候，随着基拉尔一声口令，两个人匆匆地出去巡逻，完成任务后即刻返回。艾拉尔将长矛掷向远方，完全侧着身子

第十一章

骑在马背上，引起一阵阵喝彩。看着塔克拉与其朋友库纳从马背跳到地上，又在马儿飞跑时跃上马背，或在两匹平行的马背上跳来跳去，或比试让各自的马优雅地在原地打转，多么振奋人心！

首场演完后，他们开始赛跑，当然斗志昂扬的马儿受到了一定的约束。他们跑下一条长长的草坡，马蹄在松软的地上留下深深的凹印，沙沙地穿过高草丛时，偶遇一只受惊的鹿飞一般地逃跑。成群的鹅拍打着翅膀，嘎嘎地叫着，各种小动物左躲右闪，叽叽喳喳地仓皇而逃。他们越过山涧，冲进蓝色的树荫，又来到金色的阳光下，缓缓地冲上绿坡后，马儿热血沸腾地喷着鼻息。到达山顶后，他们勒住了马，基拉尔将他们分队，指示他们去哪里。

"你在这里放哨，确保没有马越过你和库那之间的山脊。"基拉尔下令说。在基拉尔的翻译亨奴的帮助下，比尔和汤米了解了印第安人的计划，也与乔克看懂了他们的表情。

他们孤孤单单地待了一个小时，没看到印第安人朋友的影子。凭着敏锐的耳朵与鼻子，乔克比人知道得更多，它抑制着内心的兴奋，似乎觉察到了遥不可及的事情。在某处的山谷或山洞，一群动物被赶着往前走，但是没有叫喊和吆喝。这里的小山上，那里的高地上，或是某个山腰上，动物们即将看到了一个骑在马背上的印第安人，有如哨兵一般，这情景足以令它们四散而逃。

乔克紧张地兴奋了五分钟后，轻轻地咆哮起来，它竖起耳朵，望眼欲穿，可比尔什么也没发现。山谷里，被追赶的猎物没头没脑地乱跑，从不远处看，它们四肢健美，鬃毛飘飘。一只勇敢的动物，群马的首领，爬上了一座矮山，瞥见了观望者，也听到了乔克短促的尖叫。它站立了片刻，高高地昂起头，又冲回马群中，仿佛在下令紧急撤退。各个山头上，印第安人已形成一个巨大的半包围圈，受惊的动物发现它们困于新月状的捕猎圈，前面的出口是陡峭的山崖。山崖中间有一个缺口，通往一个箱形峡谷，猎物们正被赶向这个缺口。不管猎物往哪个方向走，只要一进缺口，就会被困死。它们经常被赶往这个缺口，被切断通往自由世界的路。

有一次，伴着雷鸣般的蹄声，猎物试图突破比尔与大力士佩尔奇之间的防线。乔克觉得有必要出场了，它如同在澳大利亚的傍晚赶羊一样，疯狂地嘶叫，将猎物顶回去。猎手们的包围圈越来越小了，但是没有靠得太近，猎物在头领的带领下涌向缺口。猎手们随即排成一队，封锁了出口。三个人留下来放哨，其余的人用树干、树枝搭建了一道屏障。峡谷里的部分人监视着兽群，防止它们受惊溃逃，造成不必要的伤害。其他人东奔西走，挡开美洲狮，以免惊动马儿。其他人开始准备带来的大餐，尤其是在路上捕获的一头鹿。他们一直忙到半夜，星星闪烁，红红的月亮悄悄地悬在天上。夜间的营地很快静下来，只有放哨的印第安人忙碌的声音。

第二天早上，峡谷好像一个壮观的竞技台！峡谷中间的青草地上，纳塔、克拉斯、埃斯那赶着长达半英里的野马。它们跑来跑去，睁着惊恐的大眼睛，鼻子瑟瑟发抖，头抬得高高的，神经都绷得紧紧的。它们担惊受怕地挤在一起，充满了焦躁、不安、恐惧、气愤，也希望冲出缺口。看到屏障与哨兵，它们掉头又冲向峡谷，三个年轻人迅速追上去，赶得它们直在原地打转。一匹

第十一章

脖子光亮的黑色母马冲出马群，在受到埃斯那恐吓后，仿佛绕着中心轴转着圈，逃开了纳塔和克拉斯的堵截，赢得了短暂的自由。稍后，好像不忍脱离群体，这匹孤傲的母马转头冲回马群，发出挑衅的嘶叫。

从悬壁上的隐蔽处，比尔看到了比上百家马戏团更有趣的奇观。基拉尔、塔克拉和艾拉尔轻轻地坐在马背上，向乱兜圈子的野马群跑去。他们光着膀子，仅系着腰布，好像运动员的短裤，骑在自己喜爱的马上。马儿都容光焕发，精神抖擞，任由主人的驾驭。它们跑向野马群，塔克拉小心地准备好了套绳。一个回合，两个回合，三个回合，塔克拉的套绳向前一挥，看看！油光发亮的野母马向前一跃，两条前腿被套住，摔了个四脚朝天。它爬起来，缓缓地挣扎着双腿，好像被突然绑住手腕的人努力挣脱束缚，接着又跌到地上。这只俊俏的野马现在脱离了队伍，长声尖叫地抗议，后腿猛烈地在空中蹬踢，前腿动弹不得。桑德乐赶紧前往帮忙，他一跃跳下马。时机来了，母马再次高高地跳起来，踢打着受缚的前腿，猛拉着套绳，向右打着趔趄，然后砰地摔在地上。桑德乐像蜥蜴一样飞快地跳上去，用左膝压住母马的脖子，将它的头转向天空。它被紧紧束缚的前腿伸得直直的，仿佛小提琴的弦。塔克拉的马也凑上来，压住了缠在一起的牛皮绳。

接下来的事情一定手到擒来，比尔只能猜测，不能亲眼看到。他们给被俘的母马解开了套绳，上了鞍，不过没装马镫。它的下巴套上了皮绳，末端接上了缰绳。塔克拉的左手抓住了缰绳和马的下巴，右手拽紧了鬃毛。母马一次又一次地挣扎，将塔克拉抬离地面，但是无论它如何左突右闪，长声尖啸，也无济于事。塔克拉表现得不紧不慢，他有钢铁般的力量、敏捷的身手和满满的信心。突然，母马一鼓作气，仿佛离弦的箭往前冲。说时迟，那时快，只见塔克拉顺势爬上马背，稳稳当当地坐上马鞍，速度之快，令人瞠目结舌。这时候，朋友桑德乐一声呼唤，他的马小跑过来，他也一个箭步跃上马背。

现在还可以观看其他的节目和活动，塔克拉捕获了母马，基拉尔和艾拉尔也有收获，每个骑手都得到了朋友或伙伴的帮助。他们骑着野马离开险峻之地，一会儿慢行，一会儿快跑。其他的野马分散逃到峡谷的远处，它们将在那里重新聚集，集中捕猎的游戏也重新开始。那一整天几乎都在英勇地搏斗中度过，许多野马也逐渐认识到了人类的力量。尽管场面振奋人心，印第安人带出来的狗都保持克制，只要主人一声令下，这些训练有素的猎狗便会冲出来，将马群唬回原地，困在山谷里的远处。乔克也有机会表现过一次。塔克拉的母马咯哒咯哒地奔向谷口，坚决地逃离困境，眼看就要跌到一堆巨石上，比尔抽了一口气。它从比尔和乔克眼前一掠而过，比尔甚至看到了红色的鼻孔，受惊的眼睛，冒汗的侧身。比尔大喝一声，乔克立即向母马冲过去，然而母马扬起蹄子，踹在它的肋骨上，将它掀翻在地。当它爬起来时，塔克拉和桑德乐还远在山谷之上，两个瘦削的身影似乎在开心地玩着什么游戏。

那天晚上，讲述者凯罗说，他们捕获了十匹马，自从白人登陆美洲的赫拉那时代以来，还从来没有这么大的收获。第二天，他们举办了庆祝活动，玩游戏、射箭、摔跤、赛狗、赛马等。他们都知道，健康的活动有助于培养人的发展。

虽然玩得很开心，但是赶羊的工作还没有完成，比尔的脑子根本停不下来。于是，他告诉大家，将在第四天早上动身回去。

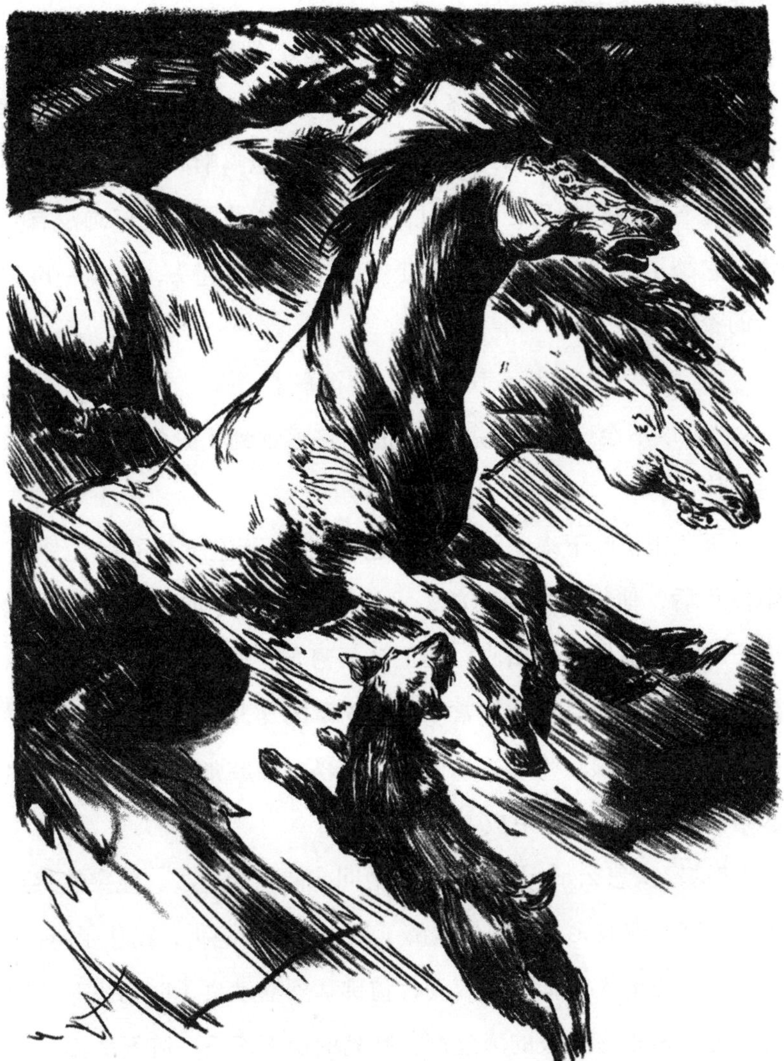

A Dog At His Heel
义犬乔克

瓦尔同意到时候跟他们一起出发,也许是一个星期内,带四五匹马吧。比尔、汤米与朋友们道别后,仔细地研究了行走的路线,在天亮前出发了。

早上的阳光明媚,尽管还能听到远处隆隆的雷声,不到中午就已炙热难耐,真是奇了怪了。比尔有点担心,乔克不像往常那样活蹦乱跳的,似乎情绪低落,偶尔轻轻地呜咽。他下了马,小心地查看着狗,唯恐在峡谷时被野马踢断了肋骨。还好狗没有受伤,它舔了舔比尔的手,比尔上了马,它又抬起头,发出一声长长的嚎叫。

"还痛吗?"汤米·韦斯特问,"被踢了一脚。"

"应该不会,"比尔说,"我估计它感觉到了异常,只是不知道是什么。"

天色很快暗下来,他们骑马走过山涧,天空下起了毛毛细雨。雨停止后,他们心里凉凉的,太阳出来了,偶有阵阵暖风吹过。中午时分,他们刚到山脚,天上乌云密布,他们停下来,让马休息一个钟头。乔克没像往常一样与吃草的马儿嬉戏打闹,倒显得有些不安,它频频呜咽,站姿非常奇怪,四肢张得很开,颇像初次站在启航的蒸汽船甲板上的样子。

"这家伙怎么了?"比尔焦急地问,向狗走过去。他突然感到天旋地转,四肢无力,仿佛喝醉了酒。他单腿跪下,稳住了自己,意识到前方的大地似乎在震动,仿佛猛烈摇动桌子时的桌布。同时,远处传来雷鸣般的隆隆声,陡峭的山上滚下一阵石头雨,落在他的左边。

"怎么回事?"汤米惊叫,他四肢趴在地上。

"你的马!去找你的马!快!"比尔大喊,"发生地震了!"

第十一章

汤米发现,他前行就像船上的菜鸟跑在颠簸的甲板上。他走了几步就放弃了,蜷伏在地上。过了一会儿,大地暂时停止了震动,比尔赶紧找回上了鞍的两匹马,其他的马儿朝山里逃去。比尔无法牵走找回的两匹马,因为大地从波浪式的震动变成了左右摇摆式的震动,他脚下的隆隆声也越来越大。世界也许静止了三分钟,比尔趁机牵着马抄捷径。大地又向上震动起来,仿佛地怪在用大锤子敲打。陡崖上的石头滚滚地落下来,天上大片的黄云缓缓地飘过,地底的吼声越来越大。乔克的怪叫远远地传来,但是任凭比尔再怎么呼唤,它也没有过来。

风越刮越大,沙尘随风飘扬,让人睁不开眼睛。比尔牵着两匹马,仿佛被人使劲推着走一样,唯恐不能达到前方的大石头避风。总算到了石头的背风处,人和马被狂飞的碎石、树枝和连根拔起的草打得疼痛难耐。整个世界仿佛末日到来,狂啸的风声取代了山间的静谧。比尔张大了鼻孔,紧咬着下唇,在混乱的旋风中努力安抚马儿。它们虽然惊恐万分,倒也理解主人能带来一线希望。一道道闪电迅速划过天空,形成一团团白火。大雨倾盆而下,马儿冷得直打哆嗦。地上水流成河,不到半个钟头,巨石左边的水沟里水流湍急,卷起的水浪拍打着石头。整个世界风雨飘摇,比尔忧心忡忡,汤米·韦斯特和乔克现在怎么样了?狗和另外的几匹马都跑到洪流那边的高地了,比尔知道。至少汤米的下落,他根本无从了解。

过了两个小时,狂风终于逐渐平息了,但是暴雨依旧下个不停。暴雨间歇期间,比尔骑上马,带着汤米的马,来到一块貌似大沼泽的地方。这里的水深淹没了马蹄,地面就像一块海绵。马儿涉过水,到达一座小岛似的低山,他看了看这里的地形。从这

A Dog At His Heel
义犬乔克

座小山上望去,绵延数英里的草原就像一个大湖向东流去,西边是一条条湍急的小河,与避风的巨石左边差不多。他没有看到马和汤米,也没有看到狗。他大声叫喊,吹着口哨,没有人应答。远远的东边,他看到山脊上一群羊驼缓缓地走着,但是没有其他的生命迹象。从这些野生动物漫不经心的样子来看,它们是在自由行走,没有受到追赶。

他又往西走,过了原来的巨石,大地又开始震撼了,但他还是看不到同伴和乔克的影子。他竖起耳朵希望听到有人喊他,又一遍遍地吹着口哨,可除了大雁嘎嘎地叫着,昆虫叽叽地鸣着,

第十一章

伴着哗啦啦的水声,他什么也没听到。他站在水沟边,寻思着涉水是否明智,三思之后,决定还是放弃。与上次来到这里相比,现在的水沟汇集了远处山上成千上万条水流。太阳再次出来时,蒙蒙的雾气也升起来。他怀着无比沉重的心情,决定找莱杰与绵羊会合,一想到自己擅离职守,他内心充满了焦虑。他又徘徊了一阵子,怀着一丝侥幸的心理,也许能听到同伴的声音。他当然不会在这里长期停留,天色越来越暗了,他心知肚明,必须在天黑前找到一块干地。他还待在原地,寻着,听着,喊着。

"没必要再待在这里了,我们得出发,"他对马儿说,"留下来也没用。"

骑了半英里,比尔突然灵光一闪,勒住了缰绳。

"当然了,"他暗下思量,"我往西走得不够远,汤米不可能背风而行,也不可能面对滚滚落石爬上山坡。要么他被风沙埋没了,如果没有,就被风吹着往西走得更远。至于马嘛,我的朋友,我只走到刚发地震的地方。"

他的判断能力又即刻回来了。他骑上马,往西走过巨石,走过最后见到汤米的地方,来到巨型烟囱般的峡谷。他猜得没错。悬崖下,汤米裸着上身,正在拧着衣服里的水,他的马垂头丧气地站在旁边。

"好了,"比尔发话了,"你和我做的好事。"

"计划有变吗?"汤米·韦斯特问。

比尔摇了摇头。

"我被风刮走了,"汤米解释,"刮得好远,掉到了这个峡谷,马也来了这里。我就想啊,如果我去找你,你又来找我,我们没法见面了。比尔,乔克在哪呢?"

比尔没有回答，他咳嗽了一声。过了片刻，他说："我们稍后再谈乔克，说了也没用。回头还得找绵羊与莱杰，我们失职了，汤米。"

汤米表情严肃，过了一会儿，他说："如果再来一次，也许我们就不会犯错了，比尔。"

比尔认真地盯着年轻的朋友，他回答道："汤米，你学到了书本上没有的智慧，我倒是像在走回头路。擅离职守，还惹出一大堆麻烦！乔克丢了，在绵羊最需要的时候丢了……好了，傻瓜才说'谁能预料呢'……我们走吧！"

第十二章

　　他们待在潮湿的山谷，没有火堆，彻夜未眠，无所事事地等待黎明的到来。清早的冷空气迎面袭来，灰蒙蒙的天空下笼罩着一片白雾。他们骑行了两个小时，也看不清二十码开外的地方。离开山谷后，他们像阿根廷人所说的那样慢条斯理地策马缓行，以免错过走失的动物。他们眼前是狂风暴雨后的狼藉景象：连根拔起的树，水流中的沙堆，依然满是水的水沟；偶遇巨大的泥坑，他们小心翼翼地拣着路走。有一次，他们在泥沼里走失了方向，只好顺其自然地行走。到了远处的石山，他们开心地看到山脊上有人骑着马，映射在天空下。对方没有示意，也没有打招呼，只是静静地等待，仿佛盯着不曾见过的动物。他们偶尔大喊一声"哈罗！"向对方展示善意，接着骑马向他走去。

A Dog At His Heel
义犬乔克

他们看到的是一个混血儿，身穿脏兮兮的白衬衫与披风。他光着脚，踝上的皮圈系着铁刺，腰间别着一把长刀。尽管他们面带善意，他仍满腹狐疑地盯着他们，汤米心想，这可能是他见过的最凶悍的暴徒了。面对他们的问候，他一言不发。他们用蹩脚的西班牙语问话，用有限的印第安语问候，但他始终板着脸。

汤米觉得来者不善，但是比尔不敢苟同，他好像见过这张脸，想到几百英里外的小店，他在那里找到卡那萨。

"奥维哈斯？"比尔以与绵羊相关的话题提问。

对方只是耸着肩膀。

"也许他就是那种天生的倔人，给钱才会开口。"汤米猜测说。

比尔点着头，他也感觉如此。

汤米再次问话时，手里握着一块银币。

"辛科！"那人回答，过了一会儿，伸出五个指头讨价。

"没有钱了，"汤米说，"要找回羊群才拿得到钱。"他转向对比尔说："我们到底要怎样才能让他明白？"

"他是个硬骨头，"比尔冷静地说，"与狐狸打交道，你得学会它的诡计。如果我知道山羊和羊肉的区别，就会明白这家伙就是一只孤狼，喜与世人唱反调，很诡秘。他知道很多，就是不肯开口。他出来的时间很长了，但是他的马可彪悍了，说明其他的马就藏在这里附近。所以——"

"你觉得他知道羊群在哪里？"

"知道一点。"

"他就像一个刽子手。"

"看不出来，"比尔说，"许多硬壳里藏着甜果呢，小子。"

加乌乔人不悦地听着，只是他不理解，他坐在马背上，仿佛

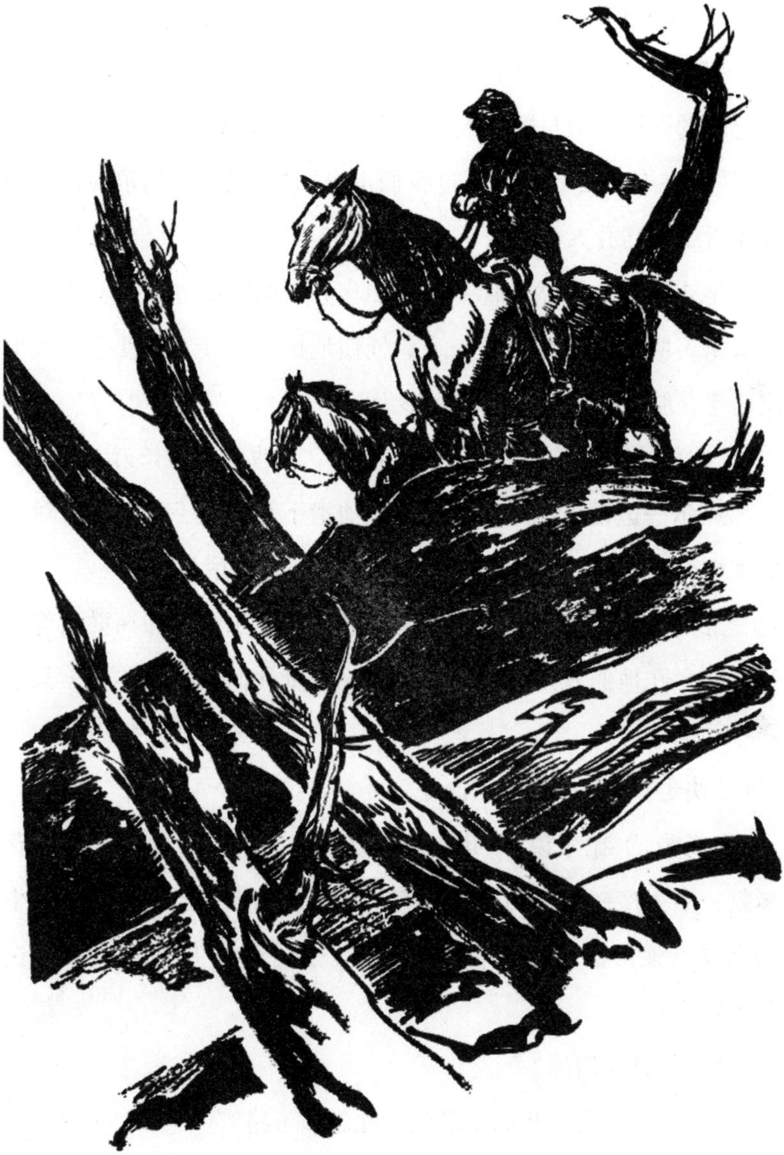

与世无争。他面无表情,就像一块石头,一棵树。

"他要价并不高。"汤米说。

"但是我们没钱了,"比尔并不否认,"我们最缺的就是钱。"

"奥维哈斯!咩咩咩!咩咩咩!绵羊丢了。"汤米说着,试图引起他的同情,但是陌生人只是不高兴地看着他。

"他在布局耍我们,不过我们也可以这么做。"比尔说着,拍马走近了加乌乔人。

他走上前,突然一伸手,从加乌乔人腰间抓过长刀。那人目瞪口呆,叽里呱啦地说了一通,气愤地抗议,接着态度一百八十度转弯,脸上的怒气消失得无影无踪。

"我们拔了他的牙和爪,"比尔说,"你收好他的长刀,汤米。"

比尔一边说,一边更进一步。他滑下马,左手迅速抓住对方的缰绳,右手抓自己的套索,娴熟地系在加乌乔人的马上。

加乌乔人再次抗议,不过态度和悦。比尔知道加乌乔人都不肯走路,在他们看来,这家伙似乎愿意带他们去找绵羊了,只是还不能确定。

"快走!带路!"比尔命令。

"汤米,"比尔说,"我小时候认识一个男孩,他说喜欢被黄蜂蜇,因为疼痛消失的感觉很爽,所以我们也要蜇一下这位陌生的朋友。他虽然面相不善,但也许心慈手软,黑母鸡也会下白蛋嘛!"

"你打算相信他?"

"当然了,要是我们走前头,他怎么带路?"

"哦!明白了,"汤米回答,"让他带路吧,就这么办。"

"给他时间想一想,免得他摇摆不定,我们还得费心思去揣摩。看看，是吧？给他时间玩上瘾，就像养狗一样。"

加乌乔人说了什么，他们一头雾水，但是他的手势告诉他们，他有话要说，并且希望解开他的马的缰绳。

"绵羊丢了，"比尔说着，咩咩地做出羊叫的模样，加乌乔人貌似理解地点了点头。

"维多利亚诺！"加乌乔人用手拍着胸膛说。

"好吧，维多利亚诺先生，"比尔说，"带路吧，找绵羊，咩咩！会赏你钱的。"

于是，比尔取下他的套索，小心地卷起来放回原处。他骑上马，友好地点了点头，像阿根廷人一样大手一挥，就拍马出发了。加乌乔人快马加鞭，他们翻山越岭，涉过一个沼地，穿过一条小溪，又爬上一座陡峭的山脊。山下的峡谷中，一小群绵羊正悠然自得地吃着草。

"好！维多利亚诺！"比尔惊叫，他把长刀还给加乌乔人，递给他两张纸币。但是加乌乔人拒不收钱，比尔开心地看到他也无意离开。

"一切都好！"汤米·韦斯特高兴地大叫。他原来根本不知道，到营地是五英里还是五十英里。

"慢着，"比尔警告说，"如果下面有五百只绵羊，就没有丢失。现在只有一群，其他的还不知道在哪里。我真想念乔克！"

"我好想知道维多利亚诺在说什么。"汤米说，他看到加乌乔人目光傲慢，耸着肩膀，语言不通让他感到压力山大。

"没什么关系，"比尔说，"他和我们同样了解情况。他知道绵羊被狂风暴雨打散了，做了个二加二的动作，也许猜测莱杰和他的狗正在不亦乐乎地找回走散的绵羊呢。他知道快天黑了，除了看守这群羊到天明,也没其他的事情可做。我去把它们集中到一块,今晚就在这里过夜。"

比尔骑马去赶羊了,汤米开始生火。他发现加乌乔人很有趣,也乐意帮忙。拴住马后,加乌乔人用燧石和钢条点燃了火,然后不知去哪里带回了一只大雁。加乌乔人掏出一个葫芦,一根管子,一束香草。比尔回来时,一切都张罗得有条有理。用餐完毕后,他们开始尝试沟通,很明显加乌乔人有话想问他们。

于是,比尔开始按自己的方式打手语。他收集了许多卵石,放在地上,表示一群绵羊,用三根短树枝表示人,为了避免误会,他用一根树枝点着自己,另一根树枝点着汤米,然后将三根树枝放在地上,好像在看护表示绵羊的卵石。接着,他将其中两根树枝移到远处,留下一根看护绵羊。暴风雨来了,比尔用手比画着,绵羊被吹散各处。然后,他将表示自己和汤米的两根树枝与第三根树枝放到了一起——他拍了大汉的胸膛,再将三根树枝放到了其中一堆卵石的外缘。

很明显,大汉不仅明白了,而且还挺喜欢这种游戏。比尔费尽心思让大汉明白,他做的够多了。比尔将表示自己的树枝移到另一根树枝和远处一堆卵石旁,将这堆卵石扫到代表莱杰的树枝旁的一堆卵石旁,将那根树枝又放回表示比尔和汤米的树枝。汤米做了其他的动作和手势,都是为了引发这位陌生人对玩游戏的兴趣。玩了几个回合,直到他不停地点着头,挥着手,汤米才掏出银币,加乌乔人推辞了一番,然后收下了。

天刚蒙蒙亮,他们在加乌乔人的带领下出发了。

"你不需要教他怎么做,就像不需要教母鸡怎么下蛋,"比尔说,"他现在是我们的合伙人,绵羊不会有事的。"

第十二章

汤米骑马行走在山脊上，寻找走失的绵羊，比尔将他们在东南方向找到的绵羊赶回去，也许还不止这些。维多利亚诺快马加鞭，不知道去哪里。正如比尔所料，傍晚的结局非常开心，比尔站在山顶，看到驱赶的绵羊跑下山坡，与它们的同伴会合。两英里外的汤米也赶着另一群羊。莱杰带着狗从远远的东边赶着一队队绵羊，正向平原走来。不到一个小时，另一群羊在维多利亚诺的带领下，出现在北边的山脊上。大家都很开心，比尔走在聚集的羊群中，看到莱杰的狗活泼乱跳，开心地叫着，感到心情分外沉重。

"乔克呢？"莱杰问道，他脱下帽子，擦去额头上的汗水，用手指抚过又黑又卷的头发。

"我很想知道，"比尔说，"它不在，事情不好办，那场大雨——"他的话没有说完，下意识地咳嗽了一声。

"我猜是迷路了。"莱杰安慰道。

比尔做了个手势，耸着肩膀，意识到大家都肚子饿了。那天晚上，大家围着火堆，谁也没有提起乔克，不过汤米在黑暗中漫步时，私下把这件事讲给了莱杰听。

"比尔心情不好。"汤米说。

"我明白他的心情，"莱杰说，"不要再提这件事了，说多无益。"

于是，他们转移了话题。听说了加乌乔人的故事后，莱杰告诉同伴，维多利亚诺惹了麻烦后逃出了布兰卡港，但是什么麻烦，他没有说出来。他们也不知道，加乌乔人的那件绵羊外套穿了多久。但是莱杰告诉他们，维多利亚诺对比尔评价甚高，觉得他是条男子汉。维多利亚诺也津津乐道地谈起从前的事，比尔解决卡那萨事件时，他就在小店，他听卡那萨说，就算等七年，也要报仇雪恨。维多利亚诺说，卡那萨不是好东西。

"他会报仇的，毋庸置疑，"莱杰说，"你得当心他，比尔。这些加乌乔人真有趣，他们走遍天涯海角，也要跟踪仇人，为什么不在家里管好自己的事情呢？因为他们没有家，也不想要家，没有事情，无欲无求。不管怎么说，了解了这些人，我猜维多利亚诺与卡那萨有矛盾。"

第二天早上，太阳还没升起，他们就早早地起床了，发现维多利亚诺已经离开。

他大致点了一下绵羊的数量，仍然少了约六百只。三个人左思右想，猜测着绵羊可能去了哪里。最后做好了行动方案，比尔和莱杰留下汤米照看吃草的羊群，他们往北寻找走失的绵羊。但是这一天的结果很失望，日落时，三个人在约定的山脊上碰面，还是没有找到失踪的绵羊。

"再多找一天，"比尔说，"往西再走一圈，如果没找到，你们再往南找，我独自去找，哪怕走回布兰卡港，它们总在这个大洲上，我会找到的。"

"还有乔克。"汤米说。

"或许它的尸骨，"比尔说，"有点想念它了……一想到它跟在我身边，我总情不自禁地东张西望。"

他一边说，一边环视四周，好像乔克就坐在地上，等着他发号施令。他下了马，坐到一块石头上，双手握拳托住下巴，好像累了。夜间的世界一片宁静，日间动物忙碌了一天，已经进入梦乡，夜间动物藏在窝里，偶有几只懒虫叽叽地叫着。莱杰的狗累坏了（过去四天一直挺忙的），趴在地上，伸出舌头喘着气。比尔和莱杰时不时地你看我一眼，我望你一眼。

"听到了吗？"莱杰问，比尔点了点头，但是没有吭声，他只是用手捂着耳朵。

汤米看着莱杰的狗，耳朵竖得高高的，眼神犀利。莱杰悠然地点着烟，好像整个世界的麻烦都没有了。

"乔克的叫声。"比尔轻声说。

"没有搞错吧？"莱杰问。

"它一定在忙什么。"比尔说。

"当然了，它有活儿。"莱杰说。

一声短促而尖锐的叫声传过来，接着又叫了一声。

"在那边山上，"比尔说着，用手遮住光线向山上望去。

不一会儿，他们看到山脊上跑下一群绵羊，五匹马，还有一个骑马人，从他的坐姿看，就是加乌乔人维多利亚诺。山左边又跑出一小群羊，这是另外一群，很明显受到了驱赶，但是它们正往大群跑去。过了一阵子，羊群迅速地穿过一块空地，出现了一块黑点，大家都知道，那就是乔克。

比尔突然产生了两个念头——一是骑马去接他的狗，二是待在原地，必要时吹口哨，呼唤乔克。他选择了第二点，看到乔克向他跑过来，想想这一天的工作也值了。当绵羊向这边走来时，比尔和莱杰骑马走到了羊群后面，乔克一边跑，一边叫，偏着头，望着主人。两只狗见了面，相互嗅着，舔着对方的下巴，乔克接着坐下来，挠着身上的虱子。比尔下了马。

"看样子你过得不好，小子，"他拍着乔克，"鼻子有点干，没吃饱，没洗澡，现在有时间好好休息了。"

乔克用鼻子哼了几声，它轻轻地触碰着比尔的手，抬起右爪

义犬乔克 A Dog At His Heel

与比尔握手，鼻子贴了一下地，又碰了碰比尔的马的鼻子。

"看起来挺好，"比尔说，"只是一身泥，又饿又累又脚软，都是我的错。"他转头对莱杰说，"没必要多管他人的闲事，比如印第安人猎马，我就犯了这个错。我们有很多东西要向狗学习。"

"好了，"莱杰说，"可以说，你的狗强过你。要不是犯了错误，就没有这么多事做，你可以从错误中学习。不管怎么说，你被自己的狗打败了，这是英雄获得的荣誉，在这场游戏中，乔克就是英雄。"

后来，他们围在火堆旁，从维多利亚诺口里，他们得知了乔克的英雄事迹。维多利亚诺在山脚下寻找自己的马，发现乔克领着一群迷路的绵羊。狗不知道把羊带往何方，但是一遇到这些走失的绵羊，它本能地把它们集中到一起。维多利亚诺从远处看，他知道了事情的原委，明白干扰乔克工作是不明智的，随即离开，找到马，骑马回去了。同时，乔克带着羊群穿过小溪，越过山谷中的沼地。维多利亚诺兜了个圈，走到羊群前面，一直保持在狗的视野内。在他的带领下，乔克上路了。

"至少这两天两夜，它一定在照看绵羊。"汤米说。

"至少是的，"莱杰说，"维多利亚诺说，前半天，乔克不让他靠近羊群。后来，它好像开窍了，让维多利亚诺和他的马一路同行。"

大家都看着乔克，它趴在地上，下巴放在前爪上，明亮的眼睛看看这个，看看那个。发现自己成为了注意力的中心，它呆板地爬起来，走到几码外的黑角落，仿佛在说："别谈这个话题了，你们说得够多了，够了。"

第十三章

从布兰卡港出发已近五个月,母羊快生小羊羔了。人们身强力壮,钢铁般的肌肉没有一块多余的赘肉,一个个好像训练有素的运动员。他们知道在荒地生活很苦,有时候得勒紧裤带过日子。当然也有开心的时候,猎鹿、羊驼、鸵鸟、大雁,到海边或河边时还可以钓鱼。汤米从印第安人和加乌乔人那里学会了很多本领。他像身手不凡的人一样,不带武器潜入草原,赤手空拳抓几只野生动物。他是来看当年遭遇海难的麦哲伦船只的停靠处的,那些愚蠢的水手们害怕穿过乡下回到船队所在地圣朱利安,沿着海岸徘徊,几乎饿得半死。如果他们懂得怎么谋生,哪怕沿着海滩走,也能找到足够的食物。维多利亚诺教过汤米,不用网或绳,也不用船或饵,也可抓到鱼。

汤米的捕鱼新技能是这样学会的：有一天，他和维多利亚诺去海边，一艘麦哲伦船队的一艘残船——圣安东尼亚号，很久之前就在那里失事。跟加乌乔人待在一起，他对他们的语言有了一定的了解，他给维多利亚诺讲麦哲伦和德雷克的故事。

加乌乔人听得很认真，不停地点着头。"有些故事，我听说过，"他说，"只是有点不同。印第安人说，很久以前，白人来了，抓捕他们的人。"

汤米思索着部落回忆，历史与传统是怎么走到一起的，但是他说传统可能不准，而书面历史是毋庸置疑的。

"毋庸置疑，对，"维多利亚诺说，"然而，书往往是由个人所写，里面的某些错误可以被更正，尽管书中不免还藏有谬误，相比之下，当人们讲述一个众所皆知的故事时，都会确保这个故事不会改变。因为人们都会质疑故事的正确性，如果他所讲的故事不真实，人们就会反对讲故事的人。但是，不管一本书有多么荒谬，人们却很少去质疑它。……如果有人给孩子们讲个老故事还要胡编乱造，难道孩子们不该纠正他的错误吗？"

这些话让汤米寻思良久，他想到每个国家的历史都不一致，尤其是两个国家的战争。然而家喻户晓的童话故事，比如《灰姑娘》，经历了几个世纪，在广泛传播的人们口中始终不变。在未开发的处女地，他看到人们不会近距离争吵，而是思考对方的观点。

"看，托老天的福，这些落水的人得救了，"加乌乔人说，"石头上有海贝、海藻、蘑菇、酱果、鸟蛋、不会飞的小鹅，还有好多鱼！海里尽是大鱼，但是水手们害怕上岸，只愿与同伴待在一起，他们害怕上岸就像陆地上的我们害怕大海和上船。'恐惧有双大眼睛[1]',这话说得没错。"

"没有船、钩、网,怎么在海里捕鱼?"汤米问。

维多利亚诺笑了一声:"我们今晚带几条大鱼回营地,快来学学。"

他们下了马,松开马的肚带,用皮绳扎起来,留下它们吃草后,就爬下山崖,来到了海边。海面上一浪接一浪,维多利亚诺选择了一个大概一英亩的小湾做试验(这里有许多小湾),这里有一条五十英尺宽的小溪。鱼鳍在水面上激起阵阵波纹和一个个漩涡,看样子很多鱼随波逐流来到这里觅食。

"这里有石头,"维多利亚诺说,"你到湾口建一堵墙,我们等着瞧。"

墙很快就建好了,随着潮水退去,鱼儿在浅水滩上溅起阵阵水花。维多利亚诺去看绵羊了,留下汤米独自在小湾徘徊。汤米看着浅水里嬉戏的鱼儿,仿佛一弯弯银月,激起一个个漩涡。最后,汤米毫不心疼地放走了大鱼,只留下十几条半透明的银色鲣鱼,搁在浅水里喘着气,够几户人家吃了。

"世界上能吃的东西太多了,"维多利亚诺说,在回去的路上,他们把鱼串在树枝上,"我们不是在鸵鸟窝里捡过二十个大蛋吗?还有草丛里的鹅窝,悬崖上的窝。是人的贪婪产生需求,不是大自然。托老天的福,大自然已经给我们够多的了。"

维多利亚诺的循循善诱,加上他们为照顾生小羊羔在尼塞科河流经的深山幽谷所见,让汤米茅塞顿开。这段时间,他每天骑马走过小羊羔的营地,总能看到大雁呼呼地拍着翅膀从巢里一飞而出,十来只蛋一览无遗。他们间或吃吃黑豹肉——烤起来的味

---

[1] 俄罗斯谚语。

道就像猪肉。要捕杀一只黑豹很容易，有时候人们仅需携带一副套绳和一根木棒即可大功告成。汤米与朋友们发现这种野生动物的确毫无戒备心理，想起曾经追杀的一只黑豹，他们至今追悔莫及，但是，他们发现黑豹是绵羊的克星，一只黑豹一个晚上就可能会咬死十几只母羊。他们捕杀黑豹，既是为了保护绵羊，也为自己提供了食物。然后是鸟类，他们看到了两百只甚至更多成群的鸟，有鹧鸪、火烈鸟、野鸭子，此外还有鹿、鱼、果肉以及多种家禽都是他们的家常便饭。

世界上充满了大自然的馈赠，在他们的行程快到达终点时，人人都懊悔不已。他们忙碌的时候，从未思考过这些问题。但是，有一件事困扰着他们——瓦尔去哪了？他说好会来的，为什么不见人影？生羊羔时有很多事情要做，母羊需要无微不至的照顾。一些肥阉羊身体痒了，便在草地上打着滚，常常卡在草丛中，只好傻傻地躺着，轻易成为卡拉鹰的牺牲品，这些恶鸟从天而降，啄出猎物的眼睛。狐狸、美洲狮、秃鹰都是它们捕猎的对象，时不时还叼走一只新生的小羊羔。有的小羊羔离开了妈妈，母羊也忘记了它们。产羊期结束后，他们将小羊羔作了记号、点完数，再进行阉割，只留下最强壮的作为公羊。他们搭建了临时羊圈，大家都分工合作，忙得不亦乐乎。所有的工作忙完后，绵羊的数量增加了三分之二，羊群又开始往南赶路。出发后第二天，一位不速之客到来，讲起了外面世界的故事。

夜幕降临时，正是夜间动物欢叫的时分，比尔带着乔克来到营地，看到东边山脊上有两个骑马的人。一个是加乌乔人，赶着四匹马，从另一个人的骑马方式看，比尔知道他是美国佬。

五分钟后，比尔和陌生人碰了面，他们握着手，互相打量着

第十三章

对方。比尔发现陌生人言谈举止从不拐弯抹角，眼神里流露出幽默与智慧。陌生人望着身强体壮的比尔，笑眯眯的，好像是那种一看到同胞就高兴得不得了的人。

"你们去哪里？"比尔问。

"没有目的地，"对方说，"我叫皮尔，来自新斯科舍，不过很久没回家了。哈里法克斯，从麦哲伦海峡过来看看这个国家是什么样子。这位赶马的人是向导，但是我不喜欢他。有空的话，我们可以慢慢聊。"

"嗯，我叫比尔·邦德，来自澳大利亚，从布兰卡港赶羊到这个麦哲伦国家①，同伴们都在那边营地。"他举起手臂，用手指着说。

皮尔饶有兴趣地看着营地。

"老板叫少校吗？"他问。

"是的。"

"带了一个叫朗·查理的伙计？"

"没错，你认识他们？"

"认识，"皮尔回答，"在南方的时候。"

比尔与皮尔并排骑着马，有说有笑。皮尔曾跟少校去过火地岛，他们在黑人角相识。他看过准备的药品、房屋、羊圈、剪毛棚、药浴槽，听说过朗·查理的故事。他还见过一种叫留声机的不凡设备，不过另一种叫电影放映机的设备，他只是听说，没有见过。实际上，他很喜欢火地岛。他们一边谈话，一边走上山脊，刚好碰到维多利亚诺打猎回来，腰间挂着一只大鸵鸟，身后跟着备用马。三个人停下来，他们的马儿嘶叫着问候，皮尔收起马鞍，

---

① 指麦哲伦船队途经的国家，此处指阿根廷。

看着加乌乔人,他在五百码外勒住了马。

"他为什么不过来?"皮尔问,"这些人真逗。"

比尔没有回答他的问题,他只是问:"有没有看到狗竖起毛发怒的样子?"

"为什么——"皮尔的话没有说完。

他看到维多利亚诺匆匆地下了马,又骑上另一匹马,怒气冲冲地追着皮尔带的加乌乔人。比尔说话的时候,皮尔已经注意到了维多利亚诺皱起的眉头,圆睁的眼睛,咬紧的牙关,但以为他只是在表达愤怒。两个人看到维多利亚诺抓起套绳,一路狂奔,另一个加乌乔人可没等待,他低低地趴在马背上,跑得像离弦的箭。两个人就这样看着他们追逐,穿过山谷,又爬下山坡。被追的加乌乔人似乎跑得更快,他们看到维多利亚诺在山顶上收起缰绳,张望了一会儿,就开始往回走了。

"你觉得到底是怎么回事?"皮尔问,"太疯狂了。"

比尔耸了耸肩,说了一些仇恨以及复仇之类的话,便抛开了这个话题。

"也许是多年旧仇,需一方或双方战死才会罢休。"

他们将备用马赶到一起,开始回营地。维多利亚诺骑马走在旁边,哼着不成调子的小曲。"那个人就是该死的卡那萨。"他说,接着默不吭声。

皮尔充分发挥想象力,把营地描绘成一个布置得很完美的地方,有营帐、马车,还有家用奢侈品。汤米微笑的脸庞和时不时的欢笑声总能让他心旷神怡。这个年轻人的生活经历了不少艰难困苦,实际上很多人都不愿敞开心扉,慷慨淋漓地展显自己,但从老练、力量、志向和控制力都看得出他的品性。因为他们长期

第十三章

亲近大自然,身上带着原始的气息,文明为理性让路,历尽的艰辛已经淡化。正是团结让他们凝聚在一起,他们的头脑一片光明,淡定地看待自己的生活。

皮尔心想,要是四个人在城市偶然相遇,其中一人五分钟内打破沉默,一定会谈到天气状况。同志友谊似乎是暂时的,他们好像了解他好多年了。

"面粉!"汤米·韦斯特帮忙打开皮尔的行囊时,开心地叫起来。"看看,比尔!看看,莱杰!面粉!可以做烙饼、馅饼、水果布丁、面包——我好想吃啊!"

皮尔带来了四袋面粉,虽然只有几磅,但是这些日子,他们一直吃肉、鱼、飞禽,喝马黛茶。当发现咖啡、茶和糖时,他们兴奋得不得了。吃晚餐时,烤得半熟的面包就是奢侈品了。在灰烬里烤面包时,他们抽着烟,喝着黑咖啡,汤米煎了二十块嫩嫩的羊骨,装在盘子里。国王的美食也不过如此,狗也吃得津津有味。面包太好吃了,他们用最后一袋面粉又做了一批面包,以备第二天早上食用。从灰烬里挖出面包后,面包皮烤得金黄金黄的,闻起来香喷喷的,他们睡觉前就吃了个精光。夜深人静,只有马儿吃草的沙沙声,黑暗中突然传来比尔的声音:"知足常乐。"

"我想说,一个星期不用再吃东西了。"汤米吹嘘道。

"嗯,汤米,我的好小子,"莱杰说,"我发现肚子撑饱的时候很容易想到斋戒。"

"要是还有一样东西,今天就完美了,"汤米说,"就是少了奶酪。这六个星期,我一直在想啊,做梦都想吃奶酪。我在那条小艇上装了好多奶酪,各种味道的都有!"

"奶酪的确好吃。"比尔哼着说。

"我想起来了，"皮尔站起来说，"现在想起来了，我还藏了一些奶酪，完全忘记了。"

"嗯，"比尔故意压低声音说，"如果不嫌麻烦，你现在就起身去找，我们来帮忙。"

"我不介意多吃一点。"莱杰说。

"我去瞧瞧。"汤米说着，从被窝里爬出来。

他们翻着来访者的行囊，尤其是两个大鞍囊，里面脏兮兮的，放满了杂七杂八的东西——肥皂、烟草、一只猪膀胱、几罐丹麦黄油、一本撕掉了前后部分的小说《胡安·莫雷拉》、一包褶皱的雪茄，还有红色的球状奶酪，已被挤压得不像样子，和包里的其他东西一样，也被海水浸泡过。它也沾上了一点雪茄味，托渗透的福，肥皂味也没少。但它还是奶酪，只是味道更丰富了。此时此刻，他们围坐在火堆旁，你一口，我一口，吃完最后一块，他们把盒子扔给了狗。这时候，维多利亚诺抿着马黛茶，将葫芦和吸管递了过来。他们心满意足地爬回床上，以马鞍作枕头，像在野外一样沉沉地睡着了。

谁都知道，吃新的菜格外有胃口。吃早餐时，莱杰想起那天的晚宴说，就算骑马五十英里去买面粉也值得。比尔表示认同，汤米问有没有人知道就近的小镇。皮尔听说过一个叫特林切拉的地方，是个边陲小镇，驻有少量士兵，可能是为了维持印第安人的秩序。他说很乐意过去，把东西和马儿留在营地，如果有人愿意陪他一同前往。比尔直接拒绝了，他说要和乔克值班，没有心思理会这些闲事。于是，汤米和莱杰决定扔石头决定，石头的一面是湿的（莱杰押了湿的一面），另一面是干的，石头最后落地的一面是湿的。莱杰和皮尔骑马出发了，杰瑞开心得直叫，它也

第十三章

可以一同前往，在乔克面前炫耀一番，乔克装作对这种小事毫不在乎的样子。

两人缓缓地骑着马，晚上在一个干燥的地方露宿。这里的安第斯山脉向东绵延，有三个有水的峡谷。大清早，他们到达了山脊，俯视特林切拉。寥寥无几的茅草土房，房屋周围草木茂盛，看不到通往外界的路。一英里外，一辆牛车正朝镇上赶去，山腰上的几匹马向东而去，除了这些人烟迹象，这里一片荒芜。他们沿着一条马道下山时，听到了喇叭声。到了一株高高的刺棘蓟①下，眼前的小镇似乎还有上千英里远。

"我听说过，"莱杰说，"边陲小镇的人因患天花而销声匿迹，希望我们不会遇上这种事情。"

皮尔吆喝着打断了他的话，他勒住马，用手指着前方。

"哎哟！"莱杰惊叫。

在一个小小的畜栏里，他们看到了一具人骨，腰间系着皮带，末端固定在木桩上。旁边的粗陋水槽里放着几个破瓜，一群苍蝇嗡嗡地叫着，在尸骨和食物周围飞来飞去。一眼瞥去，他们就看得出这个可怜的家伙是印第安人，但是他为什么被杀，可能犯了什么罪，他们不知道，也不感兴趣。一个人死得比野兽还难看，也怪可怜了。他们推倒了摇摇欲坠的畜栏，用力拔出了木桩，切断了死者腰间的皮带，印第安人站立了一会儿，便倒入茂密的蓟丛中。

他们沉默了一阵子，各有所思。稍后皮尔开口说："因为印第安人不会使用土地，白人便想驱逐他们，结果就发生了这种事情。"

---

① 即刺儿菜，小蓟草的别称，一种优质野菜。

A Dog At His Heel
义犬乔克

"这只会让我更加反抗，"莱杰说，"我想干点事情，暴力的事情。"

"也许你可以这么做。"皮尔说，他不知道自己的预言就快成真了。

他们来到小镇，在一座土房外下了马，墙上潦草地写着"梅卡德罗"。屋子里别无他人，只有一个满脸皱纹的老太太，一边和着玉米面团，一边抽黑色的雪茄。在油灯微弱的光线下，看得出这里从前是一家商店，但是货架上空空如也。他们喊了一两声，然而老太太浑然不知，他们只好寻找新的店家。

大街上空无一人，他们不得不停下来思考。又走了一程，他们听到不远处传来了叽叽喳喳的喧闹声，朝着声音走过去，拐个弯，来到了一个衰败的公共广场。人们都集中在这里，差不多有一百号人，挤在一座又长又矮的茅草房内，很明显，这里就是军营和监狱。男女老少衣衫褴褛，有的站着，有的躺着，有的蹲着，有的坐着，还有的趴着，他们用手撑着脑袋，用肘撑在沙地上。一个气宇轩昂的长官身着黄色的雨衣，手握铿锵作响的马刺，大步流星地穿过广场，向另一个人迎面走去。他从肩上脱下雨衣的那一刹那，他们看到了他别在腰间的银色刀柄。

乍一看，还以为是宗教节日，或者部队操练，旁边就有几排士兵。皮尔和莱杰转身继续寻找卖面粉的商店。走了几步，他们在灌木丛和音乐台后觉察到了异常。靠近监狱的墙，他们看到一条三角形的绳索，绑着一个印第安人的手腕和脚踝。旁边站着一个结实矮胖的恶人，头发蓬松，光着膀子，右手握着一条令人望而生畏的鞭子。他半转过身子，恐吓般地大喊了一声。接着他举起手臂，握着鞭子转着大圈，像扔出套猎的石子一样，不停地猛

第十三章

烈抽打着印第安人的后背。人群中传来一阵鼓掌声。

皮尔与莱杰清楚地看到受害人背后的伤痕，鲜血沿着伤口往下流。他们听到他刺耳的尖叫，心里充满了恐惧。后来，他们回想起当时没太在意的情景——一位衣着像长官模样的人坐在三条腿的凳子上，一边抽着烟，一边发号施令；执鞭人身后站着两个士兵；挥舞鞭子的是手舞足蹈的小孩子；两个开怀大笑的男人，其中一人指着受害人的伤口。

"看看，皮尔，我们应该阻止他们。"莱杰轻轻地说。

"当然了，我们不知道发生了什么事情，"皮尔回答，"还是——"

"随你怎么说，这是不对的。"莱杰说。

"我们没有做好采取行动的准备。"皮尔说。

莱杰突然伸手抓紧了皮尔的手臂。

"怎么？"皮尔问。

莱杰没有解释，也没有求助，而是向监狱方向跑去，他的狗疯狂地叫着跟了上去。皮尔毫不犹豫地也跑起来，接下来让人困惑的事情发生了。

莱杰跑在前头，皮尔跟在后头大喊："别管闲事！"说着拉住了同伴的手臂，莱杰一把甩开了他的手。皮尔不知所措，只是紧跟在莱杰的身边，不管同伴有什么意图，他决定陪伴到底。

"是瓦尔，"莱杰哭诉，"是瓦尔，干掉那些畜生。"他冲过柱子外围的人群，像驱赶绵羊的狗一样，吓得围观的人群左躲右闪。人群中响起一阵阵怒骂声，皮尔看到一个人一头栽在地上，莱杰从他身上踩了过去。他还看到那位长官猛地站了起来，一脚踢翻了凳子。所有人几乎都在齐声呐喊，唯有执鞭的壮汉一无所知，对工作相当投入。过了一阵子,当执鞭人再次举手鞭打时,皮尔记起了他那张脸——充满血色的凸眼睛,残忍的狂笑,皱起的眉头,愤怒的表情。莱杰举起了右臂,他的拳头落在执鞭人的脖子上。那人站立不稳,砰地摔在地上,打翻的凳子滚到了他的脚边。还有杰瑞,竖着毛,龇牙咧嘴,站在那人身上,猛咬了几口。皮尔发现两个士兵拿着剑,正在威胁莱杰,人们的尖叫声此起彼伏,小孩子东奔西跑,妇女们尖声叫喊。执鞭人疯狂地手舞足蹈,试图甩开紧咬他小腿的杰瑞。莱杰抓起鞭子,左一下,右一下,打在他身上。

"给瓦尔松绑,"皮尔听到莱杰大叫,"快!"

皮尔从鞘里拔出匕首,割断了绑住印第安人的绳子。弄清了他与莱杰的关系后,皮尔巴不得这个年轻人赶紧逃奔自由。令人吃惊的是,印第安人站直了身子,喃喃地说着什么,迅速环视四周,然后猫下腰抓起三脚凳作为武器,向两个拿剑的士兵冲过去,吓得他们落荒而逃。皮尔记得,其余的围观人群像着了迷一般,跑到了营房,其他人聚在街角。当狗松开口时,执鞭人跪在地上爬开了。一群女人指指戳戳,一个男人在地上翻滚,脸上带着鞭痕,人们你推我挤的,吵吵嚷嚷。窗户边的一个人拿着马枪指指点点,显然是在发号施令。

"现在赶紧跑,"莱杰叫道,"他们可能会开枪。"他叫上印第安人,转向飞奔而逃。广场似乎很长,响了三四声枪声,但是在摇晃的音乐台的掩护下,三个人顺利地跑到了角落。在转入街道的时候,皮尔看到土房的拐角被打飞了一块,就在他左手不到两英尺处,这短暂的逃跑并没有让他心惊胆寒。他们很快爬上了马背,瓦尔也上了备马,这些马儿像一阵旋风,跑进了蓟林,又跑

第十三章

上了山坡。他们马不停蹄，再次回头时，已经可以俯视混乱的特林切拉了，原本的正事现在变成了笑料。他们被追赶了一阵子，好在特林切拉的士兵没有穷追不舍，他们不知道捣乱者是否设有埋伏和有接应的同党。

小镇离开他们的视线后，他们一路轻骑，瓦尔讲起了被抓的事情。那天夜里，他赶着在峡谷里捕获的马回营地，因此被蒙上盗马的罪名。他未经审判就被宣布有罪，关进大牢，受到鞭打，只因拒不认罪。要不是莱杰和皮尔相救，他会被枪毙，许多族人也受到牵连。

莱杰说起了此行的目的，瓦尔倒有了主意。他说，东北部的金什山脉有四个智利人在开采金矿，这座山是尼塞科河的源头。瓦尔认为，想买金很难，但是或许可以说服智利人出售部分供给品。特林切拉人不知道他们的工作地，因为他们是在阿根廷境内非法开采，不过瓦尔及其族人都与他们打过交道。更何况，他们工作的地方藏在深山里。他说："怎么找到他们呢？"

"我们去买面粉吧，"莱杰说，"实际上，我们两天没吃过像样的东西了。"

看到四个淘金人的非凡工作后，他们惊呆了。半英里长的河床被改了道，上百吨的碎石在翻转筛洗，巨大的岩石被挖出了山体。没有比这四个人更努力的日薪劳工了，也找不到比他们活得更辛苦的人。然而，他得知他们淘到的金非常少，人均每天的收入不到二十分，还抛弃了安全而舒适的文明生活。他们很清楚，阿根廷士兵有可能发现他们，没收他们的财产，将他们未经审判关进大牢，但他们还是坚持了下来。为了斗胆一试，他们投入了自己及朋友的工具和家当，打算至少待上一年。就算淘到了金，

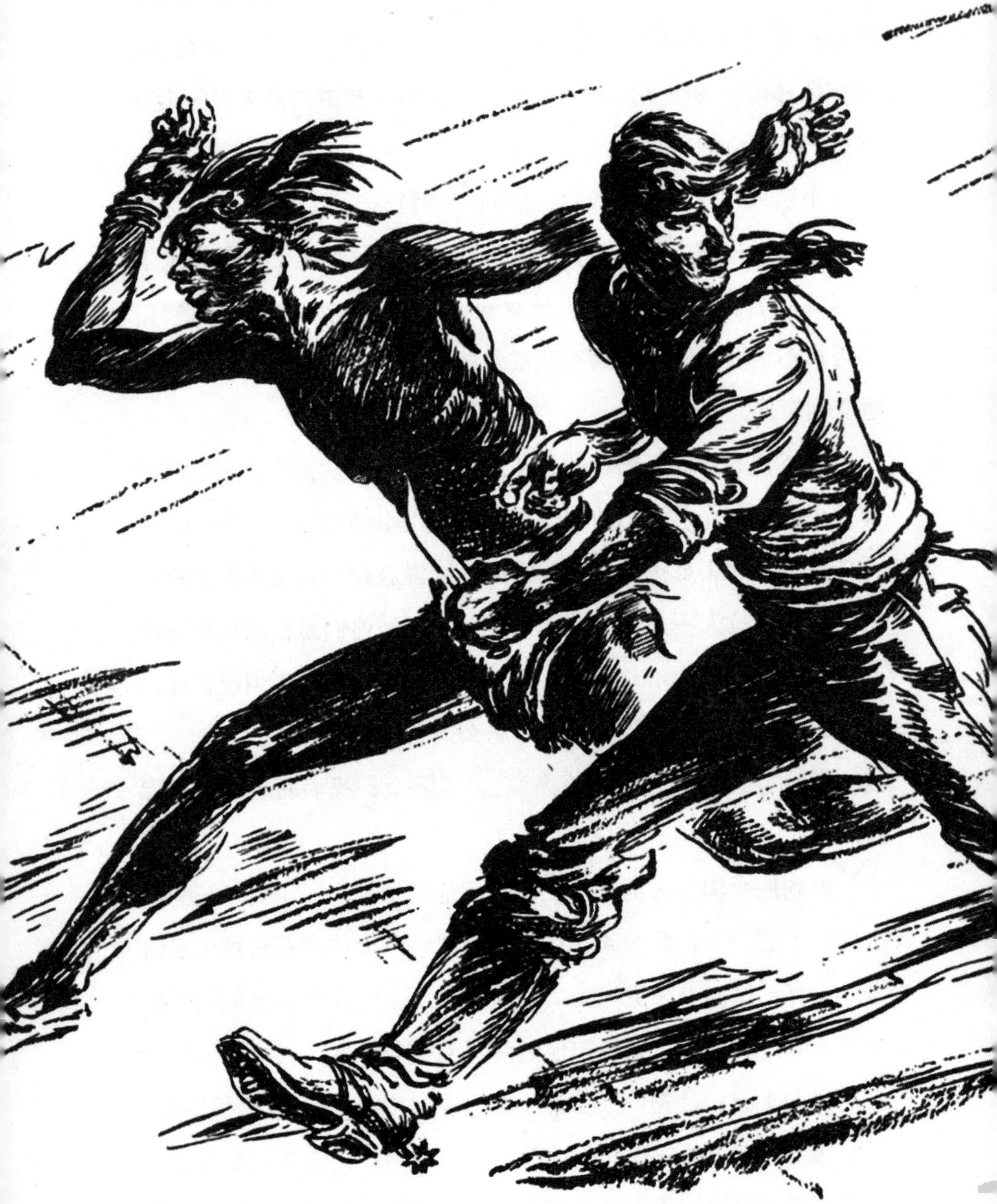

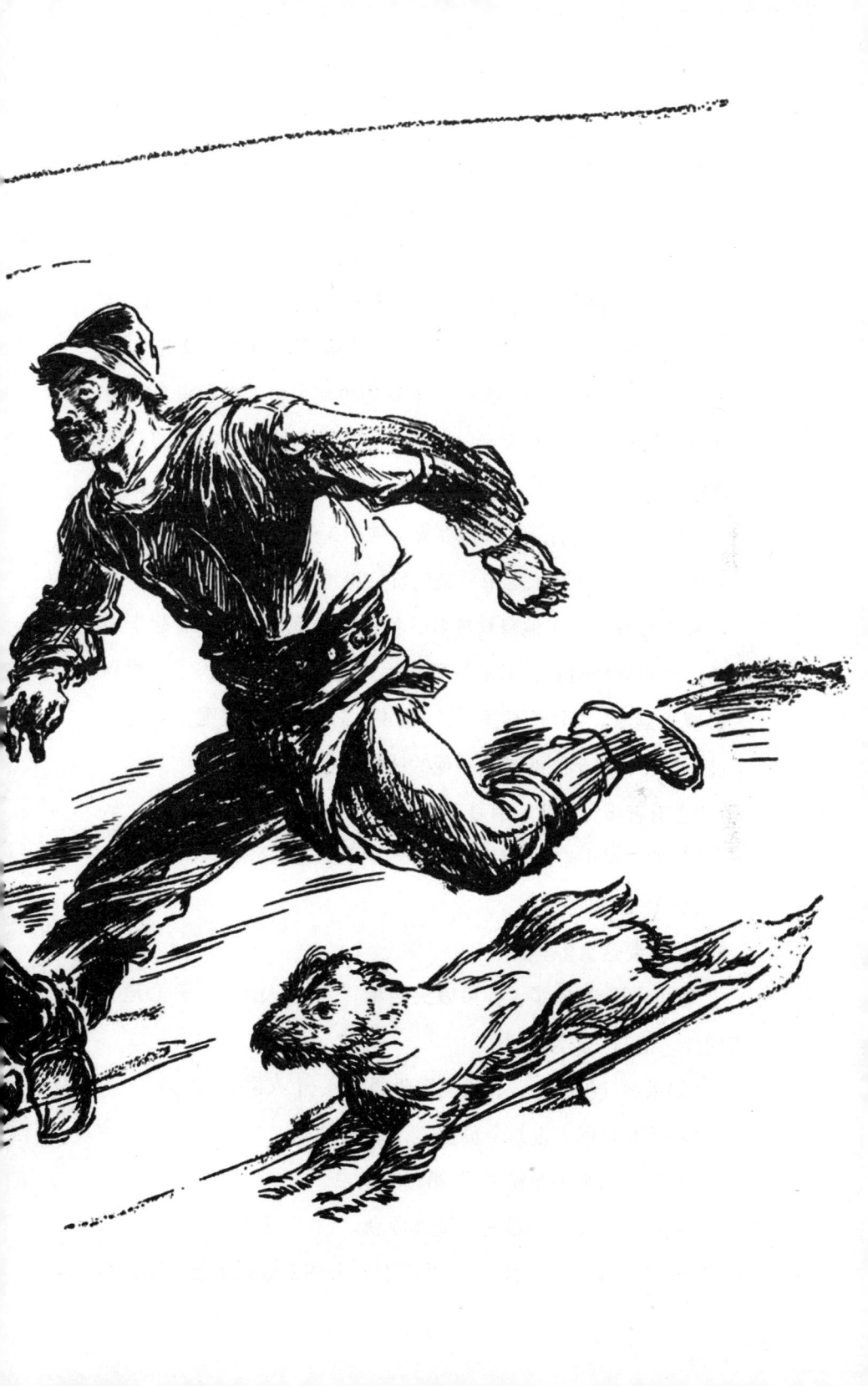

还得面临将金转移到安全地方的新风险。同时，他们必须坚守在金什山脉，只有印第安人知道他们的下落。

淘金人热情地欢迎三个人的到来，他们在营地度过了一个愉快的晚上，周围都是静谧的大山，只能听到潺潺的水流。他们拉起了家常，谈着过往的和谐世界，发达后的美好憧憬。无论你去哪里，总会与投机的人发挥一下丰富的想象力，过去和将来都是美好的，只有现在黯然无光。莱杰谈起了此行买面粉的目的，正在做铁锹柄的矿工啪地合上了折刀，说自己和朋友的面粉比黄金还要值钱，因为他们带了许多存货。他们买进的面粉是五元一袋，他的同伴愿以十元阿根廷币一袋的价格出售两三袋。

莱杰看着矿工，他身材矮壮，满脸天花疤痕，鼻子看起来很冷酷。他心里嘀咕着，天下找不到比这更虚情假意的人了，智利人都擅长幽默。"十元不算贵，"他说，"用什么来装呢？我身上不过十二元，至于我的同事，他的钱都放在营地。"

"善有善报，先生，有钱就行，你在营地有很多钱吧？"

"是的，够买生活用品了。"莱杰承认。

"你要三袋面粉吗？"

"可以要这么多。"

"我的同伴答应了，你可以买四袋。"智利人说着，开心地看着同伴，他们一齐点着头。

"如果运气没有好转，我们需要钱。"一个人说。

"将面粉扛回去也是个负担。"另一个人说。

"幸好你们来买面粉了。"第三个人说。

"我们真的是披星戴月，毫无收获，"壮汉卷着烟说，"朋友，这点小坏运也许是个大好运，对不对？有的人掘到了金，却被杀了,金不就是魔鬼的鱼钩吗?常言道,没有尝过酸,怎么知道甜?真的,不幸未必总是带来伤害。人一旦有钱了,身体就长胖了,一向如此。如果我们留着面粉扛回去,价格就下降了。如果不卖,留着吃掉,那是在延长我们的坏运。"

"这里是十块钱,"莱杰点着钱说,"我们先取一袋,瓦尔,过一两天,我们再带钱来买剩下三袋。"

"不是这样的,"壮汉说,"不不,咱们说好了,如果你们现在就把四袋带走,就不会反悔了。最好都带走,方便的时候再送钱过来。"他郑重地挥着手,以免产生异议。

"这样做生意有风险。"莱杰说。

"未必,未必,"智利人不敢苟同,"尊严是买不到牛肉的,但是不要尊严的人还不如死了算了。"

第二天一早,三个人带着面粉上了路。那天晚上,六个人坐在熊熊的火旁,开心地谈笑风生。汤米烤着次日备用的面包,比尔和莱杰为狗洗脚,这是他们最近常干的活儿,因为长草很容易划破狗爪中间的嫩皮。

再说特林切拉事件的后续。瓦尔在汤米的陪同下,将余款送给了智利人。最后在一个晴朗的下午,汤米和瓦尔骑马回营地,他们赶着八匹雄壮的马儿,其中三匹母马美丽非凡。这一回,维多利亚诺也加入了,侦察特林切拉周围的环境,他们两个留在金什山里。

汤米开心地讲着这个故事。"维多利亚诺发现了它们,"他说,"士兵的马,共有三十匹。早上悄悄地到来了,他们要我留在山顶,看住备用马,观望动静。瓦尔和维多利亚诺下山去收拢那三十匹马,他们左奔右跑,切断了马的缰绳,将它们驱离特林切

A Dog At His Heel 义犬乔克

拉。我告诉你,他们可厉害了。好了,我们赶着马越过山脊,这时候,五个士兵拦住了我们的去路,他们的骑术真不敢恭维。瓦尔与维多利亚诺是怎么应付的,我不知道,只看到他们把士兵捆起来,赶着他们走,就像驱赶八匹马和我们的备用马一样,走了一程又一程。他们两次试图逃脱,但是维多利亚诺掷出他的长矛,吓得他们匆匆地跑回来。中午的时候,他们将士兵赶到这个方向,士兵们不停地求饶——我想他们是在求饶或者祈祷,因为都使用同样的词语——请求松绑。我们的伙伴卸下了缰绳,让那五个士兵爬上马,然后赶跑了他们的坐骑,太滑稽了!我们在放走他们回特林切拉报信前,就已经走了十英里。"

一想起这件事,汤米就笑得直打滚。

"他们现在应该到特林切拉了,汤米,我们马上转移营地,搬到智利境内,"比尔说,"虽然与你无关,汤米·韦斯特,但你现在是罪犯了。"

"我们没有偷马,"汤米义正词严地说,"只是赶回我们自己的马。"

"他们一直认为是偷马,"比尔说,"这算不上偷,要学会说话,好好想想吧,我们有很多事情不能说。"

"他们最好明天就来,"莱杰说,"给我们的动物作上记号,盯紧点。"

为防止马儿被带走,比尔将马群一起赶往西南方,沿着边境线,顺着贯穿南方圣马文湖与北方维德米湖的西湖口河,走向菲茨罗伊山脉。智利是狩猎的好地方,盛产羊驼、鸵鸟、鹿,更别提野禽了,有几天,他们走过的草地特别丰茂。但是也有几片火山岩地,让狗的脚尤为受伤。他们也穿过了宽阔的泥地,晚上为

第十三章

狗洗脚的工作可不容忽视。在水源不宜绵羊饮用的地方，他们走了十天，只要有露水，绵羊也能过下去。在干渴的时候，公羊可没有母羊和阉羊温驯，它们有时候赖在地上，任凭人或狗怎么驱赶，也纹丝不动。有一次，羊群前往阿亨利诺湖的南端，维多利亚诺和汤米留下来看护公羊，大部分羊群去了里奥图尔维奥源头饮水，他们遭遇了又一次冒险。

羊群安全地到达了目的地，莱杰和瓦尔留下来看守，比尔和皮尔往北去赶公羊，接替汤米和维多利亚诺，他们在途中相遇了。第二天早上，皮尔的混血猎鹿犬惊动了一只鸵鸟，机警的他开始聪明地追赶鸵鸟。这只名为林克的狗紧随其后，它的同伴尼布斯冲到了前面。它们知道，鸵鸟会忽左忽右地疾走，哪怕最近的狗也无法像它一样急转向。林克盯着鸵鸟，紧跟它的足迹，尼布斯像林克先前那样，密切注视着它的活动，只要它一转向，就立刻追上去。正如鸡过马路时会看汽车一样，鸵鸟也能一只眼睛盯住紧追的狗，另一只眼睛看着前方的路。人们任由鸵鸟呈之字形逃跑，只管直线行走，等待鸵鸟跑累了受擒。乔克虽然跑得慢一点，最后也帮了一把。

在一处山体的断崖，鸵鸟刚转过身，人们就赶上来了，相距不到五十码，维多利亚诺跑在前头，突然一只看不见的手抛出了一个绳石①，缠住了鸵鸟的腿。鸵鸟应声倒地，拍打着翅膀，溅落一堆羽毛。人们走近时，吃惊地发现跑在右边的乔克不见了，绳石抛出处的岩石后面即刻传来了它愤怒的吠叫。过了一会儿，一块巨石上出现一个人影，映射在天空下，谁都没有吭声，维多利亚诺拍马冲过去大喊："卡那萨，卡里祖！"

---

① 系有绳索的石头，相当于流星锤。

A Dog At His Heel
义犬乔克

"为什么，"皮尔惊叫，"是离开我的那个向导。"

"你看到麻烦了。"比尔警告道，他劝告朋友不要惹事。

"我们是不是该做点什么？"汤米问。

"麻烦要来找你，就由他来吧，"比尔说，"现在暂不理他。"

接着，悲剧发生了。维多利亚诺显然在岩石后下了马，突然出现在岩石顶上。没有人知道他与卡那萨有什么旧怨，卡那萨是否跟踪羊群来到这里，或者是特林切拉的士兵派他来探风的。大家只看到两个人站在岩石上，用披风裹住左臂作为防护，挥舞着腰刀准备搏斗。他们像斗鸡一样左躲右闪，猫着身子，目不转睛地盯着对方。大家仿佛是在观看怪异的木偶戏。他们舞起的腰刀在太阳下闪闪发光，其中一人闪电般地向对方砍去，就在所有人都提心吊胆的时候，披风起到了很好的防护作用。大家高声叫喊，试图请他们放下腰刀，然而这一切仿佛对牛弹琴。比尔感同身受，但他无能为力，只好转过身，不忍直视。他一条腿跪在地上，叫上乔克撑住他。汤米面如死灰，被维多利亚诺深深地打动了，十指交叉，痛苦地站着。皮尔踱来踱去，不时地捏着拳头。

没有人知道哪一刀伤到了谁，大家只听到一声叫喊，就看到卡那萨的脸颊被割破了。这一刀理应结束战斗，然而仇恨看不到，也摸不着，两个人斗得比老虎还狠了。他们你一刀来，我一刀去，时而跳开，时而冲刺。当卡那萨的腰刀划向维多利亚诺的腹部时，后者打了个趔趄，似乎要从石头上跌下去。虽然受了伤，维多利亚诺抓紧了对方的刀刃，大家看到他高高举起的手上血迹斑斑，已经不能再握缰绳了。卡那萨向举起的手臂上又砍了一刀，切断了肌肉和肌腱的手臂顿时无力地垂了下来。两个人扭打在一起，似乎要从石头上跳下去同归于尽。这三个人赶紧跑过去，奋力拉

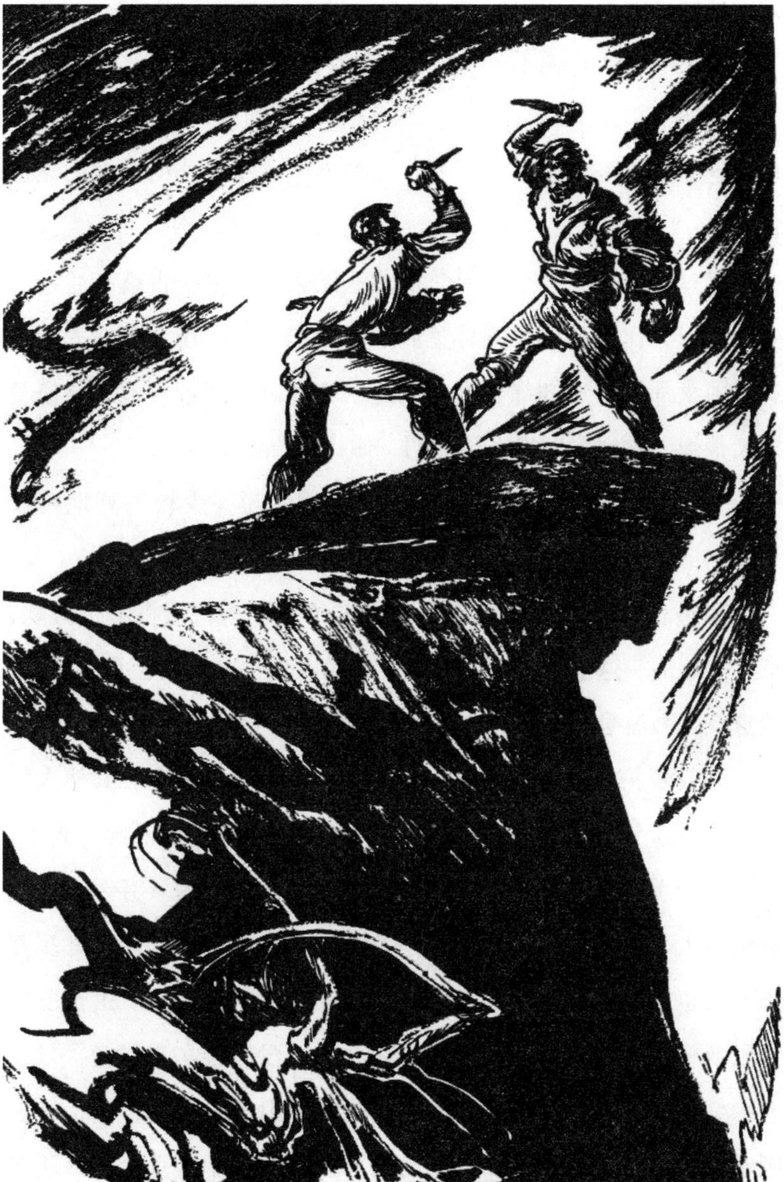

开了两个狂人，但是，谁能帮到一个肚皮划开的人，或是另一个脖子被刺穿的人？

维多利亚诺只说了一句话。"他死了吗？"他问。

比尔点了点头。

这个加乌乔人喘了一口气，徒劳地举了举受伤的手臂，然后轻声说："干得漂亮。"

又过了十天，七个月赶羊的旅程结束了。在拉古纳布兰卡的南部海岸，比尔和他的同伴见到了少校和汤米。汤米提前去了普恩塔阿莱那斯，通知绵羊即将到达的消息。少校带着他的英格兰梗犬蒂姆，称之为世界上最聪明、敏锐、忠诚的狗。

"如果不算乔克，你说的没错。"比尔说，少校高高地叼着雪茄。

经过长途跋涉，羊群来到了拉古纳布兰卡，即将穿过海峡，抵达火地岛，这个消息不胫而走。在黑人角举办欢庆会是必须的，地点就在微波号纵帆船，它正等待装载绵羊穿过海峡。

来自罗梅洛、圣格雷戈里奥、俄泽港、基里凯克和其他大牧场的羊倌、劳工、老板、领班、剪毛工、卷毛工、驯马师、猎手、厨子、助手都来了，有智利人、阿根廷人、瑞典人、芬兰人，也有法国人、德国人、英国人，还有爱尔兰人和威尔士人。许多苏格兰人也来了——有佛克兰人、高地人、赫布里底人。由于巴塔哥尼亚靠近麦哲伦海峡，是块自由领地，没有谁在意国籍，只要人缘好，就会被视为好人。庆祝宴会的菜肴非常丰富，杀了许多肥羊、牛、猪。来自伊丽莎白岛的两个人带来了上百个蛋，还有烤豹排、炖鸵鸟翅、羊驼排和鹿肉。

卡梅伦、凯迪和马林都带来了风笛，表演有里尔舞、斯特拉

第十三章

斯佩舞和舞剑。风琴余音绕梁，三日不绝。人们大胆地用自己的母语唱歌，如《白发吟》《今夜我的男孩在哪流浪》《故乡的亲人》《朗左男孩》《脏厨子》。苏格兰人也没有退缩，他们声称英文歌的声调难以捉摸，唱起了《邓肯·格雷》《苏格兰不屈》《安妮·劳里》和罗比·伯恩斯的许多其他歌曲。合唱团从未如此纵情高唱，听众们从未焦躁地打断歌手而让自己一显身手，歌手们从未受到如此热烈的掌声鼓励。没有女士到场，这一点也不假，不过智利人跳了夸夸舞，英国人的脚步令人眼花缭乱，估计他们跳的是四对方舞。比尔模仿澳大利亚的土著人，献上了一支战舞，这谈不上是使用马刺的新发明，但是现场的观众无不欣喜，他们敲着马刺，高声呼唤，打着响指。

还有赛马，包括无鞍赛马和有鞍赛马。进行军事竞赛的人们骑上有鞍的马匹，赛完一段距离，然后御下马鞍；无鞍竞赛跑得更远，再回到卸鞍的地方后，装上马鞍，带上事先备好的装备井然有序地回到最初出发地。莱杰与迪克·佩达露加打了个赌，他们以抛硬币决定谁会赢得比赛。两匹容光焕发的小马驹牵进了畜栏，一个名叫穆拉稠的奥拉卡尼亚人与瓦尔开始赛马，结果瓦尔赢了叫马、跳马、踢马、侧跳、掉头，他的外套像缎子一样光鲜亮丽。但是，瓦尔声称奥拉卡尼亚人与他一样优秀，他们共同分享了奖金，也就是每个人各奖一匹小马驹。穆拉稠喜不自胜，他弯下腰，取下镶银的马刺，双手交给瓦尔。

与此同时，汤米·韦斯特已交了上百个朋友，忙得不亦乐乎，一会儿做裁判，一会儿做发令员。他安排新的赛事，向获胜者颁奖，骑着马忙这忙那，组织二人三足比赛、套袋赛跑、五十码冲刺、接力赛，说服两个健壮的德文人为赢取价值一百元的钱包而

义犬乔克

摔跤。热门的庆祝会即将结束时,他宣布晚上进行拳击比赛,包括三场重量级和三场中量级。他讲了上百个轶事,也听了那么多奇闻。他唱歌、背诗、发明游戏,直到半夜,还拿着笔和纸在排次日的娱乐项目。他说服瓦尔展示射箭,邀请微波人比划船,获胜方奖金为五十元,由少校资助。现在,大家都视他为权威,向他打听下一个节目是什么。

闭幕的时候,六只名狗赶着一群绵羊跑出来,它们的主人时而喊话,时而挥手,时而吹口哨,向狗发号施令。一点五英里以外的小山上,搭起了六个羊圈,每个羊圈里要装八只阉羊,每只狗的任务就是将放出的八只阉羊赶到工棚旁的羊圈,待它们入圈以后再回到各自的主人身边。对牧羊人来说,没有比这更兴奋的游戏了,巴塔哥尼亚的南方人在小山上看到了有生以来最大的羊群。

吉利斯的毛色光滑、黑白间色的母狗圆满地完成了任务,得意洋洋地跑到主人身边,抬起头请求赏赐,它伸出舌头,两眼放光。

"你赢了,兄弟,你赢了,吉利斯!"麦克雷说。

"哦,是啊,小子,"哲学家似的高地人说,"赢在前头,输在后头,赢得太容易,资金就不值钱了,我们接着瞧吧!"

第二位竞争者鲍勃是一只英俊的黑褐色狗,其主人是帕利艾克的山姆·布朗。它没那么幸运,一只阉羊半路趴在地上,它只好将另七只羊赶到羊圈,回头再来赶走这只羊。但是,它已经超过时限了,可怜而忠实的鲍勃注定了要出局。鲍勃不知道要赢取资金,只清楚要完成任务,开心地跑回叫唤它的主人身边。主人拍着它的脑袋说:"聪明的脑袋强过黄金。"

第十三章

"是啊,小子!"吉利斯又叫道,"米奇的确干得好。鲍勃没有得到奖金,但是赢得了每个内行牧羊人的尊重。"

斯科特是第三位竞争者,刚开始进展顺利,一只隐藏的狐狸突然冲过来,受惊的羊群傻乎乎地掉转头,跑回原来出发的羊圈。于是,斯科特也出局了。

第四位竞争者是一只蓝灰色的喜乐蒂牧羊犬[①],它快如疾风,身手灵敏。虽然一开始,八只羊就跑散了,但它把它们驱到一起,赶进了羊圈,比吉利斯的母狗稍微快了一步。无论输赢,每只狗都自我感觉良好,回来时欢蹦乱跳的。

第五位出场的是舒马赫的牧羊犬库利,它外表英俊,毛色金黄,身上偶有白色的杂毛,脸毛白白的,比赛一开始就迫不及待地想表现一番了。它焦急地呜咽着,巴不得冲出颈套,发现游戏还没有轮到自己,它一屁股坐在地上,似乎无聊地打着哈欠,然后装作满不在乎的样子。但是,正如比尔对舒马赫所说:"它很关注比赛,一副稳操胜券的样子。"

一听到口令,库利全力冲到羊圈门口,待门一打开,便聪明地跟在八只阉羊身后,顺利地将它们赶到了工棚那边的羊圈,提前半分钟打破了舒马赫的牧羊犬的纪录。

"毫无疑问,"比尔对舒马赫说,"只要意志坚定,就能跑得更快,好样的。"

"是呀!库利是只英俊的狗,"牧羊人认同地说,"要是你的乔克也参赛了,我们也可以目睹一下它的风采。"

"再好不过了,"比尔回答,"我很满意,它们都是好狗,表

[①] 一种柯利牧羊犬。它身材匀称、漂亮,聪明伶俐,活泼好动,忠于主人,但对陌生人存有戒心。

A Dog At His Heel
义犬乔克

现得很棒。乔克连续走了七个月，速度赶不上它们。"

汤米·韦斯特慢慢地跑过来，这些赛事让他忙得顾此失彼。他骑着马来到起点的羊圈，又兜个圈跑去工棚那边看结束比赛，然后小跑到他那宽容的叔叔少校身旁，提出新的建议。

"也许该让乔克参加比赛，比尔，"汤米说，"问题是它不会让所有人失望的，第六批羊入圈，现在还没有狗来处理。"

"那你就去吧，乔克！"比尔打着响指下了命令。乔克飞奔而去，但是还没走完三分之二的路程，工棚那边突然迎面走来四十只阉羊。不知是谁打开了羊圈门，这是一个无法原谅的错误，人们议论纷纷，有人说是汤米的过错，他骑马关上了门，但是没有闩上，被风吹开了。然而，错误已成定局，四十只阉羊向八只放出的阉羊跑过来。乔克和主人碰上难题了，这倒让观众对比赛产生了更加强烈的兴趣。比尔吹着尖声的口哨，让乔克停下脚步，观察情况再采取行动。乔克一个右转身，将八只羊赶离了逃出羊圈的四十只羊，又折回去，远远地恐吓那四十只羊，成功地赶着它们往回走。

"哗——哗——"比尔尖锐的口哨又响起来，乔克一听到口哨声，立刻又跑向八只羊，将它们赶向工棚那边走。比尔像往常一样猜度着狗的想法，认为乔克是以把所有阉羊赶回工棚羊圈为己任，只是分成两群，不用大惊小怪。但是，乔克能独自完成任务吗？它现在只能凭自己的判断工作，这项工作太复杂了，口哨或叫喊难以传达指令。要打破纪录是不可能了，新的问题又来了，这不是预先安排的，但是观众们都心知肚明。大家都很同情乔克，对它产生了浓烈的兴趣。每只狗也受到了主人的严加管束，不可以任其捣乱。

第十三章

"它会完成任务的,"阿克塞尔轻声说,"我赌十块钱。"

"它把羊群分隔得很好。"吉利斯说。

"我想它会把八只羊赶进羊圈,不会理会其他的羊。"

"我赌二十块,它会把所有的羊赶进羊圈。"布朗说。

"完成了。"阿克塞尔说。

"它不可能分开羊群,没有狗能做到。"萨瑟兰断言。

"它能做到,也会做到。"比尔信任地说。

"脚不停蹄啊!"另一个人嚷道。

"看那边!"许多人齐叫。

两群羊的确走向一起,相距不到五十码,乔克快步跑过去,冲着四十只羊吠叫,成功地吓退了它们。回到八只羊群后,乔克突然坐了下来。大家都知道怎么回事,狗的脚上扎了一根刺,必须拔出来。乔克起初觉得不可能拔出,它跟上八只羊,用三条腿行走,一条跛着的后腿悬在空中。再次坐下来时,它拔出了刺,继续驱赶羊群。现在一切都在它的掌控之下,八只羊走向工棚,排成一列,丝毫不敢有开小差的想法。它们进了门口,挤在里面的角落里。狗将信将疑地站了一会儿,然后走出来,跑上小山,四十只羊都缩在这里,慢吞吞地走着。它放眼望去,利用草木的掩护,一下子蹿到了羊群前面,利落地将它们赶下山坡,向工棚走去,这份难缠的工作总算完成了。

"好呀,小子!我从没见过干得这么漂亮的工作!"舒马赫说。

"你有条好狗,真的。"吉利斯说。

"澳大利亚好样的!"汤米·韦斯特大叫。

"找不到比它更聪明的思想家了。"布朗表示认同。

A Dog At His Heel
义犬乔克

"它还能更进一步吗？"路易斯问。

"如果它有潜力，总会表现出来的。"比尔说，他向乔克亲切地点着头，乔克用充满笑意的眼睛仰望着主人。

庆祝会结束了，人们三三两两地骑着马离开，狗叫个不停，马哼哼地扬着头。他们赶回遥远的牧场，偏僻的小屋，人迹罕至的边远地区。他们传诵着这个故事，一传十，十传百，故事传遍了荒山野岭和原始大地。加利西亚人、圣克鲁兹人和圣朱利安人获悉后又传到了北方的布兰卡港，南方的火地岛，最后淘金人也听到了赶羊的故事，福克兰的水手们也传播着乔克的事迹。但是故事并没有停止。汤米在澳大利亚和英格兰都有朋友，他们在高山密林里走了几个月后，每当人们问起比尔怎么样了，或者朗·查理去了哪里，听到回答后都会深受启发。不单是杨古里牧场，芜乐维、道森、沃格纳尔和许多其他牧场的人都听说了这个故事。

但是对比尔来说，这个庆祝会在一定程度上是失败的，因为朗·查理缺席了——比尔确信他是有机会获奖的。比尔从少校那里获悉，朗·查理宁愿待在火地岛看护绵羊。有传闻说，乌安的印第安人牛高马大，孔武有力，身手敏捷，很有可能来袭击畜群，射杀或盗窃马匹和上千只新买的优良母羊。朗·查理因此没有随少校穿越海峡，与比尔和羊群碰面。

庆祝会的次日，他们将绵羊赶到一个牧场休息，然后用纵帆船穿过麦哲伦海峡。少校骑马过来的时候，比尔正悠闲着呢。他发现比尔坐在羊倌小屋的门口，用锡口哨吹着《柔柔地吹》，但始终没吹到第六个音符以后，乔克坐在他的脚边。

"旅途要辛苦你了！"简单地询问了乔克和比尔的情况后，少校说。他讲了火地岛的大牧场、马匹、上千只优良母羊，然后静

第十三章

默了一会儿。

"所以现在,"他继续说,"你有时间好好休息一下。也许你会喜欢去瓦尔帕莱索或布宜诺斯艾利斯看一看——当然是带薪的。还有,在绵羊运过海峡之前,这里没有多少事情,就当休一下假,啊?"

少校点着了雪茄,扬起眉毛看着比尔。

"你说呢,乔克?"比尔问。他的狗稍稍地偏了一下头。

比尔盯着少校,看了一两分钟。

"我发现,"他说,"没有什么像狗一样,好狗,特别是这只狗,有行动力,人常会犹豫。现在有两件事,一件是你说的去城市,还有就是搭上第一班载绵羊的船,去看望朗·查理和他的狗。我决定好了吗?没有呢,乔克作好了决定。"

"乔克理应休息一下。"少校说。

"从没听它抱怨过,"比尔说,"我看不出来,它到城市怎么能休息好。"

"也许是它难以表达自己的想法,比尔。"少校高高地叼起他的雪茄。

"对于吃着碗里的,看着锅里的人,难以捉摸他的想法,少校。狗都知道一分耕耘,一分收获。它知道买来的东西不如礼物;它知道人活着不是为了吃,但吃是为了活;它知道这个世界上只有三件事情:行动,不行动,装作行动;它还知道,交上朋友的唯一办法就是成为朋友,通往朋友家的路从不艰难或漫长。了解了这些,就像我说的,人就作好了深思熟虑的决定。我带你来看看。"

比尔从靴子里取出猎刀,来到屋子最里端,这里挂着食用的半边羊,他切成了一条条的羊排。他把羊排挂回去时,乔克抬起前腿,一副垂涎三尺的样子。

"看这里,乔克,你来作决定。这块骨头上有很多肉,要是你没接住,我们就去不喜欢的城市休假;要是接住了,我们就上第一班载羊的船去朗·查理那边。"

比尔将骨头扔向乔克,乔克一口咬住了骨头。

"这就是我说的深思熟虑的决定,少校,它把问题解决了。"

"恐怕你们没有敞开心扉,考虑去城市的建议,比尔。"少校笑着说。

"我们的心扉敞开着呢,少校。问题是,当你敞开心扉的时候,又随时准备关闭。"

三桅纵帆船"涟漪号"载上第一批绵羊去火地岛时,比尔和乔克都登上了船。比尔满意地接受了牧场大老板的任务,从容地思考着事情。新置的大牧场散发着迷人的芬芳,建起了闻所未闻的豪华厨房、宿舍,还有台球桌和澡堂;剪毛的羊棚和崭新的围栏没有缠上任何可恶的铁丝,不用担心会伤到马;载货的设施与狗舍也令他非常满意。

在他骑马去找朗·查理的途中,他发现新的国度披上了十分华丽的衣裳。宽阔的山谷长满了齐膝的青草;清澈的小溪从山间流出;广阔的潟湖上飞起一群群大雁、野鸭和火烈鸟;壮丽的山岳,长满青苔的岩石,通向海峡的缓坡,这一切都让比尔感到心旷神怡。他也留意到了,乔克似乎热衷于无忧无虑地跑步。牧场的厨子警告他,可能会遇上乌安印第安人,他们快如旋风,使用玻璃头的箭。许多家庭废弃的玻璃瓶不远万里被海浪冲上岸,给他们提供了方便。不过比尔没有见过他们的影子,这里没有可以

第十三章

跟踪的道路或小径,完全是一个开放的国度。但是厨子告诉他,朗·查理的屋子在最外头,哪怕他骑马去西南边,从山顶上也能看到这里。

许多东西让比尔感到身处被占领土:这里灌木上的一缕羊毛,那里一处浅浅的足迹,可能是绵羊到潟湖喝水留下的,有的地方还有赤裸裸的马蹄印。当太阳刚刚升起的时候,紫色的地平线上出现了一群马,还有一匹母马。听到母马的铃声,乔克竖起耳朵,抬起头,等待比尔的指示。这可能是个玩笑,在澳大利亚的傍晚,每当将马赶进畜栏时,狗总是很喜欢这个插曲。比尔暂时勒住了缰绳,本想和狗一样开开心心的,但是他改变了主意。

"这是朗·查理的工作,"他说,"不可以,乔克。在他的地盘,每个人都是国王。"

乔克摇着尾巴,表示能很好地控制失望情绪,一直跟着比尔,直到他在屋子门口下了马。他知道朗·查理出去巡视了,要是真在家碰到他,那真是怪事了。这里的客人都乐于做点家务事,为主人减轻一点负担,于是比尔脱下外套,卸下马鞍,从脚宽的小溪边提了一桶水到房子里。他劈了一些木材,但没动朗·查理的那一堆,点燃了火,观察着屋里的东西。朗·查理早上出门时扫过地,真是个勤快的人,比尔又打扫了一遍,这是礼节。角落里的桌子仿佛刚刚刷过一样干净,比尔从架子上取下两个小杯、两个锡盘、一副刀叉,准备吃晚餐,这也是礼节。他从挂在屋后的腊羊身上割下一只腿,掂量着它的重量,然后放到炉子里烧烤——先撒上一点盐、胡椒、芥末。他像一位优秀的家庭主男,刷着土豆的皮,而不是削皮。他接着洗了手,小心地取出面粉和发酵粉,开始和面团,做面包。

A Dog At His Heel
义犬乔克

他赞许地看着这里的一切。卧室有一张双层床，一层空着，留给客人用的；另一层垫着两张干净的红毯和一件羊驼披风，盖着一床柔软暖和的被子，装饰得富丽堂皇。除了结实的海上储物柜和脱靴器，房间里没有其他的家具。另一个房间有一张桌子、一条凳子、一个烤箱、两个放了锡盘和小杯的架子、一个锡茶壶和一个锡咖啡壶，还有两个烛台。每件器具都用木灰擦洗过，比银器还要闪亮。靠近烤箱的箱子里装着原包装的面粉、糖、茶叶、咖啡和其他厨房用品。朗·查理的洁癖从鸵鸟毛做的掸子和海豹皮做的门垫可以看出来，角落里的羊皮显然是给狗用的。墙上挂着一把双膛猎枪、一把步枪，还有一把史密斯和韦森左轮手枪，另一面墙上挂着一张狐狸皮、一张羊驼皮和其他皮毛。这里的一切井然有序，从矮小的门口、长宽不过六英尺的卧室都看得出来，卧室里挂着马具、马刺、牛皮套索和披风。比尔将自己的物品也挂到了墙上。

比尔正弯下腰，翻着烤肉，撒上调味品，乔克突然大叫起来，显然有人来了。他还没来得及关上烤箱门，听到乔克的声音变了，看样子是熟人。

"很正常，"比尔一边思量，一边往烟斗里装着烟丝，"乔克认得熟人。"

他猜得没错。乔克欢跳着跑去问候朗·查理和他的狗，查理低下头自言自语："既然比尔来了，我不用做晚餐了。"他又朝乔克大喊，"别太兴奋了！"

比尔站在门口，看到英勇的朗·查理穿着红边的披风，高高的靴子，戴着宽边的帽子，提着镶银的马具，露出被太阳晒得黝黑的脸庞。查理下马后走了十码，几乎忘记了上次分别后已过了一年。他颇为满意地看着身穿衬衫的比尔说:"就当在自己家吧!"他很钦佩比尔的健壮、坚强、自立和足智多谋。

"好了!"朗·查理握住比尔的手说,"乔克看起来很不错啊!"

比尔很想说一些很高兴见到朋友的话,却没有说出口。

"闻到羊肉的香味了吗?"他问,"走了好远的路,我好饿。"

朗·查理私下嘀咕,也许可以说好久不见了,但他脱口而出:"我无法想象,他们在船上待了那么久,吃不上一顿像样的羊肉……另外,很久没有看到青草地了吧?"

"长途旅程,难为狗了,"比尔说,"我甚至不想回澳大利亚了。"

"我也是,"朗·查理点头说,"和大多数人一样,我喜欢到处看看,但是不想走,一心不能二用呢。"

"就像赤裸裸的绵羊,没有毛可剪。"比尔说。

两个人都点着了烟,见面后的僵局已被打破,他们都舒了一口气。刚开始,他们觉得仿佛在摔跤,现在又亲切如故了。

"好安静的地方。"比尔看着地平线说。

"没人来捣乱,"朗·查理说,他蹲下腰,捡起一根燃过的火柴,开始小心地削着末端,"一个人带着狗在这里真的很舒服。"

比尔记得在船上分别时,没来得及说上一句赠言,他刚想开口,又下意识地把话咽了下去。相反,他说:"我去看看羊肉怎么样了。"然后就走开了。朗·查理去了畜栏,牵出两匹马,准备第二天骑用,他把它们拴在青草茂盛的地方,便回到了屋子里。他点燃了两根蜡烛,看到他的狗趴在羊皮上,又拿出一张羊皮给乔克用,然后在凳子上坐下来。比尔反客为主,把晚餐都做好了,

A Dog At His Heel
义犬乔克

这也是礼节的规定。让客人工作,是对客人的最佳恭维。他们狼吞虎咽地吃了饭,喝过茶,便坐下来悠然地抽着烟。在万籁无声的晚上,他们偶尔你一言,我一句。

"命运真有趣!"朗·查理说,他来到火炉边,两腿叉开,双手搭在背后,眼睛看着乔克。

"没思考过这个问题,不过,我想你说得没错。"比尔说,他望着朋友,觉得他是智慧之源。

"命运当然有趣,"朗·查理重复说,"就因为一只小狗爬进了杨古里的羊圈,就引发了这么多事情。"他挥着手臂又说,"剪羊毛比赛时,我说过什么?我对乔克说过,我说,'无论谁赢,你都会得到一个好老板,这不是挺有趣吗?'记得吗,比尔?我是不是这么说过?"

"你的确说过。"比尔回答。

"你还说过,'人的确有很多东西要向狗学习'。"

"我说过,查理,人的确这样。"

"人只要吸取教训,就能学习进步。如果他不思进取,无异于戴着墨镜的瞎子,比尔。"

"有一点,他不是要学会生气。"比尔说。

"生气是暂时的疯狂,"查理说,"会搞砸一切事情,生气的人十赌九输。"

"还有信任,"比尔补充,"人得学会信任别人。"

"人生建立在信任之上,比尔。信任每个人,尤其是自己……学会从困境脱身,比尔。与其说,'这是他死的地方',不如说,'这是他逃跑的地方'——你明白我的意思吗?"

比尔点头表示认可。

第十三章

"应该出一本书,讲述小狗是怎么来杨古里找到我们的。"朗·查理说。

"我有想过,但是放弃了,"比尔思忖着说,"你想想,书总有结局,我们现在还有故事呢,希望我们不会待太久……不过,有一件事,我会写进书里。上船的时候,我就想说了,想说给你听。'没有朋友的人只能算是半个人。'"

"说得好,比尔,说得好!另一半在其他人身上,无论你怎么想都不会有错。"

查理站起来打着呵欠,比尔也昏昏欲睡了。两只狗伸着懒腰,张着嘴。

他们将狗放出房间,便上床睡觉了。黑暗之中,传来比尔压低的声音。

"睡着了吗?"他问。

"还没呢,为什么?"

"我一直在想,你觉得是什么让好狗成为了人类的模范?"

朗·查理坐起来,在黑暗中说着话。

义犬乔克

A Dog At His Heel

"我想过了,比尔,在船上就想过了。狗知道它的工作,会尽力把工作做好。如果人也这样,就可以免去一大堆麻烦。什么人才是伟人?能把一切事情打理好。所以,你也可以说伟大的狗,我的狗就是一只。"

"乔克也是。"比尔说。

"这就是我说的良好交谈之夜,交谈不是聊天,"查理补充,"晚安,比尔!"

"晚安,朗·查理!"